HERBSTFRÜCHTCHEN

ANGELIKA GODAU

&

LUISE KLEIN

IMPRESSUM

HERBSTFRÜCHTCHEN
Von
Angelika Godau
&
Luise Klein

Angelika Godau
Fuchsstraße 30
66482 Zweibrücken
godau693@gmail.com
angelika-godau.de - godaukrimis.com

1.Auflage 2022
Lektorat: Axel Aldenhoven
Cover: Dream Design (Renee Rott)
Stockfoto: 1. AdobeStock_446415758
2. Depositphotos_426105168_vect
3. iStock-1279929149
Quelle: 1.https://stock.adobe.com/de
2. www.depositphotos.com
3. www.istockphoto.com/de

ÜBER DIE AUTORINNEN

Angelika Godau hat eine spannende, wendungsreiche Vita. Geboren in Oberbayern, aufgewachsen im schönen Detmold, später nach Köln gezogen und ihr Herz für immer an diese Stadt verloren. Journalistin, später Studium der Psychologie und eigene Praxis in Mannheim. Ein fast 10-jähriger Aufenthalt in der Türkei sensibilisierte sie für das Elend von Hund und Katze. Seither gilt ihr Engagement dem Tierschutz. In „Ein Streuner mit Sommersprossen" schildert sie für ihren „halben Herdenschutzhund, Ben" humorvoll den Sprung vom italienischen Straßenhund auf die Couch der Zivilisation. Danach erscheinen ihre drei „Granny-Bände" (Ab jetzt auch in neuem Gewand) und dann in jährlichem Abstand fünf Pfalzkrimis um den Dürkheimer Privatdetektiv Detlev Menke und seinen cleveren Dackel Alligator, genannt Alli.

Mit Herbstfrühling und Herbstgewittern sind zwei Familienromane mit viel Herz entstanden. Sie beschreiben den Alltag und das Miteinander von Mutter, Tochter und Enkelin.

Godau lebt heute mit ihrem Mann, den beiden Hunden Linda und Sam und Katze Maya in Europas Rosenstadt Zweibrücken.

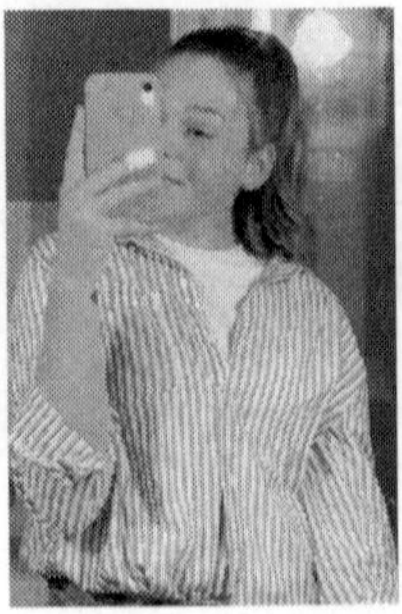

Luise Klein im Juli 2007 im schönen Heidelberg geboren, besucht die 9. Klasse eines Zweibrücker Gymnasiums, liebt ihren Hamster „Rüpel“, zofft sich gern mit ihrem jüngeren Bruder Lutz und ist aktives Mitglied bei den „Pfadfindern“. Auch wenn sie bisher noch keinen konkreten Berufswunsch hat, das Mitschreiben an diesem Buch hat ihr viel Spaß gemacht. Der Part der ebenfalls 14-jährigen Lara klingt daher sehr nach ihr.

Widmung

Ich widme dieses Buch all den Schreibenden, die täglich ihre Geschichten zu Papier bringen, weil sie nicht anders können, weil sie ihr Glück und ihre Zufriedenheit darin finden, Sie, die Lesenden zu unterhalten

Wir alle freuen uns über ein Feedback und/oder eine Rezension

-1-

Inge Berger macht es sich auf ihrem Sofa bequem, schiebt sich ein weiteres Kissen unter den Kopf, schaut ihre Tochter an und sagt zögernd: »Wäre ich an deiner Stelle, würde ich trotzdem …«

»Du bist aber nicht an meiner Stelle und genau das ist dein Problem«, unterbricht diese sie unwirsch. »Du glaubst immer, alle Menschen müssten so denken und handeln wie du. Tun sie nicht, Mama, und ob du es glaubst oder nicht, du bist auch nicht in Besitz der allein seligmachenden Weisheit.«

»Das habe ich auch nie behauptet, aber du hast mich gefragt, also habe ich geantwortet.«

»Ich habe dich gefragt? Das wüsste ich aber. Ich habe dir lediglich meine Bedenken mitgeteilt, nicht um gute Ratschläge gebeten.«

Inge seufzt leise und schweigt fürs Erste. Sie betrachtet Sarah, die etwas entfernt von ihr im Sessel sitzt. Die Lippen fest aufeinandergepresst, beide Hände zu Fäusten geballt, starrt sie mit finsterem Gesichtsausdruck aus dem Fenster. Viel sehen wird sie nicht, denn die Scheibe ist vom vielen

Regen beschlagen und die Dämmerung hat bereits eingesetzt. Ein trüber Spätnachmittag im November, schon fast dunkel, obwohl es erst kurz nach 16.00 Uhr ist. Inge betrachtet sie mit einer Mischung aus Ungeduld und Mitleid. Natürlich hat sie Verständnis dafür, dass es ihr nicht besonders gut geht, andererseits könnte sie aber auch froh sein, alles weitgehend gut überstanden zu haben. Vor mehr als zwei Monaten wurde sie an einem Hirntumor operiert und zur Sicherheit waren eine Reihe von Bestrahlungen notwendig. Nur darum war sie überhaupt bereit gewesen, Inges Vorschlag anzunehmen und für diese Zeit zu ihr zu ziehen. Vielleicht auch, weil ihre beiden Kinder, Lara und Lars, schon hier wohnten, seit sie in ihrer eigenen Küche kollabiert war. Die Operation war zum Glück erfolgreich verlaufen, aber die Nebenwirkungen der Bestrahlungen machten ihr zu schaffen. Natürlich trug auch die Wohnsituation nicht dazu bei, ihre Laune zu verbessern. Dazu kam, dass alle wieder von der nächsten Welle einer nicht enden wollenden Pandemie überrollt wurden. Omikron hieß die neueste Variante des Coronavirus und noch wusste keiner, welche Überraschungen sie mit sich bringen würde. Gute würden es gewiss nicht sein. Geschlossene Restaurants, Stadien und Konzertsäle, Test – und Maskenpflicht bestimmten weiterhin den Alltag, viel Abwechslung gab es daher nicht. Immerhin waren sie mittlerweile alle geimpft, sie und Jonathan sogar schon dreimal. Geboostert hieß das. Ein Wort, das vor zwei Jahren kaum ein Mensch jemals gehört hatte, war heute in aller Munde. Sie hatte sich lange mit Jonathan über das Für und Wider unterhalten und sich dann dafür entschieden. Sarah nicht. Obwohl sie wegen ihres geschwächten Allgemeinzustandes ganz sicher zu den Risikopatienten gehörte, konnte sie sich nicht dazu durchringen, sich auch noch ein drittes Mal impfen zu lassen. Wie so oft in letzter Zeit hatte das zusätzlich zu Streitigkeiten geführt.

»Ich habe erst heute wieder gelesen, dass dieser Booster überhaupt nichts nützt, man kann sich nämlich trotzdem infizieren, wozu soll das dann gut sein? Ja, ich weiß, angeblich sind die ganz schweren Verläufe seltener, aber eine Garantie will einem da auch niemand geben. Ich kann mir einfach nicht vorstellen, dass dieses ganze Zeug, was einem da innerhalb von so kurzer Zeit gespritzt wird, keine Nebenwirkungen haben soll. Wer weiß, vielleicht stellt sich ja erst in ein paar Jahren raus, dass uns das alle umbringen wird. Dass wir alle seltsame Krebsarten kriegen oder uns ein zweiter Kopf wächst, was weiß denn ich.«

»Aber Kind, was redest du denn? Glaubst du vielleicht, alle Ärzte und Wissenschaftler weltweit hätten das nicht untersucht? Untersucht und ausgeschlossen? Die wissen doch genau, wie die Impfstoffe wirken und überleg mal, wie viele Krankheiten heute nur deshalb keine Bedrohung mehr sind, weil man dagegen impfen kann.«

»Ja, das weiß ich auch, aber das ist was anderes. Diese Impfstoffe wurden Jahrzehnte erforscht und nicht sozusagen über Nacht aus dem Hut gezaubert, um dann anstelle von Mäusen gleich an Menschen ausprobiert zu werden. Ich darf einfach nicht daran denken, was ich machen würde, sollte sich in ein paar Jahren rausstellen, dass ich durch meine Einwilligung, meine Kinder impfen zu lassen, diese vielleicht erst richtig krank gemacht habe.«

»Sarah, jetzt mach aber mal einen Punkt. Seit wann redest du diesen Unsinn nach, den ein paar Verwirrte von sich geben? Dass der Impfstoff schneller als gewöhnlich auf den Markt kam, lag nicht an mangelnder Prüfung, sondern daran, dass schneller Gelder für die Forschung bewilligt und bürokratische Hürden aus dem Weg geräumt wurden. Mehr nicht.«

»Ein paar Verwirrte? Es gibt durchaus ernstzunehmende Wissenschaftler, die vor der Impfung warnen und dass man sie vor allem bei Kindern nicht anwenden sollte.«

»Dass es die gibt, weiß ich, aber ernstzunehmend sind die für mich nicht. Das waren meist nicht einmal Fachleute, also keine Virologen oder so. Ich habe den Eindruck, die wollen sich nur wichtigmachen mit ihren Warnungen vor dem Impfstoff. Ganz abgesehen davon, dass einige von denen sogar erzählt haben, es gäbe dieses Virus überhaupt nicht, es sei eine Erfindung irgendwelcher Eliten. Und durch die Impfung hätten die dann die Möglichkeit, uns alle zu chippen, damit wir besser manipuliert werden könnten. Ach ja, und den Weltuntergang haben sie auch prophezeit, haben sich aber wohl im Datum vertan, denn bis jetzt steht die doch noch.«

»Keine Ahnung, woher du das alles hast, aber würdest du dich im Internet auskennen, dann würdest du bestimmt anders reden, aber dich interessiert ja nur, was in dein Weltbild passt. Lass dir gesagt sein, es gibt jede Menge Nebenwirkungen und sogar Todesfälle, das ist eindeutig bewiesen.«

»Natürlich gibt es die, das bestreitet doch keiner, aber Sarah, du bist doch nicht dumm, und rechnen konntest du eigentlich immer gut. Also, dann schau dir bitte die Zahlen mal genauer an. Wie viele sogenannte Nebenwirkungen, die über ein bisschen Unwohlsein und einen schmerzenden Arm hinausgehen, hat es wirklich gegeben? Setz die jetzt mal in Relation zu den verabreichten Impfdosen, dann steht da eine Null vor dem Komma. Und ja, ich weiß, dass es einige Todesfälle gegeben hat. Das ist tragisch und furchtbar für die Betroffenen, aber auch da musst du doch den Einzelfall betrachten. Alter, Vorerkrankungen usw. Sarah, überleg doch mal, wenn in einem Altersheim hochbetagte Menschen geimpft werden, die ohnehin schon gesundheitlich angeschlagen sind, ist es nicht ganz unwahrscheinlich, dass von ihnen im Verlauf der nächsten Wochen einige sterben werden. Das dann als Impffolge auszugeben ist geradezu lächerlich. Ganz abgesehen davon, dass es oft einfach nur behauptet und von bestimmten Medien hochgespielt wurde, ohne jeden Beweis dafür. Egal wie, Tatsache ist, es sterben ungleich mehr Menschen an diesem Virus als an der Impfung. Alles andere halte ich für unseriöse Panikmache, geschürt durch Impfgegner, und diese, wie nennt man sie noch gleich, ach ja, Querdenker. Nicht zu vergessen, es gibt auch Menschen, die mit der Angst Geld verdienen. Meine Meinung, du siehst das ja alles anders.«

»Deine Meinung oder eher die von Jonathan?«

»Oh, glaubst du, ich kann nicht mehr selbst denken? Na, vielen Dank auch. Nein, es ist meine Meinung, auch wenn Jonathan sie teilt. Wir haben uns oft und lange darüber unterhalten, uns sogar gemeinsam einen Podcast angehört ...«

Vom Fenster her erklingt ein verächtliches Lachen. »Du lieber Himmel, jetzt erzähl mir nicht, dass ihr zu den Drosten - Ultras gehört. Jetzt wird's langsam wirklich lächerlich.«

»Wir gehören zu den was? Wovon redest du, Sarah?«

»Na, du hast doch gerade gesagt, dass ihr euch einen Podcast angehört habt, und ich gehe mal davon aus, es war der von diesem Drosten ...«

»Ach so, ja, das stimmt. Der Mann heißt Prof. Dr. Christian Drosten. Er ist Virologe an der Charité in Berlin und wird daher wohl wissen, wovon er redet. Außerdem kann er gut erklären und ist sehr sachlich. Lara hat uns gezeigt, wo wir das finden können.«

»Lara? Was hat denn die mit dem zu tun?«

»Das weiß ich nicht mehr genau, ich meine aber, sie hätte erzählt, dass sie das in der Schule gehört haben. Das ist doch sehr vernünftig, ich meine, die jungen Leute leiden doch nun wirklich besonders unter dieser Pandemie. Überall müssen sie sich einschränken, keine Partys, keine Disco, keine Freunde treffen, überhaupt nichts. Umso wichtiger ist es doch, dass sie verstehen, warum das so ist, dass man sie nur schützen will. Findest du nicht?«

»Lara macht mir keinen besonders leidenden Eindruck, wenn du mich fragst. Sie ist frech wie eh und je und mault ständig über irgendwas. Erst gestern hat sie mir wieder stundenlang wegen diesem Hund in den Ohren gelegen, den ihr anschaffen wolltet.«

»Ach, Gott ja, der Hund. Stimmt, haben wir versprochen und du warst einverstanden, wie du dich erinnern wirst. Wir haben das nur etwas aus den Augen verloren, weil wir schließlich beide gesundheitlich angeschlagen waren. Nun hast du deine letzte Bestrahlung hinter dir und mir geht es auch wieder gut, also steht dem eigentlich nichts mehr im Wege, oder?«

»Wenn ich ehrlich bin, würde ich meine Einwilligung am liebsten rückgängig machen. Ich kann mir nämlich nicht vorstellen, dass die beiden sich um den wirklich kümmern. Am Ende wird wie immer alles an mir hängenbleiben und darauf habe ich überhaupt keine Lust.«

»Na, in erster Linie soll es doch unser Hund sein, nicht eurer. Nur in Notfällen oder wenn wir im Urlaub sind, wollten die Kinder ihn übernehmen. Die Arbeit wird sich für dich also in Grenzen halten. Ich habe mir mein Leben lang einen Hund gewünscht und diesen

Wunsch möchte ich mir jetzt gern erfüllen, bevor es zu spät ist.«

»Wie du meinst, dann hast du ja die Arbeit mit ihm, nicht ich. Aber, das war nicht unser Thema, oder?«

»Du hast davon angefangen, nicht ich. Aber nein, es ging darum, dass du dich gegen das Boostern sträubst und ich es wichtig fände. Ich möchte gern verhindern, dass du noch einmal so schwer krank wirst, nachdem du gerade wieder auf den Beinen bist.«

»Das will ich natürlich auch nicht, aber ... ach, ich weiß nicht, mir fällt die Entscheidung eben schwer.«

»Wir haben kaum etwas davon gemerkt. Mir hat der Arm ein paar Tage etwas weh getan, Jonathan nicht einmal das. Kann dich das nicht ein bisschen ermutigen?«

»Nicht wirklich. Es ist ja bekannt, dass alte Menschen weniger heftig reagieren, das hat was mit dem Nachlassen des Immunsystems zu tun, muss auf mich deshalb nicht zutreffen.«

»Kannst du über deine Ängste nicht mal mit deinem Professor reden, zu dem hast du doch Vertrauen?«

»Habe ich schon, er befürwortet es auch, aber ...«

»Aber?«

»Keine Ahnung, ich bin einfach unsicher. Axel hat mir auch so Horrorgeschichten erzählt und in meiner Facebookgruppe sind ein paar Frauen, die mit immer neuen Argumenten gegen diese dritte, nee, eigentlich gegen jede Impfung sind. Ich habe mir da früher überhaupt keine Gedanken drüber gemacht, die Kinder vorschriftsmäßig impfen lassen und fertig. Jetzt stellen die da so Horrorszenarien online, dass ich schlaflose Nächte habe.«

»Haben die denn Beweise für ihre Behauptungen? Ich glaube ja, dass manche einfach Langeweile haben oder sich wichtigmachen wollen. Die denken bestimmt gar nicht darüber nach, was sie damit anrichten. Ich würde an deiner Stelle immer nach Beweisen fragen, also nach Studien, die auch tatsächlich veröffentlicht wurden. Dann kann man das nachlesen und weiß, woran man ist.«

»Na ja, die behaupten dann, dass diese Studien alle manipuliert oder gekauft wurden, man heute niemandem mehr trauen kann und dass alles unter dem Deckel gehalten werden soll, was da an Schweinereien läuft.«

»Das klingt aber sehr seltsam, ich fürchte, die leiden alle unter Verfolgungswahn oder was stimmt mit diesen Menschen nicht? Du glaubst doch nicht allen Ernstes, dass sich weltweit alle Wissenschaftler, alle Politiker, alle Journalisten abgesprochen haben, die Menschheit auszurotten? Das ist doch einfach nur kompletter Unsinn. Solange es Menschen gibt, haben die sich eher gegenseitig die Köpfe eingeschlagen, als dass sie an einem Strang gezogen hätten. Das hat Tradition seit der Steinzeit oder noch früher, also werden die damit jetzt auch nicht anfangen. Das zumindest kann ich dir versichern. Vermutlich bist du zu viel im Internet oder kennst da die falschen Leute. Was sagt denn dein Herr Ruttig dazu?«

»Das ist nicht mein Herr Ruttig, Mama. Ich habe den bisher ganze zwei Mal getroffen, mehr nicht. Mir war nicht nach Dates zumute, das kannst du mir glauben. Die Übelkeit und der Dauerschwindel haben mir gereicht. Dabei hat Prof. Grüner mir versichert, dass ich die Bestrahlung prima vertrage und nur milde Nebenwirkungen habe. Der hat gut reden, der Mann.«

»Nun hast du es hinter dir, die Letzte war vor einer Woche, was spricht also dagegen, dich mal wieder mit ihm zu verabreden?«

»Die Tatsache, dass er sich nicht mehr meldet zum

Beispiel?« Sarahs Stimme ist wieder aggressiver geworden, nachdem sie eine Weile ganz normal geklungen hat.

»Dann melde du dich, wo ist das Problem? Ich dachte, heutzutage seid ihr Frauen emanzipiert und müsst nicht mehr darauf warten, bis oder ob sich ein Mann meldet.« Inge beschließt, es mit Humor zu versuchen, auch wenn sie weiß, dass das bei Sarah selten gut ankommt.

»Ha-ha, sehr witzig, Mama, wirklich. Was soll ich ihm sagen? Hallo, mein Tumor ist fürs Erste weg, die Kotzerei hat auch nachgelassen, dafür wohne ich wieder bei Mama und würde dich jetzt gern mal treffen?«

»Genau in der Reihenfolge«, lacht Inge, weil sie sieht, dass auch Sarah sich ein Grinsen verkneifen muss. »Du hast bloß Angst, das ist alles. Dabei weißt du ganz genau, dass der Mann sich für dich interessiert, das hat er mehrfach sehr deutlich gemacht.«

»Hat er? Ach, du meinst, als er mich damals nach meinem kleinen Ausflug aus dem Krankenhaus wieder eingefangen und zurückgebracht hat?« Jetzt lacht Sarah tatsächlich und ihr Gesicht sieht sofort jünger und entspannter aus. »Ist das erst zwei Monate her?« Sie starrt eine Weile lächelnd vor sich hin, bevor sie sagt: »Ich habe mit ihm telefoniert, zumindest in der ersten Zeit. Dann war mir oft so übel, dass ich kaum den Mund aufmachen konnte und keinerlei Kraft für Gespräche hatte, also habe ich ihn wieder weggedrückt. Ich glaube, das hat er nicht so gut gefunden, jedenfalls hat er schon länger nicht mehr angerufen. Vermutlich hat er längst eine andere, er ist schließlich ein gutaussehender Mann, warum sollte der seine Zeit mit meinen Launen vertun?«

Inge überlegt eine Weile, ob sie ihrer Tochter widersprechen soll und sagt dann: »Das rauszufinden würde dich nur einen Anruf kosten, was hast du schon zu verlieren?«

»Meinen Stolz? Hast du vergessen, wie sehr mich Axel gedemütigt hat, darauf habe ich wirklich kein zweites Mal Lust.«

»Ruttig ist nicht Axel, und auch der hat eigentlich mehr sich selbst gedemütigt mit seinem Verhalten. Du weißt, ich mochte deinen Mann immer gut leiden, aber wie er sich in den letzten Monaten benommen hat, das war schäbig. Ich meine, man kann sich in einer Ehe streiten, man kann sich trennen, was auch immer, aber die Kinder so abzuschieben, wie er es getan hat, das geht nicht, das zeugt von wenig Verantwortungsgefühl und einem ganz schlechten Charakter.«

»Schön, dass du endlich auch mal hinter seine charmante Maskerade geguckt hast, so kann er nicht länger alles auf mich abschieben. Hast du eigentlich in letzter Zeit mal mit ihm gesprochen?«

»Ich? Nein, warum sollte ich? Er hat eilig versichert, dass es ihm lieber wäre, wenn die Kinder zu uns kommen und mehr hatte ich mit ihm nicht zu reden. Hast du mit ihm Kontakt?«

»Wir haben einige Male kurze Telefongespräche geführt, da ging es aber eher um Versicherungen, das Haus und solche Sachen. Das letzte Mal habe ich ihm mitgeteilt, dass ich die Scheidung eingereicht habe. Stimmt zwar nicht, aber ich werde es demnächst machen. Darauf hat er nur ›wenn du meinst‹ gesagt und aufgelegt. Das Thema Axel dürfte sich damit bald erledigt haben.«

»Und? Wie geht es dir jetzt damit?«

»Ich finde es nicht toll, das gebe ich zu. Eigentlich habe ich an das ›bis dass der Tod euch scheidet‹ geglaubt, aber nun, manchmal kommt es anders, als man denkt. Ich werde nicht daran zerbrechen, zumal ich viel Zeit hatte, über ihn und unsere Ehe nachzudenken. Axel war immer ein großes

Kind, ein charmantes, das gebe ich zu, aber Verantwortung war nie so sein Ding, das hat er immer gern an mich delegiert. Trotzdem hätte ich nicht erwartet, dass er nicht nur mich verlässt, sondern die Kinder gleich mit. Ich habe ihm sogar ein Buch zum Geburtstag geschenkt: ›Eltern bleiben nach der Trennung‹, hatte mir eine Fb Freundin empfohlen, die es gelesen hat und gut fand. Keine Ahnung, ob er es gelesen oder nur ins Regal gestellt hat, aber es hätte eine Chance für uns und vor allen Dingen für die Kinder sein können. Er ist nie darauf eingegangen und hat sich auch nicht mehr gemeldet. Vermutlich beschäftigt ihn gerade wieder eine seiner jungen Eroberungen. Egal, wie auch immer, mir hat es geholfen, anders mit den beiden reden zu können und möglichst nicht schlecht über Axel zu reden, auch wenn mir das nicht immer ganz leichtfällt. Denn selbst, wenn ich nur die reine Wahrheit sage, kommt er nicht gut dabei weg. Und dass Lara oft so ausrastet und derart um sich schlägt, daran ist er ganz sicher nicht unschuldig. Er war immer ihr vergötterter Papa und gerade sie muss sich von ihm besonders im Stich gelassen fühlen. Na ja, und auch Lars könnte gerade jetzt, zu Beginn der Pubertät, gut ein männliches Vorbild gebrauchen. Auch da entzieht er sich, ich weiß gar nicht, wann die beiden sich das letzte Mal längere Zeit gesehen haben.«

»Ein Grund mehr, den Herrn Ruttig anzurufen«, nickt Inge. »Männliches Vorbild muss ja nicht zwangsläufig der biologische Vater sein.« Sie beißt sich auf die Lippen, aber es ist zu spät, der Satz ist draußen und natürlich lässt Sarah sich eine solche Steilvorlage nicht entgehen.

»Wer wüsste das besser als du, nicht wahr, Mama?«

»War klar, dass du das nicht unkommentiert lassen würdest. Ich hatte allerdings gehofft, wir hätten das in der Zwischenzeit geklärt? Ich habe doch wirklich versucht, dir meine Gründe darzulegen, und hatte sogar den Eindruck, du hättest es verstanden und mir verziehen.«

Sarah starrt eine Weile weiter schweigend aus dem Fenster, nickt dann langsam und sagt: »Na ja, habe ich auch, aber irgendwie auch nicht. Weißt du, wenn man fast sein ganzes Leben etwas für unumstößlich gehalten hat und dann plötzlich, sozusagen von heute auf morgen erfährt, dass das nur eine Fantasie gewesen ist, das ist schwer zu verarbeiten. Papa war nun mal meine ganze Kindheit und darüber hinaus mein Held, mein Fels in der Brandung. Ich habe mich von ihm geliebt und beschützt gefühlt, war mir immer sicher, dass mir nichts passieren kann, solange er nur da ist. Tja, und dann war er nicht nur plötzlich tot, nein, ich musste auch noch erfahren, dass er gar nicht mein Vater war. Egal, aus welchem Grund, aber das ist verdammt schwer.«

»Das glaube ich dir, aber siehst du das nicht vielleicht falsch? Was macht denn einen Vater aus? Die Zeugung, die Biologie, die DNA? Das alles ist bei Axel und seinen Kindern gegeben, ist er also darum auf alle Fälle ein guter Vater? Verhält er sich gerade wie einer? Nein, tut er nicht. Klaus war an deiner Zeugung nicht beteiligt, deine und seine DNA stimmen nicht überein, aber er war von deinem ersten Atemzug an deiner Seite, er hat dich gefüttert, gewickelt, getragen, in den Schlaf gesungen, dich geliebt und beschützt. Ist er da nicht viel mehr dein Vater gewesen? Warum soll das denn jetzt alles nicht mehr gelten, nur weil du von den Umständen deiner Zeugung erfahren hast und seiner sexuellen Orientierung. Sarah, mach es dir doch nicht so schwer. Nichts an deinen Gefühlen für Klaus muss sich ändern und seine Gefühle für dich, die waren absolut echt. Er hat dich geliebt, wie ein Vater sein Kind nur lieben kann, das weiß ich sicher. Also hör auf, dich selbst zu quälen und freu dich dafür lieber darüber, eine behütete und gesicherte Kindheit gehabt zu haben.«

»Machst du es dir damit nicht mal wieder ein bisschen zu leicht?«

»Nein, das glaube ich nicht, und leicht gemacht habe ich es mir nie, aber wenn du, nur um mich weiterhin zu bestrafen, noch ein bisschen leiden möchtest …«

»Quatsch, natürlich nicht, aber gerade jetzt, in dieser Zeit, fehlt mir Papa oft ganz schrecklich.«

»Das verstehe ich, mir fehlt er auch. Ich frage ihn oft um Rat, wenn ich mir einer Sache nicht sicher bin, das könntest du doch auch mal versuchen.«

»Spinnst du? Papa ist tot, wie sollte er mir etwas raten können?«

»Nun, ihr habt euch doch gut gekannt, hattet ein sehr enges und inniges Verhältnis zueinander, also, denk an ihn und du wirst wissen, was er dir gesagt hätte.«

»Hm, na ja, wenn du meinst, ich weiß natürlich nicht, ob er sich so richtig mit Impfen gegen Corona auskennt.«

Inge lässt sich von Sarahs Sarkasmus nicht aus der Ruhe bringen, sie lacht nur und antwortet: »Das wohl nicht, aber mit gesundem Menschenverstand allemal.«

»Aha, du bist dir also sicher, dass Papa mir zu diesem Booster raten würde, wäre er noch am Leben?«

»Aber natürlich würde er das. Er war Arzt, hast du das vergessen? Er wäre entsetzt über diese ganzen Verweigerer und Spinner, die keine Ahnung haben, aber ständig Panik verbreiten. Er hat sich damals schon darüber aufgeregt, als es um diese Masernimpfung ging. Nein, Sarah, ich bin absolut sicher, dein Vater würde dich erstaunt ansehen, den Kopf schütteln und sagen: Was ist los mit dir, Lieblingstochter, worauf wartest du noch?«

Ein Schluchzen vom Fenster lässt Inge erschrocken

innehalten. Sarah hat das Gesicht in beiden Händen vergraben und weint heftig.

»Lieblingstochter«, schluchzt sie heiser, »genau das hat er immer zu mir gesagt. Ich hatte das fast vergessen. Als ich klein war, habe ich es nicht verstanden, nur gern gehört, später habe ich dann immer gesagt: Ha-ha, du hast ja auch keine Auswahl. Weißt du das noch? Und er hat gelacht und geantwortet: Und hätte ich ein Dutzend, du bist und bleibst meine Lieblingstochter. Ich habe ihm nie gesagt, wie sehr ich dieses Wortspiel geliebt habe.«

»Er hat es gewusst, Sarah, du musstest ihm gar nichts sagen. Er kannte dich sehr gut, und du warst ihm sehr ähnlich. Ja, das geht auch ohne Biologie und ich weiß, er wäre sehr traurig, wenn er wüsste, wie schlecht es dir geht.«

»Na ja, so schlecht geht es mir ja gar nicht, wenn ich ehrlich bin. Der Tumor war gutartig und er ist weg, Axel und die Übelkeit auch.« Sarah putzt sich die Nase, zuckt die Schultern und lacht.

»Komm, Mama, lass uns nicht streiten. Ich rufe nachher den Stefan an und frage ihn, was er von diesem Booster hält, zufrieden?«

»Na und ob. Dann könnten wir jetzt runtergehen und mal schauen, was Else zum Abendessen geplant hat. Jonathan und Lars werden auch bald kommen, aber wo Lara steckt, das weiß ich nicht. Du?«

»Ja, sie ist bei Arne, wo sonst? Ich hoffe nur, die tun nicht Dinge, die sie in ihrem Alter noch nicht tun sollten.«

»Du denkst doch nicht etwa ...ach was, nein, ganz bestimmt nicht. Der Arne ist ein lieber, anständiger Junge, der wird doch ...«

»Seine Hose ganz sicher zu lassen?« Sarah lacht und sieht ihre Mutter mit hochgezogenen Brauen provozierend an. »Der wird 16 und ist voller Testosteron, darauf würde ich mich also nicht verlassen. Nein, das muss schon von Lara ausgehen und ich könnte mir vorstellen, dass sie nach der Sache mit diesem Justus noch ein bisschen vorsichtig ist. Ich darf mir immer noch nicht vorstellen, was da hätte passieren können, wäre die Mutter nicht zufällig früher nach Hause gekommen. Ich bin echt froh, dass der freiwillig die Schule verlassen hat, weil die Eltern ihn auf ein Internat geschickt haben. Wer weiß, wie das in einem Rechtsstreit ausgegangen wäre.«

»Glaubst du wirklich, der hätte unserer Lara Gewalt angetan? Ich kann mir das einfach nicht vorstellen, das war doch noch fast ein Kind, gerade mal 15 Jahre alt.«

»Hast du dir den Bengel mal angesehen? Das war kein Kind mehr und nachdem, was ich so gehört habe, hatte der bereits reichlich Erfahrung. Der wollte nicht nur kuscheln, glaub mir, der wollte zur Sache kommen, egal, ob mit oder ohne Laras Einverständnis. Ich glaube, sie hat das bis heute nicht verstanden, welcher Gefahr sie entkommen ist.«

»Das ist ja dann auch gut so, würde sie doch nur unnötig ängstigen und belasten. Zum Glück ist ihr Arne da ganz anders, der ist immer so freundlich und höflich.«

»Hm, kann sein, ich hoffe nur, er vergisst das nicht, wenn seine Hormone verrücktspielen. Was meinst du, sollte ich mit ihr darüber noch mal reden?«

»Worüber? Über Arnes Hormone oder über dieses schreckliche Erlebnis mit Justus?«

»Vielleicht über beides, aber irgendwie komme ich nicht wirklich nah genug an sie ran, um so heikle Themen anzusprechen. Sie geht immer so schnell an die Decke, wenn ich sie vor was warnen will, dabei meine ich es doch nur gut.«

»Welche Mutter kennt das nicht? Kannst du dich nicht an deine Jugend zurückerinnern? Ich habe es auch nur gut gemeint, das hat dich aber nicht davon abgehalten, türenschmetternd und tiefbeleidigt davonzubrausen.«

Sarah winkt lachend ab. »Stimmt. Mütterliche Ermahnungen kann man sich echt schenken, schließlich wissen die 14-Jährigen ja genau, wie der Hase so läuft. Hat man an der Nummer mit dem Justus ja gesehen. Weißt du, was mir oft schlaflose Nächte bereitet? Wenn ich darüber nachdenke, auf was für Typen sie vielleicht in den sozialen Medien trifft. Tik Tok, Instagram, Snapchat und was weiß ich, wo die sich alles rumtreiben. Das ist eine echte Gefahr, die Kerle kennt man nicht, die haben kein Gesicht und kommen nicht zum Kaffeetrinken hierher. Die gaukeln diesen halben Kindern etwas vor, locken sie mit einer Modellkariere und tollen Fotos oder so. Und diese Hühner schicken denen dann Fotos von sich, vielleicht auch noch halbnackt. Das sind Gefahren, die machen mich echt nervös. So was gab es zu meiner Zeit überhaupt noch nicht.«

»Das stimmt, das ist alles noch ziemlich neu, aber glaubst du nicht auch, dass Lara klug genug ist …«

»Nein, das glaube ich nicht. Sie ist 14, da hat man noch nicht wirklich den Durchblick und kann sich nicht vorstellen, wie perfide manche Menschen sind. Ich hoffe sehr, dass die Schule über diese Gefahren aufklärt, wenn nicht … Hm, ich könnte ja mal mit dem Stefan darüber reden, der hat da Erfahrung, darüber haben wir gesprochen. Geh doch schon mal vor, Mama, ich muss noch kurz telefonieren.«

Inge nickt, dreht sich um und verbirgt so ihr zufriedenes Lächeln vor Sarah. Sie hatte es sich sehr viel schwieriger vorgestellt, ihre Tochter dazu zu bewegen, sich wieder dem Leben zuzuwenden und nicht in ihrer Krankheit zu verharren. Sie hört, wie unten die Haustür geöffnet wird, und gleich darauf klingen Stimmen zu ihr hoch.

»Jonathan? Lars? Seid ihr das? Wartet, ich komme runter. Hallo, ihr beiden, habt ihr alles bekommen, was auf dem Zettel stand?«

»Na klar«, kommt von unten die Antwort von Jonathan. »Wir bringen es gleich in die Küche, sonst kriegen wir noch Haue von Else, die wartet sicher schon drauf.«

»Allerdings« antwortet eine weibliche Stimme. »Wo wart ihr nur so lange? Warum brauchen Männer immer eine Ewigkeit zum Einkaufen, könnt ihr mir das vielleicht mal verraten? Ach, du lieber Himmel, was ist das denn? Petersilie habe ich gesagt, Petersilie, das da ist Koriander, den kann ich überhaupt nicht gebrauchen.«

Als Inge die Küche betritt, wedelt Else gerade mit einem großen Busch grüner Kräuter, die ihre besten Tage lange hinter sich haben, vor Jonathan und Lars auf und ab. Ihr Gesicht drückt so viel Verzweiflung aus, dass sie lachen muss.

»Ach komm, Else, dann gibt es eben mal keine Petersilie, ist doch kein Weltuntergang. Die Männer haben es gut gemeint und du musst doch selbst zugeben, dass man diese beiden Kräuter nur schwer unterscheiden kann.«

»Klar! Sind beide grün.«, grummelt die Angesprochene und wirft das welke Zeug in den Biomüll. »›Königsberger Klopse‹ ohne Petersilie und ohne Kapern, die sind nämlich auch nicht da«, schimpft sie weiter und gräbt hastig in dem vollen Einkaufskorb.

»Doch, sind sie wohl«, verteidigt sich Lars und reißt den Korb an sich. »Darum hat das doch überhaupt so lange gedauert, keiner hatte diese blöden Kapern, wir mussten extra noch zum Reformhaus. Hier! Da hast du sie.« Mit großer Geste hält er Else ein Glas entgegen, das die misstrauisch betrachtet.

»Kapern, ja? Extra ins Reformhaus, ja? Dass ich nicht

lache, ihr zwei Helden. Wisst ihr, was das ist? Das ist grüner Pfeffer und hat mit Kapern so viel zu tun, wie Koriander mit Petersilie.«

Lars wird ein bisschen rot und dreht sich unsicher zu Jonathan um, der dem Intermezzo bisher schweigend gelauscht hat.

»Nun reiß uns mal nicht gleich den Kopf ab, Else, es waren wirklich nirgendwo Kapern zu kriegen. Braucht heutzutage wahrscheinlich außer dir kein Mensch mehr. Und die Pfefferkörner werden wir schon für irgendwas anderes gebrauchen können. Deine Klopse schmecken ohne bestimmt auch wunderbar, darum mach nicht so ein finsteres Gesicht, lachend bist du viel hübscher.«

»Männer!«, feuert sie noch eine empörte Breitseite ab, bevor sie sich grinsend ihren Töpfen zuwendet. Sie klingt nur manchmal wie ein Hauptfeldwebel, ist aber eigentlich lustig und die gute Seele im Hause Brinkmann. Ohne Else wären die letzten Monate sehr viel schwieriger zu bewältigen gewesen, darüber sind sich alle einig, zumal sie es sogar geschafft hat, sich mit der schwierigen Sarah anzufreunden.

»Soll ich schon mal den Tisch decken?«, fragt Inge in die Runde und zieht bereits eine Schublade auf, um ihr Besteck zu entnehmen. »Wie viel sind wir denn heute Abend? Ist Lara zum Essen da?«

»Fragen über Fragen, hat sie jemandem etwas gesagt? Lars? Weißt du was?«

»Ich? Wieso denn ich? Mir sagt die doch nichts, ich wusste nicht mal, dass sie nicht zu Hause ist.«

»Wer ist nicht zu Hause?« Die atemlose Stimme von Lara unterbricht die Diskussion, sie bringt eine Menge kalter Luft mit in die Küche. Ihr hübsches Gesicht ist gerötet und die Haare kringeln sich von der Feuchtigkeit um ihre Wangen. »Bin ich etwa zu spät? Ne, oder? Ist doch noch nicht mal 17 Uhr.«

»Nein, natürlich bist du nicht zu spät. Wir wollten nur gerade den Tisch decken und wussten nicht, ob du zum Essen da bist und ob vielleicht Arne auch ...«

»Nee, der hat Bandprobe. Was gibt's denn?«

»Königsberger Klopse mit Petersilienkartoffeln ohne Petersilie, dafür die Klopse ohne Kapern«, antwortet Else trocken, ohne sich von ihren Töpfen umzudrehen.

»Hä?« Fragezeichen machen sich auf Laras Gesicht breit.

»Ist eine lange, traurige Geschichte«, lacht Jonathan, »damit musst du dich nicht belasten.«

»Sehr witzig, dann lache ich, wenn ich Zeit habe«, gibt Lara etwas verunsichert zurück, wischt sich die Haare aus dem Gesicht und öffnet den Kühlschrank. »Haben wir keine Cola mehr?«

»Wenn du die Letzte leergetrunken hast, dann nicht«, antwortet Else.

»Menno, habe ich nicht, das war bestimmt der Spasti da.«

»Lara bitte! Solche Ausdrücke möchte ich in meinem Haus nicht hören, das dulde ich nicht.« Jonathan ist deutlich verärgert und Lara verzieht das Gesicht. »Okay, dann eben der Hirni, ist das besser? Wie auch immer, er war's!«

»Maul, ey«, kommt es jetzt von dem Beschuldigten, gefolgt von einem angedeuteten Tritt in Richtung der Schwester.

»Sag mal, meine Liebe«, wendet sich Jonathan an Inge. »Kinder, die sich ständig zanken, sich beschimpfen und sogar treten, die darf man doch auch heutzutage noch ohne Essen ins Bett schicken, oder?«

»Ha-ha.« Lara verzieht verächtlich das Gesicht und Lars murmelt »Sehr witzig, Alter, echt.«

»Ich gebe dir gleich Alter«, protestiert Jonathan lachend. »Tu was Nützliches, geh in die Garage und hol den Kasten mit der Cola her. Nein! Keine Diskussion! Mir ist es egal, wer die Letzte getrunken hat. Du gehst bitte und holst neue oder ihr trinkt Wasser.«

Leise vor sich hin schimpfend wendet sich Lars der Tür zu, nicht ohne »blöde Bitch« in Laras Richtung zu murmeln, die grinsend Jonathans Ansage zugehört hat.

»Und du, Madame, du deckst den Tisch, aber ein bisschen pronto«, kommt es jetzt von Else und nach einem Blick in ihr Gesicht schließt Lara den bereits zu einer Antwort geöffneten Mund wieder und macht sich wortlos an die Arbeit.

Jonathan und Inge schauen sich an und verlassen gemeinsam die Küche. Erst in ihrem Schlafzimmer lachen sie befreit und umarmen sich liebevoll.

»Was bin ich froh, dass wir Else haben«, kichert Inge. »Die findet immer die richtigen Worte im richtigen Moment, aber du warst heute auch gut in Form, mein Lieber. Ich bin sehr stolz auf dich.«

»Das höre ich doch immer wieder gern. Wie ist es denn mit Sarah heute so gewesen, wieder schwierig?«

»Nein, nicht besonders. Sie hat kurz versucht, mir wieder Schuldgefühle zu machen, aber das hat nicht lange angehalten. Wir haben uns ganz vernünftig unterhalten und jetzt ruft sie den Herrn Ruttig an, stell dir das nur mal vor.«

»Was? Das glaube ich ja nicht. Wie hast du das denn geschafft?«

»War gar nicht so schwer. Wenn ich mich recht erinnere, will sie ihn was zu den Gefahren des Internets fragen.« Inge lacht und küsst ihren Freund herzlich auf den Mund. »Willst du dich vor dem Essen noch etwas ausruhen?«

»Ach, eigentlich nicht. Lass uns ein Glas Wein zusammen trinken und noch ein bisschen reden, bis Else fertig ist. Was hältst du davon?«

»Viel. Ist in der Flasche noch etwas drin, sonst hole ich uns eine neue.«

»Nein, das reicht schon noch. Wir wollen uns ja nicht gleich betrinken«, lacht er und schüttet Rotwein in zwei Gläser. Seit Sarah Inges Zimmer bewohnt, haben sie sich das gemeinsame Schlafzimmer etwas anders eingerichtet, sogar einen kleinen Kühlschrank hat Jonathan gekauft. »Damit wir nicht bei Nacht und Nebel in die Küche runtermüssen, wenn uns mal nach Champagner ist«, hat er gemeint und sie in seine Arme gezogen.

»Auf dein Wohl«, sagt er jetzt und hält Inge das Glas entgegen. »Also, wenn ich es mir recht überlege, haben wir die Situation alles in allem doch recht gut gemanagt. Hätte viel schlimmer kommen können. Wie siehst du das?«

»Na ja, am Anfang fand ich es schon sehr anstrengend und habe mehr als einmal bereut, Sarah angeboten zu haben, bei uns einzuziehen«, erwidert Inge schmunzelnd. »Ich weiß, ich hatte natürlich keine andere Wahl, aber ... na ja, du weißt, was ich meine. Es war wirklich sehr mühsam mit ihr die erste Zeit, aber vielleicht lag es auch daran, dass ich selbst noch nicht wieder richtig auf den Beinen war.«

»Ich kann mir schon vorstellen, wie es für deine Tochter gewesen sein muss, in die Höhle des Löwen zu ziehen, schließlich war ich der Erzfeind, dem sie all ihr Ungemach zu verdanken hat. Okay, vielleicht nicht alles, aber doch vieles. Ich habe zuerst ihre Mutter verführt, die dann hinterlistig gezwungen, ihren sicheren Platz im Altersheim aufzugeben, um in meine Behausung zu ziehen und nicht nur das, ich habe auch noch ihre Kinder dazu gebracht, ebenfalls bei mir zu wohnen. Das musste sie wohl alles erst einmal verkraften.« Jonathan lacht und trinkt genüsslich einen Schluck Wein.

»Dass du darüber lachen kannst?« Inge schüttelt den Kopf und schaut nachdenklich in ihr Glas und lässt langsam die tiefrote Flüssigkeit darin kreisen. »Sie war anfangs schon sehr unhöflich zu dir, anstatt sich zu bedanken, dass du das alles auf dich nimmst, hat sie sogar dein Angebot, dich Jonathan zu nennen, abgelehnt und darauf bestanden, dich mit Sie und Herr Brinkmann anzureden. Weißt du noch? Auch gemeinsame Mahlzeiten wollte sie nicht und hat eisern daran festgehalten, allein in ihrem Zimmer zu essen. Hätte mich nicht gewundert, wenn sie auch noch einen Lieferservice hätte kommen lassen, nur um ja nichts annehmen zu müssen, was irgendwie mit dir zu tun hatte.«

»Sie hat halt Charakter und ist nicht so schnell umzustimmen, wenn sie sich mal eine Meinung gebildet hat«, nickt Jonathan.

»Weniger nette Menschen würden eher ›stur‹ dazu sagen«, lacht Inge, »das hat sie eindeutig von Klaus, der war genauso. Stur wie ein Esel, wenn der was nicht wollte, konnte ihn niemand umstimmen. Da sag noch mal einer, Vererbung wäre nur Biologie.«

»Immerhin ist sie in letzter Zeit etwas zugänglicher geworden und zum Essen kommt sie auch runter. Ich glaube, so langsam versteht sie, dass ich nicht dein Untergang bin und auch nicht an deinem Sparbuch interessiert.«

»Ich habe ja auch keins«, kichert Inge, »ich bin doch eine moderne Frau, ich habe Aktien.«

»Egal was, sie rückt von ihrer Überzeugung ab, dass ich ein Heiratsschwindler sein muss, hoffe ich jedenfalls.«

»Dafür glaubt sie jetzt, dass du mich einer Gehirnwäsche unterziehst, damit ich nur noch nachplappere, was du mir vorsagst. Wir hatten vorhin eine Diskussion über den Booster und sie nannte uns ... Moment, was hat sie genau gesagt ... ach ja: Drosten – Ultras. Und dass ich einen Podcast von ihm höre, war für sie Beweis genug, dass ich von dir gehirngewaschen wurde.«

»So, so, na dann. Soll sie glauben, was sie will, solange sie nur diesen Unsinn aus dem Internet wiederholt, werde ich mit ihr über das Thema Impfung sicher nicht diskutieren.«

»Musst du ja auch nicht, ich hoffe, das übernimmt künftig der Herr Ruttig.«

»Bist du sicher, dass zwischen den beiden etwas läuft? Ich meine, der Stefan ist ein anständiger Mann, aber ob er der Richtige für Sarah ist? Ich kannte seine Frau, die war ein völlig anderer Typ und bist du sicher, dass Sarah sich als Stiefmutter für seine beiden Kinder eignet?«

»Nein, da bin ich mir nicht sicher, aber was weiß ich schon. Vielleicht täte es ihr ja gerade gut, sich mal um andere, nicht immer nur um sich selbst kümmern zu müssen. Ich halte mich da raus, das müssen die selbst wissen. Und so, wie ich den Herrn Ruttig bisher kennengelernt habe, lässt der sich nicht leichtfertig auf ein Abenteuer ein, unter dem dann seine Kinder zu leiden hätten.«

»Genau so sehe ich das auch und genau das macht mir Sorgen. Was glaubst du, wie Lara und Lars auf neue Geschwister reagieren würden? Hält Sarah dem wütenden Ansturm, der sie dann bestimmt erwartet, stand oder kippt sie um? Gibt sie Lara nach und Ruttig erneut den Laufpass?«

»Das kann ich dir auch nicht sagen, aber ich könnte dann zumindest mit Lara und Lars reden und denen klarmachen, dass ihre Mutter auch ein Recht auf Glück und Liebe hat.«

»Viel Spaß, meine Liebe. So wie ich vor allen Dingen Lara kenne, wird die das ganz schwere Gerät rausholen, die lässt sich nicht vom Thron stoßen. Nicht ohne energische Gegenwehr. Zumal Stefans Kinder noch kleiner sind und mehr Fürsorge brauchen. Verlass dich drauf, es wird Eifersuchtsdramen geben, die sich gewaschen haben.«

»Bis dahin wohnen die hoffentlich alle wieder in ihrem eigenen Haus und uns trifft der Sturm nur am Rande,« seufzt Inge und trinkt ihr Glas leer. »So, noch stürmt es aber nicht, darum wollen wir uns auch nicht den Appetit mit ungelegten Eiern verderben. Lass uns runtergehen und Königsberger Klopse ohne Kapern genießen.«

»Tut mir ja echt leid, dass wir keine bekommen haben …«

»Hör auf, so scheinheilig zu säuseln«, sagt Inge und droht Jonathan lachend mit dem Finger. »Glaubst du, ich wüsste nicht, wie es wirklich war? Lars hat dir vorgejammert, dass er keine Kapern mag, und du bist dann auf die glorreiche Idee gekommen, ihr könntet stattdessen Pfefferkörner kaufen und so tun, als hättet ihr das überhaupt nicht bemerkt. Nicht ohne die Story noch mit eurer angeblich so verzweifelten Suche auszuschmücken. Gib´s zu, dann kriegst du ein Jahr weniger!«

»Ich gestehe, Euer Ehren und bitte um Gnade.« Jonathan ringt scheinbar verzweifelt die Hände, grinst aber über das ganze Gesicht.

»Männer! Wie gut, dass ihr so leicht zu durchschauen seid, wir Frauen hätten sonst verloren.«

-2-

»Stefan? Hier ist Sarah. Hast du grad Zeit oder störe ich dich bei etwas Wichtigem?«

»Sarah? Ist etwas passiert oder warum rufst du an?«

»Nein, nein, es ist nichts passiert, ich wollte nur ... also, eigentlich wollte ich mich nur mal bei dir melden, aber, wenn du schon fragst, nun ja, ich würde gern mal mit dir über die Gefahren des Internets reden. Weißt du, meine Mutter hat gemeint ...«

»Deine Mutter? Also wollte eigentlich sie, dass du mich anrufst oder wie darf ich das verstehen?«

»Was? Nein, natürlich nicht. Ich habe mich nur mit ihr über Lara unterhalten und dann sind wir auf Social Media gekommen und wer sich da vielleicht alles rumtreibt, und so und da habe ich an dich gedacht ...«

»Weil ich mich auf Social Media rumtreibe?«

»Natürlich nicht. So habe ich das doch nicht gemeint. Ich dachte nur, du könntest mir vielleicht einen Rat geben, worauf man achten muss.«

»Ach so, jetzt verstehe ich. Du möchtest eine Beratung. Nun, wir haben da gute Angebote, die du auch online nutzen kannst. Ich gebe dir gern den Link dorthin. Sonst noch etwas?«

»Äh, also ... na ja, ich wollte mich auch einfach mal wieder melden und fragen, wie es dir geht?«

»Wie es mir geht? Das interessiert dich jetzt plötzlich, nachdem ich dich gefühlte 100-mal angerufen habe und immer nur weggedrückt wurde? Sarah, was soll das? Was spielst du für seltsame Spielchen? Ich bin doch kein Teeny mehr, mit dem man so umspringen kann. Als ich dich vor Wochen im Krankenhaus abgeliefert habe, dachte ich eigentlich, über diesen Punkt unserer Beziehung wären wir hinweg. Wir haben gute und lange Gespräche geführt, sind uns nähergekommen, habe ich mir zumindest eingebildet und dann, von heute auf morgen wieder dasselbe, alte Spiel. Ich rufe an, du drückst mich weg. Ganz ehrlich, aber darauf habe ich keine Lust mehr. Also, wenn du sonst nichts möchtest ...«

»Warte, bitte leg nicht auf. Du hast ja recht und es tut mir leid. Mir haben unsere Gespräche damals wirklich gefallen, nein, mehr noch, sie haben mir sehr geholfen, diese Geschichte besser zu verarbeiten. Aber dann kam die Bestrahlung und mir ging es einfach nur furchtbar schlecht. Ich weiß nicht, ob du dir vorstellen kannst, wie das ist, wenn dir den ganzen Tag und auch die ganze Nacht kotzübel ist. Du kannst weder essen noch trinken, hast schon Angst, überhaupt den Mund aufzumachen. Reden geht nicht, egal, mit wem. Du kannst nichts tun, außer daliegen und abwarten, was als Nächstes kommt. Ich habe mich in meinem ganzen Leben vorher nicht so oft übergeben, wie an manchen Tagen. Danach tut dir alles weh. Dein Magen, deine Kehle, deine Muskulatur, einfach alles, du möchtest eigentlich nur noch sterben. Ich war darauf nicht vorbereitet und hatte dann keine Kraft, dir das zu erklären. Na ja, und dann war da noch deine Frau. Ich weiß, du hast ihr langes Sterben mit ansehen müssen und ich wollte dir nicht zumuten ...«

»Sarah, bitte! Es tut mir von Herzen leid, dass du so leiden musstest, trotzdem denke ich, es hätte eine Möglichkeit gegeben, mich über deinen Zustand zu informieren. Darum führ jetzt bitte nicht meine verstorbene Frau ins Feld. Das ist unter deiner Würde.«

»Tut mir leid, wenn du das so siehst, aber es ist die Wahrheit. Du selbst hast mir davon erzählt, wie sehr du unter ihrem Anblick, unter ihrem Leiden, ihren Schmerzen gelitten hast, und ich wollte nicht, dass du bei meinem Anblick daran erinnert wirst. Gut, ich gebe es zu, ich wollte auch nicht, dass du mich so siehst. Das soll ja alles keine Entschuldigung sein, nur eine Erklärung. Jetzt liegt meine letzte Bestrahlung gut eine Woche zurück und es geht mir wieder einigermaßen gut. Na ja, mir fehlen immer noch ein paar Haare, aber die wachsen auch schon langsam wieder nach. Laut Professor Grüner bin ich dem Teufel noch einmal von der Schippe gehüpft. Jedenfalls für diesmal. Also, wie gesagt, ich hätte gern etwas mit dir besprochen, aber, wenn du nun nichts mehr mit mir zu tun haben willst, würde ich das natürlich verstehen und auch akzeptieren.«

Die Pause erscheint ihr sehr lang und sie presst die Faust ihrer linken Hand gegen den Magen, als könne sie sich damit vor seinen Worten schützen. Dass sie auch die Luft angehalten hat, merkt sie erst, als er endlich antwortet.

»Sarah, du weißt, dass ich mit allem, was ich tue, nicht nur für mich selbst verantwortlich bin, sondern auch für meine beiden Töchter. Sie haben den Verlust ihrer Mutter erlebt, vielleicht überstanden, aber vielleicht noch nicht völlig verarbeitet, daher bin ich sehr vorsichtig, mit dem, was ich ihnen zumute und was nicht. Sie amüsieren sich zwar darüber und behaupten, ich hätte nur Angst vor Frauen, aber so lustig wie das klingt, ist es nicht. Ich habe tatsächlich Angst, Angst davor, den beiden weh zu tun. Dass ich dich mag, habe ich dir mehrfach gesagt, dass ich mir eine Beziehung mit dir durchaus vorstellen könnte, auch. Aber immer, wenn ich denke, jetzt machen wir den nächsten Schritt, bist du wieder verschwunden. So wird das nichts werden mit uns. Wenn ich dir jetzt noch einmal vertraue, mich mit dir treffe, dann will ich von dir wissen, wo wir stehen. Ist das bei dir angekommen und bist du damit einverstanden?«

Sarah hat seinen Worten gelauscht und zwischen Hoffen und Bangen geschwankt, jetzt atmet sie tief durch und sagt dann mit fester Stimme: »Ja, es ist bei mir angekommen und ich bin damit einverstanden ... sehr sogar. Ich möchte dich sehen und mit dir reden, deine Kinder kennenlernen, mit dir Paella essen und Rotwein trinken und alles machen, was Verliebte eben so machen.«

Durch das Telefon hört sie Ruttig leise lachen und stellt sich das Grübchen auf seiner rechten Wange vor.

»Nun gut, in dieser Reihenfolge. Wann möchtest du dich denn mit mir treffen?«

»Bald, also am liebsten jetzt sofort, aber du musst ja vermutlich arbeiten, oder? Es gibt heute Königsberger Klopse ohne Kapern, was würdest du davon halten?«

»Ich habe bereits Feierabend und ich liebe Königsberger Klopse ohne Kapern, aber was wird der Rest deiner Familie sagen, wenn ein ungebetener Gast auftaucht?«

»Die werden sich ebenso freuen wie ich, wenn du kommst.«

»Bin unterwegs. Soll ich etwas mitbringen? Wein vielleicht?«

»Nein, das dauert zu lange, dann wird das Essen kalt

und Else sauer. Komm einfach, aber komm bitte ganz schnell.«

Sarah drückt auf den roten Hörer, bleibt mitten im Zimmer stehen und schüttelt den Kopf. Sie kann nicht fassen, was sie getan hat. Was ist nur in sie gefahren? Sie hat diesen Mann eingeladen, spontan, ohne es mit den anderen Mitgliedern der Familie abzusprechen und nicht nur das, sie hat ihm auch sehr deutlich gesagt, wie wichtig er ihr ist. Und es fühlt sich gut und richtig an, befreiend geradezu. Sie steckt das Telefon in ihre Hosentasche, verlässt das Zimmer und läuft die Treppe runter in die Küche.

»Oh Lara, wenn du schon dabei bist, leg bitte noch ein Gedeck mehr auf, wir bekommen einen Gast«, ruft sie betont munter und merkt selbst, dass sie etwas unnatürlich klingt.

»Hä? Was für einen Gast denn?«

»Herr Ruttig, ich glaube, du kennst ihn. Er wollte vorbeikommen, um etwas mit mir zu besprechen, da habe ich ihn spontan zum Essen eingeladen. Ich hoffe, es hat niemand etwas dagegen? Ich meine, wir sind doch ein Haushalt und ein weiterer ... das ist doch erlaubt oder nicht?«

Sie schaut der Reihe nach alle an, niemand sagt etwas, bis Jonathan sich gesammelt hat und den Kopf schüttelt.

»Ich denke, das ist kein Problem, auch wenn wir, strenggenommen, natürlich mindestens zwei Haushalte sind, weil Else nicht hier wohnt. Und was das Essen angeht, das wird schon für alle reichen, oder Else?«

»Kein Problem, ich koche doch ohnehin immer viel zu viel, wie ihr wisst.«

»Wann kommt der denn, ich habe Hunger?«, lässt sich Lars vernehmen und schaut verwundert von einem zum anderen, versteht nicht, warum alle in lautes Gelächter ausbrechen.

»Er beeilt sich, hat er gesagt. Er wohnt ja nicht sehr weit von hier. Ich denke, spätestens in einer Viertelstunde ist er hier, hältst du es so lange aus oder verhungerst du vorher?«

»Witzig, ey«, mault der Junge und verzieht das Gesicht.

Ruttig braucht 12 Minuten, dann klingelt er an der Tür. Mit dem Ellbogen, denn in jeder Hand hat er eine Flasche Weißwein. Jonathan öffnet, zwinkert ihm zu und hebt den Daumen.

»Danke«, flüstert er, »vielen Dank, sie war lange nicht mehr so gut drauf wie jetzt. Komm schnell rein, das Essen steht schon auf dem Tisch.«

Ruttig betritt den Raum, bedankt sich in Inges Richtung für die spontane Einladung und reicht Jonathan den Wein. »Ist noch kalt, lag im Kühlschrank«, sagt er lächelnd, und sieht dabei Sarah an. Die steht hinter ihrem Stuhl und wirkt etwas verunsichert. Ruttig wandert um den Tisch und begrüßt Inge und die Kinder mit der ausgestreckten Faust und winkt Else zu, die gerade letzte Handgriffe in der Küche erledigt. »Falls es zur Beruhigung beiträgt, ich bin bereits das dritte Mal geimpft und heute auch frisch getestet«, sagt er dann in die Runde. »Sonst wäre ich gar nicht gekommen, man muss einfach vorsichtig sein und sich den Gegebenheiten anpassen.«

»Ach, hat meine Mutter dich schon gebrieft«, fragt Sarah verblüfft und starrt Inge an, die unwillig den Kopf schüttelt.

»Ich bitte dich, wann sollte ich das denn getan haben? Ich habe seit Wochen kein Wort mit Herrn Ruttig gewechselt.«

Sarah wird rot und setzt sich schweigend auf ihren Stuhl.

»Sieht Mama wieder mal Gespenster oder um was geht's grad«, will Lara wissen, bekommt aber von niemandem Antwort.

»Man, wie lange sollen wir denn jetzt noch warten, ich habe echt Hunger«, mault Lars und stöhnt vernehmlich.

»Hier kommt die Rettung für dich«, lacht die herbeieilende Else und stellt eine große Schüssel mit Salzkartoffeln auf den Tisch. »Oder möchtest du lieber erst von der roten Beete?«

»Bah, wer will denn sowas schon essen? Schmeckt doch voll widerlich.«

»Dann kann dein Hunger so groß nicht sein, sonst würdest du selbst die essen«, antwortet ihm Inge, und bevor sie eine weitere Bemerkung zu Krieg und Hungerjahren machen kann, pflichtet Lara ausnahmsweise ihrem Bruder bei.

»Ich finde die auch voll eklig, aber die Klopse mag ich, vor allen Dingen, wenn keine Kapern drin sind«, nickt sie und häuft sich Kartoffeln auf den Teller.

»Hast du schon einmal etwas davon gehört, dass man zuerst den Gästen etwas anbietet?«, serviert Jonathan Lara eine Steilvorlage, die ihn auch nicht enttäuscht.

»Klar doch«, antwortet sie mit einem breiten Grinsen, das verrät, wie viel Spaß ihr dieser Schlagabtausch macht, »ich bin Gast hier, also biete ich mir zuerst etwas an.«

»Touché!« Stefan Ruttig hat dem Geplänkel der beiden gelauscht und lacht in sich hinein.

»Jetzt weißt du, wovon ich rede, Kinder sind nur eine sehr kurze Zeit süß und riechen nach Babypuder, danach entwickeln sie sich zu Ausgeburten der Hölle, kosten dich den letzten Nerv und den letzten Cent, machen dich jeden Tag aufs Neue fertig und wenn du endlich völlig am Ende bist, verlassen sie dich und du bleibst mit gebrochenem Herzen zurück.«

»Dann kann ich ja verdammt froh sein, dass ich keine habe, aber wenn das so ist, warum setzt man sie dann überhaupt in die Welt?« Else steht mit einer Schüssel Salat in der Tür und hat den letzten Satz mitgehört.

»Purer Egoismus«, antwortet Ruttig und schafft es, todernst auszusehen. »Wir sind dazu verdammt, unsere Gene weiterzugeben, ob wir nun wollen oder nicht. Hat zuerst die Evolution, dann die Kirche und später Hollywood so eingerichtet. Wir alle träumen von einer kleinen Shirley Temple oder ihrem männlichen Pendant. Artige, immer blitzsaubere kleine Wesen, die dich mit unschuldigen blauen Augen anstrahlen und für die Papi auf ewig ein Held bleibt. Die Realität sieht anders aus, das kannst du mir glauben.«

Lara hat mittlerweile zu essen begonnen und fragt mit vollem Mund: »Wer, the fuck, ist Shirley Temple?«

»Vergiss es«, winkt Ruttig lachend ab, »das war nur die Klage eines geplagten Vaters, der mit der Erziehung von zwei Halbwüchsigen heillos überfordert ist.«

»Wenn ich mal Kinder habe, dürfen die alles, das ist mal klar. Scheißverbote und so was gibt es bei mir nicht«, setzt Lara die Unterhaltung fort. »Die dürfen essen, was sie wollen, schlafen, wann sie wollen, anziehen, was sie wollen und na ja, okay, in die Schule gehen müssen sie wohl, aber das ist auch alles, wozu sie gezwungen werden.«

Sarah verschluckt sich an einem Stück Kartoffel und hustet heftig, während sie lachend nach Luft ringt.

»Gibst du mir das bitte schriftlich, damit ich dich daran erinnern kann, wenn es so weit ist?«

»Ich lache dann später«, grummelt Lara und widmet sich mit Hingabe einem weiteren Klops.

»Habt ihr was dagegen, wenn ich euch Sarah heute Abend für eine Weile entführe?« Ruttig schaut fragend in die Runde und sieht nur Kopfschütteln.

»Schön, sie weiß es zwar noch nicht, aber sie geht heute Abend mit mir einen Wein trinken, vorausgesetzt, sie gibt mir nicht wieder einen Korb.«

»Nein, das tue ich nicht, ich komme gern mit, nur nicht zu lange, ich bin noch nicht wirklich fit.«

»Das versteht sich doch von selbst. Du bestimmst, wann du wieder nach Hause möchtest, aber ich finde, du musst mal raus, mal wieder was anderes sehen. Ich hätte dich auch gern zum Essen ausgeführt, Paella oder so, aber dazu war es leider zu spät. Wobei, ich muss sagen, diese Königsberger Klopse sind wirklich ein Gedicht, so lecker habe ich die seit meiner Kindheit nicht mehr gegessen und meine Großmutter war eine Meisterköchin.«

»Meine auch«, antwortet Else. »Und sie kam aus Ostpreußen, Essen war eine heilige Handlung für sie und kochen sowieso. Ich habe schon als Kind viele Stunden bei ihr in der Küche verbracht und zugeschaut, vielleicht koche ich darum auch heute noch so gern.«

»Ich habe das Gefühl, die jungen Leute heutzutage ernähren sich überwiegend von Fertignahrung und aus der Mikrowelle«, wirft Inge ein. »Was es im Laden alles bereits fix und fertig zu kaufen gibt, das kannten wir ja früher gar nicht. Da musste man wirklich kochen können, nicht nur aufwärmen.«

»Trotzdem gibt es im Fernsehen jede Menge Kochsendungen und Kochshows. Perfekte Dinner und was weiß ich noch alles«, wirft Jonathan ein. »Und da wird nichts aufgewärmt, die überbieten sich gegenseitig mit ihren Kreationen. Wie passt denn das zusammen?«

»Ja, das weiß ich natürlich auch nicht, ich weiß nur, dass es so ist.«

»Ich könnte mir vorstellen, dass berufstätige Singles auf Fertiggerichte und Mikrowelle zurückgreifen, in Familien hingegen eher gekocht wird. Das ist ja auch viel gesünder und vor allen Dingen billiger. Sarah, wie siehst du das?« Inge sieht ihre Tochter fragend an.

»Keine Ahnung, habe ich nie drüber nachgedacht. Ich kaufe keine Fertigprodukte, ich kann kochen, auch wenn es mir nicht immer Spaß macht.«

»Du kannst kochen? Seit wann?« Lara schaut unschuldig in die Runde.

»Bevor du beschlossen hast, unausstehlich zu werden und jeden vor den Kopf zu stoßen, hat dir mein Essen immer geschmeckt«, gibt Sarah zurück, entschlossen, sich von ihrer Tochter nicht provozieren zu lassen. »Es steht dir natürlich jederzeit frei, die Küche zu übernehmen und dein Talent am Herd unter Beweis zu stellen.«

»Klar, warum nicht, kann so schwer nicht sein, wenn sogar du das hingekriegt hast«, schießt die zurück.

»Das reicht jetzt!« Jonathan hebt eine Hand. »Wenn du dich noch länger derart schlecht benehmen möchtest, wirst du demnächst in deinem Zimmer essen. Hier am Tisch dulde ich das nicht.«

»Danke, aber ich werde damit schon allein fertig, ich brauche Ihre Unterstützung bei der Erziehung meiner Kinder nicht«, reagiert Sarah empört, während Lara die beiden interessiert beobachtet.

»Es tut mir leid, wenn Sie das als Einmischung in Ihre Erziehung gesehen haben, das war nicht meine Absicht. Aber in meinem Haus gelten meine Regeln und einen solchen Ton dulde ich nicht, egal von wem und gegen wen.«

»Lara überlebt das schon, die ist hart im Nehmen.

Außerdem, wer austeilen will, der muss auch einstecken können, alte Bauernweisheit. Möchte jemand Nachtisch?« Else hat nicht einmal die Stimme erhoben und sieht unbeeindruckt in die Runde.

»Klar, was gibt's denn?«, will Lars wissen und auch Lara nickt.

»Ich nicht, danke Else, es war alles ganz wunderbar, aber ich bin pappsatt«, stöhnt Inge und auch Jonathan schüttelt den Kopf.

»Nein danke, für mich auch nichts mehr«, sagt Ruttig und sieht Sarah an. »Wie ist es mit dir?«

»Nein, ich will nichts, ich würde gern gehen, wenn es dir recht ist.«

»Natürlich, gehen wir. Ich bedanke mich noch einmal für die Einladung und dieses wirklich köstliche Abendessen. Vielleicht kann ich mich demnächst einmal dafür revanchieren.«

»Es war uns ein Vergnügen, schön, dass du hier warst. Hoffentlich sehen wir uns bald wieder«, erwidert Jonathan höflich und erhebt sich, um die beiden zur Tür zu bringen.

Als er zurückkommt, sitzen nur noch Inge und Else am Tisch, die Kinder sind verschwunden.

»Ich habe sie mit samt Nachtisch auf ihre Zimmer gescheucht«, lacht Else. »Ich hatte keine Lust mehr auf weitere Diskussionen, wollte in Ruhe meinen Kaffee trinken. Möchtest du auch einen?«

»Nein, vielen Dank, aber du weißt doch, wenn ich um diese Zeit noch Kaffee trinke, zumal den von dir gekochten, dann kriege ich heute Nacht kein Auge zu. Habe ich mich wirklich in Sarahs Erziehung eingemischt? Seid ehrlich?«

»Quatsch«, Else schüttelt energisch den Kopf. »Du hattest völlig recht, Lara ist ein vorlautes Ding und muss lernen, dass es Grenzen gibt, fertig. Und wenn ihre Mutter ihr die nicht setzt, sollte sie dankbar sein, wenn ein anderer das übernimmt.«

»Ich fand Sarahs Reaktion auch unangebracht. Ich weiß, als Mutter ist man empfindlich, wenn jemand das eigene Kind kritisiert, aber Lara war schon ganz schön frech ihr gegenüber. Ich glaube, das war wegen dem Herrn Ruttig. Da wollte sie besonders auffallen. Oder es hat ihr nicht gepasst, dass er mit ihrer Mutter ausgehen wollte. Wer weiß das bei ihr schon so genau. Du musst dir auf alle Fälle überhaupt keine Vorwürfe machen, mein Lieber. Es ist dein Haus, also sind es auch deine Regeln. Ärgere dich nicht über Sarah, die hadert immer noch damit, dass sie auf dich angewiesen ist.«

»Das wird ja bald ein Ende haben, nehme ich mal an. Sie hat die letzte Bestrahlung hinter sich und erholt sich zusehends. Irgendwann wird sie wohl wieder zurück in ihr Haus wollen. Hat sie noch nichts davon gesagt?«

»Bis jetzt noch nicht und ich fände es auch zu früh. Sie ist schon noch sehr schwach und schläft viel. Die Kinder, das große Haus ... das würde sie bestimmt noch überfordern, außerdem ich sie ja auch noch krankgeschrieben und die Reha steht auch noch an.«

»Ach, stimmt ja, das hatte ich ganz vergessen. Wie weit ist das denn inzwischen gediehen?«

»Es ist genehmigt, aber sie war mit dem Ort nicht einverstanden, weil der irgendwo in Bayern lag, war ihr zu weit weg. Jetzt weiß ich gerade nicht, ob man ihr schon einen anderen vorgeschlagen hat oder ob sie am Ende gar nicht mehr will. Ich frage sie morgen mal.«

»Ich denke, wenn es ihr gelingt, diesen netten Mann von heute Abend nicht mit ihrem unmöglichen Benehmen zu vergraulen, könnte sich daraus etwas entwickeln. So wie er sie angesehen hat, ist er schwer verknallt.« Else lacht und schiebt dann nach. »Sorry, Inge, ich weiß, du bist ihre Mutter, aber du musst doch auch zugeben, dass sie wirklich verdammt schwierig ist.«

»Ja, das gebe ich zu und auch ich hoffe sehr auf den Herrn Ruttig. Sie braucht einfach wieder einen Mann, eine Familie, eine Aufgabe.«

-3-

»Ich hoffe, es war dir nicht allzu unangenehm, dass ich dich direkt nach dem Abendessen entführt habe?« Ruttig sieht Sarah von der Seite an, während er den Wagen routiniert durch ein paar enge Sträßchen steuert.

»Nein, natürlich nicht, wie kommst du denn darauf? Außerdem waren wir doch schon fertig.«

»Auf die Antwort hatte ich gehofft«, lacht Ruttig. »Du hättest jetzt auch sagen können: Doch, das fand ich sehr unhöflich und es wäre mir lieber gewesen, du hättest bis nach dem Kaffee gewartet.«

Sarah stutzt einen Moment, zuckt dann die Schultern und sagt: »Du bist immer so erfrischend offen, das hatte ich schon fast vergessen. Sag doch ruhig offen, dass du mich für eine ewig meckernde Zicke hältst.«

»Ich liebe Zicken«, nickt Ruttig und hält zügig auf eine gerade freiwerdende Parklücke zu.

»Du bringst mir Glück. Guck dir das mal an, fast direkt vor dem Lokal ein freier Parkplatz. Hast du den beim Universum bestellt?«

»Bitte? Was habe ich wo bestellt?«

»Beim Universum. Sag bloß, du weißt nicht, dass man sich dort Dinge, besonders freie Parkplätze bestellen kann?«, fragt Ruttig nach und schafft es, vollkommen ernst auszusehen.

»Du nimmst mich auf den Arm, oder?«

»Nur ein bisschen, denn es gibt tatsächlich nicht mal so wenig Leute, die daran glauben und es immer dann wieder als bewiesen ansehen, wenn sie mal Glück haben. Komm, ich wollte dich nicht verunsichern. Warte, ich komme rum und öffne dir die Tür.«

»Das schaffe ich gerade noch allein«, murmelt Sarah und steht schon auf dem Bürgersteig, bevor Ruttig das Auto umrundet hat.

»Okay, ich habe verstanden. Selbst ist die Frau und höfliche Gesten sind heute Abend gänzlich unerwünscht. Also los, wird bestimmt ein netter Abend. Hältst du mir die Tür auf oder darf ich ...?«

Sarah rollt die Augen und stößt einen Seufzer aus. »Du musst nicht jeden Satz von mir auf die Goldwaage legen. Du weißt doch, ich mag es nicht besonders, wenn man mich behandelt wie ...«

»Wie eine Person, die man gern mag und um die man sich bemüht?« Ruttig ist ebenfalls stehengeblieben und sieht Sarah fragend an.

»Du bemühst dich um mich?«, fragt sie leise und greift nach seinem Arm. »Das ist schön, dann darfst du mir jetzt auch die Tür aufhalten.«

»Danke, vielen Dank, ich weiß deine Güte wirklich zu schätzen«, lacht er, »aber das wird jetzt schwierig, denn laut Knigge geht der Mann vor in ein Lokal. Vermutlich soll er sich erst vergewissern, ob da nicht grad scharf geschossen wird oder Bierkrüge fliegen. Ansonsten sehe ich darin keinen rechten Sinn.«

»Wir gehen einfach nebeneinander, die Tür ist schließlich breit genug.«

»Gute Idee. Ich sag's ja immer, das Leben könnte so einfach sein, würde man es sich nur nicht immer verkomplizieren. Warst du hier schon mal?«

»Nein, noch nie, aber ich bin sicher, du hast einen Grund, heute Abend genau diese Lokalität anzusteuern oder etwa nicht?«

»Einen Grund? Nein, nicht wirklich, außer, dass sie hier eine wirklich außergewöhnlich gute Weinauswahl haben und der Wirt ein ehemaliger Kollege von mir ist. Reicht dir das als Grund?«

Das Innere des kleinen Lokals, das offenbar nur aus einem Raum besteht, ist gut gefüllt und der Lärmpegel auch nicht schlecht. Eine Gruppe von Männern steht an der Bar und diskutiert lautstark mit dem Wirt. Offenbar geht es um Fußball, Sarah schnappt »Schiedsrichter« und »Elfer« auf, da löst sich ein großer Mann aus dem Pulk. Er strahlt über das ganze bärtige Gesicht, während er mit ausgebreiteten Armen auf sie zukommt.

»Mensch, Stefan, alter Verbrecherjäger, was für eine Freude, dich zu sehen. Ist ja viel zu lange her, seit dem letzten Mal. Und das ist sicher deine Neue, oder? Guten Geschmack hast du ja, das muss der Neid dir lassen. Hallo, ich bin Friedjoff Krämer, aber meine Freunde nennen mich Joffi.«

Bei diesem Redeschwall hat er Ruttig an sich gezogen und kräftig auf den Rücken geklopft und schickt sich jetzt an, Sarah an seine Brust zu ziehen. Die hebt abwehrend die Hände und sagt: »Bitte halten Sie doch etwas mehr Abstand, ich war gerade sehr krank und möchte mich nicht mit irgendwas anstecken. Womit ich natürlich nicht sagen will, dass Sie krank sind, Herr Krämer.«

Joffi hält in der Bewegung inne, stutzt einen Augenblick, nickt dann lächelnd und antwortet: »Natürlich, Sie haben recht, entschuldigen Sie bitte, ich habe mich hinreißen lassen, weil ich mich so über den Besuch von Stefan freue. Möchtet ihr etwas essen oder nur einen Wein trinken?«

»Wir kommen leider gerade von einem Abendessen und würden uns vorerst mit einem Glas Wein zufriedengeben«, antwortet Ruttig, nimmt Sarahs Arm und folgt dem Wirt zu einem etwas abseitsstehenden Zweiertisch.

»Hier recht? Ich bringe euch gleich die Weinkarte, einen Moment, bitte. Die Masken könnt ihr jetzt ablegen, nur, wenn ihr zur Toilette wollt oder so was, müsst ihr sie wieder aufsetzen.«

»Er ist ein grundanständiger Mann, herzlich und offen, wenn auch manchmal etwas stürmisch«, erzählt Ruttig, nachdem sie Platz genommen haben. »Er wurde angeschossen, stand monatelang auf der Kippe und war danach dienstuntauglich. Hat lange gedauert, bis er sich damit abgefunden hat, war nämlich Kriminalist mit Leib und Seele, aber ich glaube, jetzt fühlt er sich hier als Wirt auch ganz wohl. Was ist los? Was machst du für ein Gesicht?«

»Ich finde, als Wirt sollte er vorsichtiger mit seinen Gästen umgehen, meinst du nicht? Man kann sich nicht einfach um den Hals fallen und so tun, als gäbe es keine Pandemie. Es wird doch nicht umsonst immer auf Abstandhalten und so hingewiesen und nach unserem Impfstatus hat er überhaupt nicht gefragt. Das schafft nicht unbedingt Vertrauen, tut mir leid, wenn du das anders siehst.«

»Sarah, Joffi kennt mich seit vielen Jahren und er weiß, dass ich Verantwortung sehr ernst nehme. Also ist er sich sicher, dass ich nicht ungeimpft sein Lokal betreten würde, was ihn schließlich in große Schwierigkeiten bringen könnte. Darum mach dir bitte keine Sorgen und genieß jetzt mal den Abend.«

Erst als Joffi die Weinkarte gebracht, die Bestellung aufgenommen und serviert hat, sagt Sarah: »Darüber wollte ich unter anderem heute mit dir reden. Ich meine, über diese Impferei, ich bin da hin und hergerissen. Man hört und liest so viel und jeder behauptet was anderes. Ich habe schon mit meiner Mutter darüber gesprochen, die ist natürlich geboostert, ebenso der Jonathan. Klar, die hören ja auch den Podcast von diesem Drosten und Mama tut ohnehin nur noch das, was Jonathan sagt.«

»Sagt wer?«

»Ich, schließlich wohne ich schon seit einer ganzen Weile dort und beobachte das.«

»Nun, bevor ich dazu etwas sage, lass uns erst einmal anstoßen. Auf dein Wohl, deine Gesundheit und einen schönen, entspannten Abend.«

»Soll das heißen, dass du von meinen Problemen lieber nichts hören möchtest?«, fragt Sarah leicht pikiert nach, hebt aber ebenfalls ihr Glas.

»Nein, das heißt es nicht. Du kannst mit mir über alles reden, was dir auf der Seele liegt. Prost. Oh, der ist gut, ich glaube, ich lasse den Wagen nachher stehen und wir fahren Taxi. Also, was war das eben? Deine Mutter ist ein willenloses Opfer ihres neuen Lebensgefährten und plappert nur noch seine Meinung nach? Dann muss sie mit einem anderen Mann zusammen sein als mit dem, den ich gut kenne. Jonathan zwingt niemandem seine Meinung auf und Jasager waren noch nie sein Ding. Und auch, wenn ich deine Mutter weder lange noch gut genug kenne, um mir wirklich ein Urteil erlauben zu können, hatte ich bisher nicht den Eindruck, sie hätte keine eigene Meinung. Was bringt dich also dazu, so zu denken?«

»Na ja, jeder zweite Satz von ihr ist: Jonathan sagt das auch, Jonathan hat auch gemeint ...«

»Und daraus schließt du, dass sie ohne ihn anders denken würde?«

»Ach, ich weiß auch nicht. Das nervt mich einfach, ich will nicht ständig nur hören, was der sagt und denkt.«

»Immer noch nicht damit versöhnt, dass sich deine Mutter in ihrem Alter noch mal verliebt hat und offensichtlich glücklich ist?«

»Verliebt ... was heißt das denn schon? Was, wenn sie oder auch er in ein oder zwei Jahren feststellen, dass die Liebe doch nicht ganz so groß war, wie sie gedacht haben? Dann steht meine Mutter auf der Straße, während er weiterhin in seinem Luxushaus wohnen bleibt und sich die Nächste suchen kann, die auf ihn reinfällt. Ja, guck mich nur nicht so an, genau so sieht es doch aus. Letztendlich ist sie total abhängig von seinem Good Will.«

»Und du kennst Jonathan so gut, hast dich lange und eingehend mit ihm über seine Gefühle für deine Mutter unterhalten, um das beurteilen zu können?«

»Natürlich nicht, was sollte das denn bringen. Der erzählt mir doch nur das, was ich hören will.«

»Und darum versuchst du es gar nicht erst?«

»Ich mache mir halt Sorgen um meine Mutter und wenn du mal ehrlich bist, habe ich allen Grund dazu.«

»Das musst du mir erklären, welchen Grund hast du genau? Gehen wir mal davon aus, das Szenario, das du da so finster in den Raum gestellt hast, tritt tatsächlich ein, was dann? Jonathan, der finstere Bösewicht, wirft deine Mutter von jetzt auf gleich aus dem Haus. Ihre Möbel schmeißt er auf die Straße, die holt dann der Sperrmüll oder wer auch immer. Nun steht die arme Inge schluchzend da, es regnet, oder vielleicht schneit es sogar, sie hat nicht einmal eine

Jacke mitgenommen und Schuhe hat sie auch nicht an, nur ihre Pantoffeln …«

»Hör schon auf, du machst dich über mich lustig, das finde ich nicht nett von dir«, schimpft Sarah, kann sich aber ein Lachen nicht ganz verkneifen. »Nein, so schlimm wird es wohl nicht gleich kommen, aber trotzdem, was ist, wenn das nicht lange gutgeht oder wenn sie wieder Probleme mit ihrem Herzen kriegt, pflegebedürftig wird?«

»Was, wenn uns beim Rausgehen der Himmel auf den Kopf fällt? Sarah, kannst du eigentlich nur in Katastrophen denken? Aber bitte, nehmen wir mal an, du hast recht, die beiden stellen in ein, zwei Jahren fest, dass sie doch nicht so gut zusammenpassen, wie sie gedacht haben. Deine Mutter hat eigenes Vermögen, sie ist also finanziell schon mal nicht von Jonathan abhängig. Da so eine Trennung sich außerdem ankündigen wird und nicht über Nacht passiert, kann sie sich einfach nach einem neuen Altersheim umschauen. Mehr würde wohl nicht passieren. Vielleicht kannst aber auch du dir bis dahin vorstellen, dass sie zu dir ziehen könnte …«

»Zu mir? Um Himmels Willen, bloß das nicht. Meine Mutter und ich unter einem Dach, das gäbe Mord und Totschlag, glaub mir.«

»Noch lebt ihr alle und ihr wohnt jetzt schon eine ganze Weile unter einem Dach.«

»Ja, schon, aber das ist doch eine andere Situation, es ist nur vorübergehend, bis ich wieder ganz fit bin. Da kann sie mir in nichts reinreden, weil ich ja gar nichts tue. Ich koche nicht, ich bügele nicht, ich putze nicht, ich erhole mich den ganzen Tag nur und langweile mich langsam zu Tode. Okay, aber meine Mutter war eigentlich gar nicht das Thema, wie sind wir denn nur darauf gekommen? Ich wollte von dir wissen, was du von dieser Impferei hältst?«

»Na ja, was soll ich davon halten? Ich bin geimpft und seit einer Woche auch geboostert, mehr gibt es dazu nicht zu sagen. Ich hatte keine besonderen Reaktionen und Nebenwirkungen schon gar nicht. Mir hat der Arm etwas weh getan und am ersten Tag habe ich mich ein bisschen schlapp gefühlt, das war´s. Was macht dir denn solche Kopfschmerzen?«

»Na ja, man hört halt so viel, das hat mich verunsichert. Ist das alles wirklich sicher, was, wenn sich erst in 10 Jahren oder so rausstellt, dass das Zeug krebserregend war, impotent oder unfruchtbar macht, was dann? Wie soll ich das dann meinen Kindern erklären?«

»Gegen Angst hilft nur Aufklärung und Wissen, da hilft dir weder meine Meinung noch die von Inge oder Jonathan. Du musst dir ein paar seriöse Studien suchen und die lesen und dir dann selbst ein Urteil bilden. Tu nichts, was du nicht willst, und lass dich auch zu nichts überreden.«

»Hast du Zugang zu solchen Studien? Oder finde ich die im Internet?«

»Sowohl als auch, ich schicke dir später ein paar Links, da kriegst du auf all deine Fragen Antworten, versprochen. Trinken wir noch ein Glas?«

»Ich weiß nicht, wie spät ist es denn?«

»Gerade mal halb neun, so lange dürfen schon 12-Jährige aufbleiben«, lacht Ruttig und winkt Joffe, der nickt und kommt gleich darauf mit zwei gut gefüllten Gläsern an den Tisch.

»Alles zu Ihrer Zufriedenheit? Ist der Wein nach Ihrem Geschmack oder möchten Sie lieber einen anderen probieren?« Er schaut Sarah lächelnd an.

»Nein, nein, der ist sehr gut, vielen Dank. Ich muss nur langsam trinken, ich merke schon die Wirkung«, antwortet Sarah und nickt Joffe zu.

»Ihr braucht eine vernünftige Unterlage, einen Moment, bin gleich wieder da.« Keine fünf Minuten später kommt er mit einem Teller zurück, auf dem alles liegt, was man in Öl konservieren kann: Oliven, Tomaten, Peperoni, Artischockenherzen, Calamares und dazu Salami und Parmaschinken. Auch einen Brotkorb hat er dabei und stellt alles zusammen auf dem Tisch ab. »So, hier noch zwei Gabeln und bevor ihr jetzt noch einen Schluck trinkt, esst was. Ihr werdet sehen, dann könnt ihr auch noch ein drittes oder viertes Glas trinken. Dieses Tröpfchen hat es nämlich verdient, dass man es genießt.«

»Ich wusste schon, warum ich heute Abend hierhergekommen bin«, sagt Ruttig und hebt seinen Daumen. »Ich komme in Zukunft öfter, fest versprochen.«

»Ich nehme dich beim Wort, ich freue mich immer, dich zu sehen ... oder euch. Also lasst es euch schmecken und genießt den Wein.«

»Ich hätte nicht gedacht, dass ich schon wieder etwas essen kann«, lacht Sarah, während sie genüsslich ein zweites Artischockenherz in den Mund schiebt. »Es ist aber so lecker, da kann ich nicht widerstehen, außerdem wurde ich ja sozusagen gezwungen, damit ich noch etwas von diesem wundervollen Wein trinken kann, ohne dass du mich wieder nach Hause tragen musst.«

Es ist das erste Mal, dass Sarah den Abend in der spanischen Bodega erwähnt, bei dem der schwere Rotwein sie dazu gebracht hat, Dinge zu sagen, die ihr am nächsten Morgen schrecklich peinlich gewesen sind. Zum Glück war Ruttig anständig genug, ihren Zustand nicht auszunutzen, obwohl sie sich ihm förmlich an den Hals geworfen hatte. Auch jetzt wird sie bei dem Gedanken an ihr damaliges Verhalten rot und schafft es nicht, den Mann, der ihr gegenübersitzt, anzusehen.

»Ich weiß wirklich nicht, wovon du redest. Ich erinnere mich nur an einen wundervollen Abend, nach dem ich dich mit einem Taxi nach Hause gebracht habe. Das war alles. Ich frage mich allerdings bis heute, was ich falsch gemacht habe, denn während ich voller Begeisterung am nächsten Morgen bei dir angerufen habe, um dich baldmöglichst wiederzusehen, wurde ich von dir schnöde weggedrückt. Keine Erklärung, nicht einmal eine WhatsApp: ›Es war nett mit dir, aber ...‹, nichts, einfach Funkstille. Irgendwann habe ich es dann aufgegeben, aber verstanden habe ich es nie. Bis heute nicht, und wenn mich mein Gedächtnis nicht täuscht, hast du es mir auch nie wirklich erklärt. Nein, nein, nicht unterbrechen, jetzt bin ich dran mit Reden. Ich weiß, du hast mir was von ›verheiratet und Mutter von zwei Kindern‹ erzählt, als ich dich vor ein paar Monaten vor dir selbst gerettet habe. Erinnerst du dich? Du bist aus dem Krankenhaus ausgerissen und hast dich mit einem Taxi nach Hause fahren lassen ... nein, nein, Moment noch, gleich kannst du dich in aller Ausführlichkeit rechtfertigen. Also, damals habe ich dich gefragt, warum und wieso und habe wieder keine überzeugende Erklärung bekommen. Nun gut, ich habe es mir dann mit deiner Krankheit erklärt, mich noch einmal auf dich eingelassen. Wir haben lange, gute Telefongespräche geführt und ich war sicher, es würde weitergehen mit uns, aber nein. Kaum warst du aus dem Krankenhaus entlassen, hast du wieder genauso gehandelt und mich jedes Mal weggedrückt, wenn ich versucht habe, dich anzurufen. Dabei hattest du mir fest versprochen, mich so nicht mehr zu behandeln. Sarah, ich möchte, dass du mir jetzt aufmerksam zuhörst. Wie ich dir vorhin schon am Telefon gesagt habe, bin ich kein Teenager mehr, mit dem man Spielchen spielen kann, ich bin ein erwachsener Mann, der Verantwortung für seine zwei Kinder hat. Mir liegt etwas an dir, mir liegt genau genommen sogar eine ganze Menge an dir, aber deswegen bin ich noch lange nicht bereit, mich von dir behandeln zu lassen, als wären dir meine Bemühungen lästig. Ich kann dir jetzt noch nicht sagen, wohin das mit uns führen wird, wenn wir es miteinander versuchen, ich kann dir nur versprechen, dass ich mich redlich bemühen werde, dich weder zu enttäuschen noch zu verletzen. Das gleiche Versprechen erwarte ich aber auch von dir, hier und heute, oder du sagst mir offen, dass du kein weitergehendes Interesse an meiner Gesellschaft hast. Dann trinken wir unsere Gläser aus, ich rufe ein Taxi und bringe dich nach Hause. So, ich habe fertig.«

Ruttig nickt energisch, nimmt sein Glas auf und trinkt es mit einem Zug leer.

Sarah hat während seiner Rede ein Stückchen Brot auf dem Tisch zerkrümelt, schiebt jetzt die Krümel energisch zusammen, zuckt die Schultern, seufzt tief und setzt sich dann entschlossen sehr gerade hin.

»Okay, du möchtest also eine Erklärung für mein Benehmen? Sollst du haben, auch, wenn sie dir vielleicht nicht gefällt. Nach unserem ersten Treffen, damals in der Bodega, war mir mein Benehmen so furchtbar peinlich, dass ich dir einfach nicht mehr unter die Augen treten wollte. Ich hatte einen kompletten Filmriss und konnte mich an Details überhaupt nicht mehr erinnern. Ich weiß nur noch, dass ich morgens erschrocken aufgewacht bin und befürchtete, du lägst neben mir im Bett. Ich war dann zwar sehr erleichtert, dass das nicht der Fall war, aber Lara hat mich nach Hause kommen sehen und natürlich nicht versäumt, mir in allen Einzelheiten vorzuwerfen, wie betrunken ich war und dass du mich fast tragen musstest. Stefan, glaub mir, es ist mir nicht leichtgefallen, deine Anrufe zu ignorieren, aber ich wusste nicht, wie ich dir mein Verhalten erklären sollte. Außerdem hatte ich ja auch so schon genug Probleme. Axel war gerade erst ausgezogen, machte mich für das Scheitern unserer Ehe, Laras schlechtes Benehmen, das Wetter und den Klimawandel verantwortlich, meine Mutter erzählte mir was von neuer Liebe und dass sie plant, nach Teneriffa auszuwandern ... Ich war einfach mit allem restlos überfordert und konnte mir partout nicht erklären, warum sich irgendein Mann freiwillig ein solches Chaospaket aufhalsen sollte. Dann kam meine Krankheit und ich dachte eine ganze Weile, dass es das nun gewesen ist. Aus die Maus, tot, noch vor meinem 40. Geburtstag. Ich habe da gelegen und mehr als einmal an dich gedacht, dich anrufen wollen und es immer wieder verworfen. Ich wollte weder dein Mitleid noch dich in meinen Schlamassel mit hineinziehen. Na ja, und dann bist du da vor meiner Garage aufgetaucht. Ich war erschrocken, aber auch froh, dich zu sehen, obwohl du mich ausgeschimpft hast wie ein ungezogenes Kind.« Sarah lächelt in der Erinnerung, schüttelt amüsiert den Kopf, trinkt einen Schluck und fährt dann fort: »Unsere Gespräche haben mir gutgetan, mir Hoffnung gemacht, vielleicht doch noch eine Zukunft zu haben, vielleicht sogar eine mit dir. Du hast mir Mut gemacht, dass Angebot meiner Mutter anzunehmen und eine Weile zu ihr und Jonathan zu ziehen. Du hast dir endlos mein Gejammer über meine gescheiterte Ehe, meine Probleme mit Lara und Lars angehört und mir geduldig gute Ratschläge gegeben. Das war ganz wunderbar von dir und dafür werde ich dir für ewig dankbar sein. Nein, jetzt wartest du und ich rede! Also, so weit war alles gut, aber dann kam die erste Bestrahlung und die damit verbundenen Nebenwirkungen. Ich will dir das jetzt nicht in allen Einzelheiten erzählen, sonst schmeckt dir der Wein nicht mehr, aber es war schlimm, ganz schlimm sogar. Meine

Mutter und Else mussten mich wie ein Baby pflegen, ich war nicht einmal mehr fähig, allein auf die Toilette zu gehen. Ich habe nichts, wirklich nichts bei mir behalten können, selbst ein bisschen Wasser wieder ausgebrochen. Ich habe an manchen Tagen darum gebetet, endlich sterben zu können, einfach nicht mehr aufzuwachen, so schlimm war es. In einem solchen Zustand telefoniert man nicht mehr, man erklärt nichts, man erhofft nichts, es ist einem einfach alles egal. Manchmal habe ich geweint, wenn ich an dich gedacht habe, denn natürlich hatte ich dich nicht vergessen, aber mehr denn je, war ich davon überzeugt, dass es besser für dich wäre, mich nie wiederzusehen. Chaotisch allein wäre ja vielleicht noch gegangen, aber chaotisch und obendrein sterbenskrank, nein, das wollte ich dir wirklich nicht zumuten. Schließlich wusste ich ja um das Leiden deiner Frau und was du da alles mitgemacht hast. Nun ja, mit jeder Bestrahlung wurden die Nebenwirkung ein bisschen erträglicher und nachdem ich nun die letzte erhalten habe, geht es aufwärts mit mir. Laut Prof. Grünert darf ich mich als geheilt betrachten und mein Risiko, an einem Hirntumor zu versterben, ist nicht nennenswert höher als bei anderen Menschen auch. Ich bin zwar immer noch etwas chaotisch, wohne bei meiner Mutter und habe zwei Pubertiere, die nicht so ohne sind, aber ansonsten ... also, wenn du noch immer nicht die Nase voll hast von mir und meinen Problemen, dir meine Erklärung ausgereicht hat und du dir weiterhin vorstellen kannst, mit mir eine Beziehung zu beginnen ... hier bin ich.« Sarah zuckt die Schultern und greift nach ihrem Glas, dass Joffe zwischenzeitlich zum dritten Mal gefüllt zurückgebracht hat, und lächelt Ruttig etwas verunsichert an.

»Nun, wenn wir schon dabei sind, zu beichten ... Jonathan hat mich über deinen Zustand auf dem Laufenden gehalten und mir geraten, abzuwarten, bis es dir wieder besser geht. Alle waren schrecklich besorgt um dich, haben aber versucht, dich das nicht allzu sehr spüren zu lassen. Ich bin unglaublich froh, dass es dir nun wieder besser geht und du diesen Schicksalsschlag überstanden hast. Meine liebe Sarah, ja natürlich kann ich mir immer noch eine Beziehung mit dir vorstellen, ganz besonders gut sogar. Ich habe mich vom ersten Moment, als ich dich das erste Mal gesehen habe, zu dir hingezogen gefühlt und damals warst du auch nicht gerade besonders gut drauf.« Ruttig lacht, streckt die Hand über den Tisch und Sarah legt ihre hinein.

»Ja, das stimmt. Das war, nachdem die liebe Lara die ganze Nacht nicht nach Hause gekommen war und sich dann vor meinem Zorn zu Oma geflüchtet hat. Ich erinnere mich. Oh je, und ausgerechnet da hast du dich zu mir hingezogen gefühlt? Stehst du auf Furien?«

»Nein, aber ich mag temperamentvolle Frauen, die sagen, was sie denken und damit hast du damals nicht hinter dem Berg gehalten.«

»Lara kann einen aber wirklich zur Weißglut bringen, die ist derart rotzig ... ich weiß manchmal echt nicht, wie ich noch mit ihr fertigwerden soll. Ich muss allerdings zugeben, auch wenn es mir schwerfällt, dass der Jonathan ihr gewachsen ist. Der lässt sich nicht auf der Nase rumtanzen und gibt ihr Kontra. Sie mault dann zwar, ist aber sehr viel zahmer als bei mir. Oh Gott, wenn ich nur daran denke, wie sie aufdrehen wird, wenn sie mitkriegt, dass wir beide ... glaubst du wirklich, wir überleben das? Und was werden deine beiden dazu sagen, wissen die schon irgendwas?«

»Jonathan kann gut mit Jugendlichen, lass den nur machen und was uns angeht ... solange wir zusammenhalten, uns nicht gegeneinander ausspielen lassen, haben die Klingonen keine Chance. Es wird turbulent, wir werden uns ziemlich warm anziehen müssen, aber wir werden das hinkriegen, du wirst schon sehen. Wie du weißt, bin ich ein Terrier, was ich einmal zwischen den Zähnen habe, das lasse ich so schnell nicht wieder los.«

Sarah lacht fröhlich, der Wein hat ihre Wangen gerötet, sie sieht entspannt und gut gelaunt aus.

»Okay, du Terrier, trinken wir noch ein Glas oder musst du jetzt ins Bett?«

»Verträgst du denn noch eins? Nicht, dass ich dich am Ende wieder tragen muss?«, kontert Ruttig und winkt nach Joffe.

»Zwei hätten wir gern noch, danach bitte die Rechnung und ein Taxi. Ich lasse den Wagen stehen und hole ihn morgen ab.«

»Die gehen auf mich«, sagt Joffe, und stellt zwei neue Gläser auf den Tisch.

Nachdem sie einen Schluck getrunken hat, sagt Sarah entschlossen: »Ich habe in zwei Wochen Geburtstag und irgendwie ist mir nach Feiern zumute. Ich finde, dass ich mir das verdient habe. Erstens werde ich 40, oh Gott, das hört sich ja schrecklich an, wenn man es laut ausspricht, zweitens wurde ich sozusagen wiedergeboren und drittens möchte ich dich hiermit einladen. Dich und deine beiden Kinder und wenn deine Schwester ebenfalls Zeit und Lust hat, bring sie gern auch mit. Wir machen dann die Familienzusammenführung in einem Aufwasch, was sagst du dazu?«

»So alt bist du schon?«, neckt Ruttig sie, aber sein Lachen straft seine Worte Lügen.

»Ich finde, das ist eine wunderbare Idee, hast du dir schon überlegt, wann, wie und wo du diese Großveranstaltung durchführen willst? In deinem Haus, bei Inge und Jonathan oder eher auf neutralem Boden?«

»Darüber habe ich mir noch keine Gedanken gemacht, wenn ich ehrlich sein soll. Es war gerade eine ganz spontane Idee, mutig und von schwerem Rotwein unterstützt. Meinst du, ich sollte das lieber lassen oder …«

»Nein, nein, warum denn? Ich habe doch schon zugesagt und finde die Idee großartig. Es ist eine Geburtstagsparty und keine offizielle Familienzusammenführung, dürfte vor allen Dingen für die Kinder leichter sein, sich so kennenzulernen. Allerdings bin ich der Meinung, dass wir sie vorher schon vorsichtig vorbereiten sollten, auf was sie sich eventuell einstellen müssen.«

»Auf was genau müssen sie sich denn einstellen?« Sarah hält die Luft an, während sie auf seine Antwort wartet.

»Na ja, ich finde, sie haben ein Recht darauf zu erfahren, dass sie ganz vielleicht demnächst jeweils zwei Stiefgeschwister bekommen und wenn´s richtig gut läuft, eine Stiefmutter, beziehungsweise einen Stiefvater on Top.«

»Bonus heißt das heutzutage, nicht mehr Stief, das klingt irgendwie besser, ist aber in der Sache natürlich das Gleiche. Findest du echt, dass wir das schon so sagen sollen?«

»Wie würdest du es denn gern formulieren? Ey, Kids, Lauscher aufstellen, euer Alter hat eure Erziehungsberechtigte angegraben und nun fahren die voll aufeinander ab. Könnte, wenn´s dumm läuft, dazu führen, dass wir demnächst alle in einer Hütte zusammenwohnen. Also chillt eure Base und macht uns keinen Stress?« Ruttig muss so lachen, dass er sich am Wein verschluckt und zu husten beginnt.

Sarah starrt fasziniert auf sein Grübchen und hat den unwiderstehlichen Drang, aufzustehen, um ihn zu küssen. Stattdessen nimmt sie ihr Glas, trinkt einen Schluck, schüttelt den Kopf und sagt: »Dann halten die uns für noch übergeschnappter als ohnehin schon. Lara wird toben und wie Lars das aufnehmen wird ... keine Ahnung, er hängt ja schon sehr an Axel. Nein, lass es uns langsam angehen, wir sagen ihnen, wie es ist. Wir haben uns kennengelernt, mögen uns und schauen, wohin es führt. Was hältst du davon?«

»Wird uns nicht vor Reaktionen bewahren, aber in Ordnung, lass es uns so machen und erst mal abwarten, wie sie überhaupt aufeinander reagieren. Da dein Geburtstag ja auch erst in zwei Wochen ist, werden wir uns bis dahin ja noch einige Male sehen. Was hältst du davon, wenn du morgen oder spätestens übermorgen zu mir zum Abendessen kommst. Ich bin ein anerkannt guter Koch. Dann kannst du schon mal ganz unverbindlich meine Mädchen und, wenn du magst, auch meine Schwester kennenlernen. Was sagst du dazu?«

»Gute Idee, verrätst du mir vorher mal ihre Namen oder soll ich raten?«

»Habe ich die noch nie erwähnt? Also, meine Schwester heißt sinnigerweise Stefanie. Was meine Eltern sich bei dieser Nummer gedacht haben, weiß ich wirklich nicht, vermutlich waren sie nicht ganz nüchtern oder schlimmeres.« Er lacht wieder und Sarah spürt ein Ziehen, irgendwo in ihrem Unterleib. Ein Gefühl, dass sie fast vergessen geglaubt hat.

»Stefan und Stefanie? Das ist wirklich ... ungewöhnlich«, stimmt sie schnell zu und hofft, dass man ihr nicht im Gesicht ansieht, was sie gerade fühlt.

»Ja und darum haben wir bei unseren Mädchen nicht den gleichen Fehler gemacht, ähnlich klingende Namen zu wählen. Die Große heißt Anna und die Kleine Leonie. Anna wird im Januar 13 und Leonie im April 11. Sie ist noch ein richtiges Kind, aber Anna schon sehr pubertär, wenn die sich mit deiner Lara gegen uns zusammentut ... Mann oh Mann, dann haben wir harte Zeiten vor uns.«

»Noch können wir es uns überlegen, die Gläser austrinken und unserer Wege gehen ...«, sagt Sarah langsam, denn sie hat plötzlich große Schwierigkeiten mit dem Sprechen. Die Worte wollen nicht so aus ihrem Mund, wie sie sollten.

»Kommt nicht infrage, gekniffen wird nicht, wir werden diese Herausforderung tragen wie ein Mann oder, ach nein, Moment, wie ein Mann und eine Frau.« Auch Ruttig klingt etwas nuschelig und sein Gesicht ist gerötet.

»Lass uns gehen, ich glaube, wir haben beide genug, was meinst du?«

Ruttig nickt und gibt Joffe einen Wink, der gleich darauf mit der Rechnung kommt.

»Taxi ist gleich da. War alles gut? Seid ihr zufrieden gewesen?«

»Es war alles wundervoll«, antwortet Ruttig und Sarah nickt selig lächelnd.

Als sie sich aber von ihrem Stuhl erheben will, trifft sie mit Wucht die Wirkung des vielen Rotweins und sie plumpst wieder zurück.

»Hupps, wasch war dasch denn«, murmelt sie und versucht es erneut. Da mittlerweile Ruttig ihren Arm hält, klappt es und beide verlassen eng umschlungen das Lokal.

»Isch hab grad ein Deschavö«. Sarah hebt die Hand und streckt Ruttig ihren Zeigefinger entgegen. »Weisch du noch, so haben wir schon mal auf der Schtrasche geschstanden, und da warscht du gar nischt nett zu mir. Hascht mich einfach allein nach Hause geschickt. Gar nischt nett war das.«

»Kommt nicht wieder vor, versprochen«, antwortet Ruttig und führt sie langsam zum vorfahrenden Taxi, öffnet die Tür, hilft ihr hinein und setzt sich neben sie. Er schafft es gerade noch, dem Fahrer die Adresse zu nennen, da spürt er schon ihre Lippen auf seinem Mund. Einen Augenblick zögert er noch, aber dann gibt er seinen Gefühlen nach und erwidert ihren Kuss ebenso leidenschaftlich. Die Fahrt ist kurz und schon nach 10 Minuten stehen sie vor dem Haus und halten sich aneinander fest. Ruttig hat das Taxi weggeschickt, er will Sarah nicht allein ins Haus gehen lassen. Zumindest redet er sich das als Grund ein.

»Hast du einen Schlüssel oder musst du klingeln? Gott im Himmel, daran hätten wir früher denken sollen, es ist fast Mitternacht, im Haus werden alle schlafen.«

»Isch habe einen Schlüssel, Moooooooooment, hab ihn gleisch.« Sie fummelt in ihrer Handtasche herum, strauchelt ein bisschen und rettet sich lachend in Ruttigs Arme.

»Das muss aber aufhören, hörst du? Ich vertrage so viel Wein einfach nischt.«

»Gut, ab morgen hört das auf. Hast du den Schlüssel, bevor doch noch das ganze Haus wach wird?«

»Hier ist er. Schließt du für mich auf und bringscht mich dann die Treppe hoch in mein Bett?«

»Ich schließe auf, bringe dich die Treppe hoch, aber in dein Bett gehst du besser allein, mein Herz, ich möchte nicht wie ein Pennäler von Jonathan in Flagranti ertappt werden.«

»Aber wieso denn? Wir sind doch schon alt genug?«

»Alt genug vielleicht, aber nicht nüchtern genug. Nicht fürs erste Mal, das würde ich lieber mit allen Sinnen, gänzlich nüchtern erleben. Komm jetzt, es ist kalt und feucht hier draußen und du bist noch nicht wieder richtig gesund. Na, komm schon.«

Er muss ein bisschen nachhelfen, aber dann setzt sich Sarah widerstrebend in Bewegung und folgt ihm ins Haus.

Er hindert sie in letzter Sekunde daran, Licht zu machen, und schaltet lieber die Handytaschenlampe an. Bis er sie die Treppe hoch und in ihr Zimmer gebracht hat, muss er weiterhin sanfte Überzeugungsarbeit leisten und immer wieder den Finger auf die Lippen legen und »psst, nicht so laut« sagen, denn Sarah kichert fröhlich, und vor ihrer Tür fängt sie auch noch an zu singen. Das bleibt im Haus nicht unbemerkt, Inge erscheint in einem knallroten Nachthemd, auf dem in schwarzen Buchstaben »Superoma« steht und guckt mit großen, erschrockenen Augen auf die skurrile Szene.

»Herr Ruttig? Was hat das zu bedeuten? Hatte Sarah einen Rückfall? Warten Sie, ich helfe Ihnen. Um Himmels Willen, was ist denn nur passiert, es war wohl noch zu früh für meine Tochter ...«

»Ich muss mich entschuldigen, Frau Berger. Nein, Sarah ist nicht krank, ich fürchte, sie ist betrunken und das ist allein meine Schuld. Ich wollte sie natürlich nur in ihr Zimmer bringen, damit sie nicht noch die Treppe runterstürzt, nicht, dass Sie denken ...«

»Ach, wissen Sie, im Augenblick denke ich nur darüber nach, wie ich sie heil in ihr Bett bekomme. Liebe Güte, das kenne ich gar nicht von ihr. Wie viel hat sie denn nur getrunken?«

»Ja, das weiß ich gar nicht so genau, wir haben auch etwas gegessen und vom vielen Reden hatten wir immer einen so trockenen Mund ...«

»Stefan? Was ist hier los? Ist etwas passiert, soll ich einen Krankenwagen rufen?«

Jonathan kommt aus seinem Zimmer, zieht den Gürtel seines Bademantels fest und schaut verwirrt von einem zum anderen.

»Schlaf nur weiter, mein Lieber, es ist nichts weiter, nur

dass meine Tochter sturzbetrunken ist. Man glaubt es ja nicht, kaum dem Tod von der Schippe gesprungen und dann so etwas.«

»Mama? Was machscht du denn hier und wieso bischt du noch auf? Isch muss jetzt wirklisch in mein Bett ...«

»Ja, natürlich. Komm, ich helfe dir beim Ausziehen ... doch, zumindest die Schuhe musst du ausziehen, die sind doch ganz dreckig, damit kannst du nicht ins Bett gehen. Halt, Sarah, was hast du denn vor, das ist doch die falsche Richtung.«

Sarah hat eine abrupte Kehrtwende vollzogen, richtet ihren verschwommenen Blick auf die beiden Männer, lächelt zufrieden und wirft sich dann in Ruttigs Arme. Von der Situation offensichtlich leicht überfordert, guckt der hilfesuchend Jonathan an.

»Na, mein Freund, da hast du ja was angerichtet, komm, hilf mit, sie ins Bett zu bringen.«

Ruttig schiebt Sarah sanft etwas von sich, so dass Jonathan einen Arm von ihr nehmen kann und er den zweiten. So bugsieren sie die mittlerweile laut und fröhlich singende Sarah in ihr Zimmer und zu ihrem Bett, das Inge mittlerweile aufgedeckt hat. Sie steht daneben und wartet, um ihrer Tochter zumindest aus den Schuhen zu helfen.

»Jonathan, bring du bitte Herrn Ruttig zur Tür, ich schaffe das hier schon allein.«

»Bist du sicher? Nicht, dass sie wieder aufsteht, um auch die Nachbarn mit ihrem Gesang zu unterhalten?«

»Nein, ich glaube, da besteht kein Grund zur Sorge, guck, sie schläft schon tief und fest.«

Tatsächlich hat sich Sarah rücklings auf das Bett fallen lassen. Selig lächelnd liegt sie oben auf ihrem Bettzeug und gibt leise Schnarchgeräusche von sich, die gerade in ein Gluckern übergehen.

»Siehst du? Du kannst also ganz beruhigt sein, so schnell wird sie nicht wieder wach werden.«

»Na gut, dann komm Stefan, ich bringe dich zur Tür.«

»Musst du nicht, du hast schon genug von deinem Schlaf geopfert, ich finde den Weg die Treppe runter sicher allein.«

»Möglich, obwohl ich auch deiner Trittsicherheit nicht ganz traue, wenn ich dich so betrachte. Nein, ich muss ohnehin mit runter, weil ich die Haustür abschließen muss.« Lachend klopft Jonathan Ruttig auf den Rücken, der etwas schief zurückgrinst.

»Tut mir echt leid, ich wollte sie wirklich nur sicher ...«

»Schon gut, du bist mir doch keine Rechenschaft schuldig, ihr seid erwachsene Menschen und könnt tun und lassen, was ihr wollt, obwohl ... ich muss auch sagen, Alkohol, noch dazu in solchen Mengen, nach allem, was Sarah gerade hinter sich hat ... aber gut, ist auch eure Sache.«

»Ich weiß, Jonathan, ihr habt mit allem recht, ich hätte das wissen müssen und ihr keinen Rotwein bestellen, und euch nach Mitternacht aus dem Bett scheuchen, wollte ich ganz sicher auch nicht, aber, na ja, du wirst es mitbekommen, wir werden uns in nächster Zeit wohl öfter sehen. Sarah und ich, also, was ich sagen will ... wir wollen es miteinander versuchen. Nicht, dass ich jetzt bei dir um ihre Hand anhalten will, aber ich würde mich doch freuen, wenn du damit einverstanden wärst.«

»Bin ich, mein Freund, bin ich. Sehr sogar. Du bist genau das, was Sarah braucht: Ein vernünftiger, netter Mann und dass du auch noch zwei Kinder hast, ist ebenfalls von Vorteil. Da hat sie keine Zeit mehr zum Grübeln oder zum Streiten mit meiner Inge. Magst du noch ein Bier? Dann lass uns in die Küche gehen oder willst du nach Hause?«

»Musst du denn nicht wieder hoch? Deine Inge wartet doch bestimmt auf dich?«

»Die wird schon keine Vermisstenanzeige aufgeben, sie kennt mich und weiß, dass ich gern nachts geweckt werde, um mit einem alten Freund ein Bierchen zu trinken.« Lachend zieht Jonathan Ruttig hinter sich her in die Küche.

»Setz dich da hin und dann verrat mir, wie du es geschafft hast, Sarah aus ihrem Schneckenhaus zu locken. War's allein der Rotwein oder ...?«

»Der sicher auch«, nickt Ruttig, »aber ich glaube, sie hat nur darauf gewartet, dass jemand kommt und ihr da raushilft. Ich habe Klartext mit ihr geredet, gesagt, dass ich sie verdammt gut leiden kann, aber keine Lust auf Spielchen habe. Entweder Hopp oder Topp – scheint gewirkt zu haben. Jonathan, ich weiß, du hattest deine Schwierigkeiten mit ihr, aber glaub mir, im Grunde ihres Herzens ist sie eine sehr tolle Frau. Ich bin sicher, dass man die wieder ausgraben kann. Ihr Mann hat sie wirklich nicht nett behandelt, Lara ist momentan – gelinde ausgedrückt – die reine Pest und dann ihre schwere Krankheit. Das war wohl alles etwas viel für sie. Lass ihr Zeit, zu ihrer alten Persönlichkeit zurückzufinden.«

Jonathan sieht seinen Freund schweigend an, trinkt einen langen Zug aus seiner Flasche und sagt dann langsam. »Da ist noch mehr, aber es ist nicht meine Sache, dir das zu erzählen, das muss sie schon selbst tun. Trotzdem, ich würde mich wirklich von Herzen freuen, wenn das mit euch beiden klappt. Vielleicht wirst du ja dann bald mein Schwiegersohn – na ja, Stiefschwiegersohn.« Ruttig schüttelt lachend den Kopf.

»Bonus, mein Lieber, das heißt heute Bonus und nicht mehr Stief. Habe ich gerade erst gelernt. Wir haben uns nämlich schon darüber unterhalten, wie wohl die Kinder die Tatsache finden werden, dass sie plötzlich Stief ... ach nee, Bonusgeschwister bekommen.«

»So weit seid ihr schon ... psst. Da ist jemand an der Haustür.« Jonathan hebt die Hand und lauscht angestrengt in den Flur. Auch Ruttig hat sich erhoben und zusammen schleichen sie aus der Küche in Richtung Haustür. Jonathan dreht noch einmal um und zieht ein langes Fleischermesser aus dem Block, der auf der Arbeitsplatte steht. Jetzt öffnet sich gerade langsam und vorsichtig die Tür und eine Gestalt schiebt sich hinein, ohne die beiden Männer zu bemerken. Erst als sie die Tür hinter sich leise geschlossen hat, drückt Jonathan auf den Lichtschalter und sagt verblüfft: »Na, sieh an, wer kommt uns denn da zu dieser ungewöhnlichen Stunde besuchen? Sieht aus wie Lara, aber das kann ja nicht sein, die schläft seit Stunden tief und fest. Sie ist extra früh zu Bett gegangen, weil sie morgen eine Englischarbeit schreibt und dazu ausgeruht sein wollte. Stefan? Nimmst du die junge Dame fest, es dürfte sich wohl um eine Einbrecherin handeln oder soll ich die Streife rufen?«

»Ha-ha«, murmelt Lara und versucht, ihren Schreck zu überspielen. »Was macht ihr denn hier, wisst ihr, wie spät es ist?«

»Wir wissen das, weißt du es auch? Und weiß vor allen Dingen deine Mutter, um welche Uhrzeit du dich hier reinschleichst?«

»Bist du neuerdings mein Erziehungsberechtigter, oder was?«

»Nein, das bin ich Gott sei Dank nicht, auch wenn ich mich durchaus für dich verantwortlich fühle, schließlich bist du nicht irgendjemand, sondern die Enkelin meiner Lebensgefährtin. Und wenn du dich nachts irgendwo rumtreibst, während wir dich sicher in deinem Bett glauben, dann geht mich das durchaus was an.«

»Bist du fertig mit deiner Predigt, dann kann ich ja jetzt ins Bett gehen, oder willst du mich von dem da verhaften lassen?«

»Wäre eine Überlegung wert. So eine Nacht in der Zelle täte dir vielleicht ganz gut. Ich habe dich wirklich für vernünftiger gehalten. Hat dir dein Erlebnis mit deinem Mitschüler noch nicht gereicht? Meine Güte, Lara, wie leichtsinnig kann man sein? Du bist 14, also minderjährig und wenn dich um diese Zeit eine Streife aufgreift, dann werden die dich sicherlich nicht einfach weiterlaufen lassen, sondern einsammeln und nach Hause bringen. Hast du eine Ahnung, wie das bei deiner Mutter ankommen würde?« Ruttig hat sehr ernst gesprochen, aber Lara zuckt nur die Schultern und verdreht genervt die Augen.

»Was ist jetzt? Kann ich endlich in mein Bett, ich habe morgen Schule, dachte ich?«

»Ja, geh jetzt, aber, so leid es mir tut, das kann ich nicht für mich behalten, ich werde es morgen früh deiner Mutter sagen müssen, auch wenn ich ihr das gern ersparen würde.«

»Mein Gott, was soll der Aufstand. Ich dachte, du wärst gechillt, aber meinetwegen, tu, was du nicht lassen kannst. Man sieht sich, oder auch nicht.«

Beide Männer sehen Lara nach, die ohne sich umzudrehen, drei Stufen auf einmal nehmend, die Treppe raufeilt.

»Was bin ich? Gechillt? Nee, im Augenblick jedenfalls nicht.«

»Verstehe ich«, Ruttig nickt. »Gechillt ist man immer dann, wenn man das tut, was der Nachwuchs will. Früher war man dann cool, muss man wissen, sonst kommt man schnell nicht mehr mit.«

»Du lieber Himmel, was für eine Sprache. Noch kannst

du es dir überlegen, geh durch diese Tür und komm nie wieder zurück. Sonst hast du bald vier von ihrer Sorte zu Hause.«

»Oh je, der Gedanke kann einem echt Angst einjagen, muss ich zugeben, aber Feigheit vor dem Feind war noch nie mein Ding. Willst du es wirklich Sarah erzählen? Überleg dir das, bitte, du weißt, sie ist noch nicht gesund, und es würde sie furchtbar aufregen«.

»Das weiß ich, aber was, wenn das nicht das erste Mal war? Oder das letzte? Wenn sie sich jede Nacht aus dem Haus schleicht? Was treibt sie, wohin geht sie und mit wem? Nein, mein Lieber, die Verantwortung ist mir zu groß, das musst du verstehen. Wenn das irgendwann rauskommt, und Sarah erfährt, dass ich davon wusste ... die bringt mich um und ich könnte ihr das nicht mal verdenken.«

»Dass das aufhören muss, ist vollkommen klar. Die Frage ist, können wir Lara dazu bringen, uns das zu versprechen? Und nicht nur zu versprechen, sondern auch zu halten.«

»Wie willst du das anstellen? Du hast sie doch gerade erlebt, sie hält uns für zwei senile Knacker, die ihr gar nichts zu sagen haben.«

»Das war Pfeifen im dunklen Wald, das weißt du doch. Sie war ganz schön erschrocken, als sie uns da so plötzlich stehen sah. Nein, ich glaube, wenn du ein ernstes Wort mit ihr redest, ihr noch mal klarmachst, wie gefährlich ihr Verhalten unter Umständen für sie sein kann, wird sie froh sein, wenn sie mit einem blauen Auge davonkommt. Wichtig wäre allerdings zu erfahren, wo sie eigentlich war, und was sie gemacht hat. Nicht, dass sie in irgendwelche Kreise geraten ist, die sie besser nicht kennen sollte.«

»Ich werde sie jetzt erst mal über Nacht im eigenen Saft schmoren lassen und morgen überlegen, wie ich das angehen könnte. Inge werde ich auf keinen Fall davon erzählen, die regt sich nur unnötig auf und das ist das Letzte, was sie gebrauchen kann.«

»Sarah auch nicht und daher noch mal meine Bitte: Überleg es dir, ob es unbedingt nötig ist, sie davon zu unterrichten. So wie ich sie kenne, wird sie sofort wieder ein schlechtes Gewissen entwickeln, nur, weil sie einmal nicht zu Hause war. Wir sind gerade auf einem guten Weg, aber der ist trotzdem noch sehr holprig. Wenn du willst, bin ich auch bei deinem Gespräch mit Lara dabei, so ganz offiziell, schließlich ist sie minderjährig.«

»Ich überleg´s mir, versprochen. Nur gut, dass wir überhaupt mitbekommen haben, was die junge Dame so treibt, während alle glauben, sie schliefe tief und fest.«

»Allerdings, jetzt kannst du das immerhin abstellen. Ich würde ihr morgen als Erstes den Haustürschlüssel abnehmen. Wir werden das schon hinkriegen. Lass uns morgen telefonieren, einverstanden?«

»Ist gut. Dann komm gut nach ... Moment mal! Wie kommst du denn nach Hause, du bist doch nicht etwa mit deinem Wagen hier?«

»Nein, wir sind natürlich mit dem Taxi gekommen und jetzt werde ich mir ein neues rufen.«

»Das kann um diese Zeit ganz schön lange dauern, warte einen Augenblick, nicht weglaufen.«

Jonathan geht zurück in die Küche, kommt zurück und zuckt bedauernd die Schultern.

»Ich verstehe es nicht, ich wollte dir den Schlüssel zu Sarahs Wagen geben, aber er ist nicht da. Wir haben das Auto hergeholt, weil sie darauf bestanden hat, unabhängig zu sein. Das war aber, bevor der Arzt ihr mitgeteilt hat, dass sie ein halbes Jahr nach der OP gar nicht Autofahren darf, also steht er unbenutzt hier rum. Sie hätte bestimmt nichts dagegen gehabt, wenn du ihn dir ausgeliehen hättest, aber nun ist der Schlüssel weg …«

»Gut gemeint von dir, aber ich fürchte, zum Autofahren hätte ich ohnehin zu viel Rotwein getrunken, nein, lass gut sein, ich rufe mir ein Taxi.«

-4-

Wütend streift Lara ihre Schuhe von den Füßen und wirft sich aufs Bett. Ausgerechnet heute mussten diese beiden Blödmänner in der Diele rumstehen, dabei sollte der Bulle doch mit ihrer Mutter um die Häuser ziehen. Wahrscheinlich hatte sie wieder rumgenervt und nach Hause gewollt. Was nicht schlimm war, nicht, dass der demnächst noch auf neuen Papa macht oder so. Ihr Magen zieht sich schon bei dem Gedanken daran zusammen. So einen Scheiß kann sie überhaupt nicht gebrauchen, die letzten Wochen waren ohnehin übelst genug gewesen. Jeder glaubte, ihr was zu sagen zu haben und besonders diese Else war dahinter her, dass sie auch ja ihre Scheißpflichten erledigte. Okay, dafür musste ihr dummer Bruder ebenfalls mithelfen und kam nicht, wie früher immer, mit einer faulen Ausrede davon. Und dann ständig dieses: Sei bitte leise, deiner Mutter geht es nicht gut, nicht so laut, deine Mutter schläft, knall die Tür nicht, vergiss nicht, das Licht auszumachen. Nicht nur einmal, nein, dreimal, weil jeder im Haus es wiederholen musste. Es war echt übel, dazu dieser Coronascheiß, der einfach kein Ende nahm, obwohl sie mittlerweile zweimal geimpft war. Auch mit Arne war es eigentlich nur noch weird, er war total langweilig und hatte überhaupt keine Lust auf wilde Sachen. Nach ihrem letzten Streit hat sie ihn immer wieder gefragt, worauf er Bock hätte, aber da gab es kaum was. Shoppen fand er lame und so richtig geil fand er eigentlich nur seine Band. Dabei hasst sie seine blöden Kumpels geradezu, auch wenn sie ihm das so direkt natürlich nicht gesagt hatte. Seit ihre Mutter nun auch noch hier eingezogen war, durfte er wegen der Gefahr einer Ansteckung nicht mal mehr herkommen, obwohl er natürlich geimpft und nicht krank war. Jonathan hatte was von Restrisiko und Gefahrenminimierung gelabert und damit war klar, dass Arne wegbleiben musste. Darum sollte sie immer zu ihm kommen und darauf hatte sie schon lange keine Lust mehr. Immer die gleichen blöden Playsisspiele und über die Schule quatschen, mehr fiel ihm nicht ein. Sie konnte sich nicht einmal erinnern, wann sie sich das letzte Mal geküsst hatten. Egal, seit einer Woche war ihr Leben endlich mega spannend, aber darüber hatte sie noch nicht einmal mit ihrer besten Freundin gequatscht, weil sie mega unsicher war, wie die reagieren würde. Sie hatte keine Lust, sich Luca von der braven Liza ausreden zu lassen, denn der war echt voll süß und seine Kumpel waren auch cool, ganz anders als diese lahmen Bandmitglieder von Arne. Mit Luca und seiner Crew war immer was los. Die machten total geile Sachen, trugen mega stylische Outfits und hatten Geld ohne Ende. Zwei Bitches aus der 12 waren mit zweien von ihnen zusammen und hatten sie anfangs echt blöde angemacht, aber Luca hatte sie nur angeguckt und sie hatten den Schwanz eingezogen. Um wirklich akzeptiert zu werden, musste sie jetzt nur noch eine weitere Aufgabe erfüllen, dann war sie auch ein richtiges Mitglied seiner Crew. Heute hatte sie die zweite bereits erfüllt und bei dem

Gedanken, was passiert wäre, hätte Jonathan sie nach der ersten erwischt, muss sie laut kichern. Schnell zieht sie sich die Bettdecke über den Kopf, damit niemand es hört. Vor genau einer Woche hatte sie sich nämlich ebenfalls nachts aus dem Haus geschlichen, um zum verabredeten Treffpunkt zu laufen. Alle waren schon versammelt gewesen, und man hatte sich auf die zwei Autos verteilt, die ahnungslosen Vätern gehörten, die glaubten, ihre Kinder würden längst schlafen. Auf dem ihr unbekannten Weg zu einem Baggersee hätte sie sich vor Aufregung fast in die Hose gepinkelt. Sie hatte keine Ahnung gehabt, was sie erwartete, niemand hatte ihr etwas verraten, aber sie war entschlossen gewesen, alles zu tun, was nötig war, um dazuzugehören. Als sie endlich angekommen waren, hatte Luca einem seiner Kumpels einen Wink gegeben, der daraufhin den Kofferraum geöffnet und mehrere Sixpacks Bier herausgeholt hatte. Gemeinsam hatten sie die zum Ufer gebracht und dann sollte sie ihre Flasche »auf Ex« leeren. Im ersten Moment war sie erleichtert gewesen, denn auch, wenn sie Bier widerlich fand, schien ihr das eine leicht zu bewältigende Aufgabe zu sein. Sie hatte getrunken und die Flasche dann nach unten gedreht, um zu beweisen, dass sie leer war. Alle hatten geklatscht und sie hatte sich toll gefühlt, obwohl sie fast gekotzt hätte, so widerlich war der Geschmack in ihrem Mund. Luca war zu ihr gekommen, hatte ihr Kinn angehoben und sie unter dem Gegröle der anderen einfach geküsst. Wenn sie ehrlich war, musste sie zugeben, dass sie das eher weird gefunden hatte, aber er sollte sie nicht für ein Baby halten, darum hatte sie sich nicht dagegen gewehrt. Dann hatten alle angefangen zu grölen: Ausziehen, ausziehen und sie hatte nicht geschnallt, dass sie mit dieser Aufforderung gemeint war. Unsicher hatte sie von einem zum anderen geguckt und sich in diesem Moment weit weggewünscht. Luca hatte wie ein Dirigent die Arme gehoben und sie, als Ruhe war, grinsend aufgefordert, ihre Klamotten auszuziehen.

»Slip und BH kannst du anlassen, Möpse haben wir schon oft genug gesehen. Nein, du musst nur in den See gehen und einmal untertauchen. Also, nicht nur bis zu den Knien, sondern richtig. Capice?«

Über ihren Einwand, dass es arschkalt und das Wasser bestimmt noch kälter sei, hatten wieder alle gebrüllt vor Lachen. Die eine Bitch hatte total verächtlich gesagt: »Ich habe euch doch gleich gesagt, dass die es nicht draufhat, die gehört einfach nicht zu uns.«

Sie hatte ihr den Mittelfinger gezeigt, schnell Jacke, Jeans und Pullover ausgezogen und war Richtung Wasser gelaufen. Noch bevor sie auch nur einen nassen Zeh hatte, war ihr ganzer Körper schon von Gänsehaut überzogen und sie musste alle Kraft aufbieten, sich nicht umzudrehen und einfach davonzurennen. Hatte sie natürlich nicht getan, sondern die Zähne zusammengebissen und war kreischend in das Wasser gerannt. Sobald es tief genug war, hatte sie sich hingekniet und war einmal untergetaucht. Für einen Moment hatte sie befürchtet, ihr Herz würde stehenbleiben und Panik war in ihr aufgestiegen, aber sie hatte es geschafft, zurück ans Ufer zu rennen. Wieder hatten alle gelacht und geklatscht, na ja, fast alle, die Bitches natürlich nicht, aber das war ihr egal gewesen. Ihre Frage nach einem Handtuch hatten alle für einen coolen Witz gehalten, dabei war sie durchaus ernst gemeint gewesen. Natürlich gab es keins und so war ihr nichts anderes übriggeblieben, als sich patschnass in ihre Klamotten zu zwängen. Zum Glück hatte ihr Hoody eine Kapuze und darunter konnte sie ihre kalten, nassen Haare vor Wind und Nieselregen verbergen. Das wäre ihr heute wohl kaum geglückt und darum war sie froh, dass man sie nicht letzte Woche erwischt hatte. Dass sie heute den Schlüssel für das Auto ihrer Mutter geklaut hatte, um mit Luca eine Spritztour zu machen, würde hoffentlich nicht rauskommen. Der Wagen stand wieder da, nur der Tank war ziemlich leer, aber das würde ihrer Mutter wohl kaum auffallen. Nun stand ihr nur noch eine letzte Aufgabe bevor und die war echt strange. Sie musste sich ein Tattoo stechen lassen und dazu brauchte sie die Genehmigung eines Erwachsenen. Sie war im Geiste schon mehrmals ihre Möglichkeiten durchgegangen und hatte sie alle wieder verworfen. Weder ihre Mutter noch Oma Inge würden ihr das erlauben, never ever, dazu waren die viel zu spießig. Jonathan, vielleicht, aber der würde vorher Oma Inge fragen, konnte sie also auch vergessen und Else würde was von »du bist zu jung, das zu entscheiden« labern und ihr auch nicht helfen. Es half alles nichts, es gab nur zwei Möglichkeiten, sie konnte ihren Vater dazu bringen oder musste die Unterschrift ihrer Mutter fälschen. Perfekt fälschen, denn es durfte natürlich nicht auffallen, sonst würde sie echt Stress kriegen. Nee, Vater war sowieso besser, dann konnte sie später alles auf ihn schieben. Erst als sie schon fast eingeschlafen ist, fällt ihr ein, dass sie den Scheißschlüssel nicht wieder zurückgelegt hat. Leise steht sie auf, öffnet ihre Tür einen Spalt breit und sieht nichts außer Dunkelheit. Schnell läuft sie die Treppe runter, geht in die Küche und öffnet vorsichtig die Schublade, aus der sie ihn geholt hat. Erst als sie schon wieder auf dem Rückweg ist, fällt ihr auf, dass sie die ganze Zeit die Luft angehalten hat.

-5-

»Habe ich da die Stimme von Lara gehört?« Inge sitzt hellwach im Bett, als Jonathan zurückkommt und schaut ihm entgegen.

Er zögert einen Augenblick und wendet sich ab, scheinbar um seinen Bademantel auszuziehen und an den Haken an der Tür zu hängen. Er will sie nicht belügen, aber auch nicht aufregen und das würde mit Sicherheit passieren, wenn er die Wahrheit sagt. Er steigt daher ins Bett, wendet sich ihr zu und tut, als hätte er ihre Frage nicht gehört. »Weißt du zufällig, wo der Autoschlüssel von Sarah hingekommen ist? In der Schublade ist er nicht.«

»Nein, keine Ahnung, wolltest du etwa noch wegfahren?« Sie wirft einen Blick auf den Wecker neben dem Bett. »Um diese Uhrzeit? Es ist schon halb eins.«

»Nein, meine Liebe, wegfahren wollte ich bestimmt nicht mehr, aber Stefan muss doch nach Hause kommen. Ich wollte ihm Sarahs Auto leihen, habe aber den Schlüssel nicht finden können. Ist egal jetzt, er wollte ihn sowieso nicht, weil er zu viel getrunken hatte. Er hat sich ein Taxi kommen lassen. Vernünftiger Mann eben. So, jetzt müssen wir aber wirklich schlafen, sonst kommen wir morgen früh nicht aus dem Bett.«

»Ich war mir aber ganz sicher, Laras Stimme gehört zu haben. Ihre Mutter hat sie bestimmt mit ihrem Gesang aufgeweckt. Hoffentlich war das nicht zu viel für sie, so viel Alkohol nach den Bestrahlungen, das kann nicht gesund sein. Ich hätte den Herrn Ruttig ja für vernünftiger gehalten, wenn ich ehrlich sein soll. Was sagst du dazu? Jonathan? Schläfst du?«

»Tief und fest«, murmelt er und vergräbt sich unter seiner Bettdecke.

»Männer!« Inge schüttelt amüsiert den Kopf, wie schnell die immer einschlafen können. »Na gut, dann schlaf gut, mein Herz, bis morgen früh.«

Beim Frühstück fehlt Sarah und Lara wirft Jonathan unsichere Blicke zu.

»Wo ist Mom?« Lars schaut fragend in die Runde, während er einen Berg Cornflakes in sich rein schaufelt.

»Sie schläft wohl noch, vielleicht ist es gestern Abend ein bisschen später geworden«, sagt Inge schnell und nickt bekräftigend. »Ich bringe ihr später einen Kaffee hoch. Was soll Else denn heute zum Mittagessen kochen, hat einer einen Wunsch?«

»Mir egal«, murmelt Lara und zuckt die Schultern, während sie einen missmutigen Blick in ihre Brotdose wirft. »Boa ey, können wir das nicht endlich lassen mit dieser Scheißdose. Bin ich ein Kleinkind, oder was? Niemand in meiner Klasse hat noch eine Brotdose. Alle holen sich was beim Dönermann oder so.«

»Kannst du doch machen, bekommst schließlich Taschengeld«, sagt Jonathan, noch bevor Inge antworten kann.

»Jo ey, was denn noch alles, soll ich demnächst davon auch noch Miete und Essen zahlen?«

»Darüber habe ich bis jetzt nicht nachgedacht, aber wo du es grad selbst ansprichst …«

»Nein, Lara, natürlich sollst du keine Miete und Essen zahlen«, mischt sich Inge schnell ins Gespräch ein und wirft Jonathan einen tadelnden Blick zu. »Du sollst das Mädchen nicht immer so aufziehen, die versteht deinen Humor nicht.«

»Schade, wäre doch eine nette Nebeneinnahme gewesen, noch dazu steuerfrei«, grinst der Gescholtene und beißt genüsslich in sein Marmeladenbrötchen.

»Witzig, Mann, echt, was ist denn jetzt mit Dönermann oder so? Gibt mir einer Geld?«

»Nein Kind, das können wir nicht entscheiden, das musst du mit deiner Mama besprechen. Ich finde es aber viel gesünder …«

»Jo, Oma schon klar, du warst früher froh und dankbar, überhaupt etwas zum Essen zu haben, hab ich schon tausendmal gehört, aber die Zeiten haben sich geändert, falls du das nicht mitbekommen haben solltest …«

»Und die werden sich ganz schnell erneut ändern, wenn du noch einmal in diesem arroganten Ton mit deiner Großmutter sprichst. Das kannst du gern in der Schule mit deinesgleichen machen, wenn die sich das gefallen lassen, hier nicht. Hast du mich verstanden?«

Jonathan hat sein Brötchen auf den Teller gelegt und sieht echt verärgert aus. Lara schweigt und starrt weiterhin in ihre Brotdose.

»Ich möchte wissen, ob du mich verstanden hast?«

»Bin ja nicht schwerhörig«, gibt sie zurück, schiebt die Dose über den Tisch, packt ihren Rucksack und stürmt aus der Küche. Kurz darauf hört man die Haustür mit deutlichem Knall ins Schloss fallen.

»Oh je, jetzt hast du sie aber verärgert«, sagt Inge und klingt betroffen.

»Ich habe sie verärgert? Ich muss mich wohl verhört haben. Das Mädchen ist 14 Jahre, wohnt hier, wird von vorne und hinten umsorgt und verwöhnt, muss nichts weiter tun, als ab und an mal den Müll raustragen oder ihr Geschirr in die Maschine stellen. Zum Dank dafür leistet sie sich dir gegenüber einen Ton, der einfach nur unverschämt und respektlos ist. Das dulde ich nicht, außerdem muss ihr endlich mal jemand Paroli bieten. Nein, meine Liebe, ich habe nicht sie verärgert, sondern sie mich und das Thema ist auch noch nicht beendet.«

»Ach Jonathan, sie hat´s doch wirklich nicht leicht gehabt in der letzten Zeit. Zuerst verlässt der Vater die Familie, dann wird ihre Mutter so schwer krank und die Geschichte mit diesem Jungen hat sie auch sehr mitgenommen. Ich glaube, du bist zu streng mit ihr, sie meint es bestimmt nicht so.«

»Lars? Bist du fertig? Dann geh bitte schon mal zum Auto, ich komme sofort.«

Jonathan wartet, bis der Junge aus dem Zimmer ist, holt tief Luft und sagt dann in ruhigerem Ton: »Lass uns später weiter darüber reden, wie bedauernswert und arm dran dieses Mädchen ist, einverstanden? Ich bringe es jetzt erst mal zur Schule, damit es sich nicht überanstrengt beim Zufußgehen. Es sind immerhin eineinhalb Kilometer. Else, du kannst ruhig abräumen, mir ist der Appetit vergangen.«

Die beiden Frauen schauen sich einen Moment lang an, bevor Inge seufzend ihre Kaffeetasse von sich schiebt. »Na toll, jetzt hat wohl jeder mit jedem hier Streit, pass auf, dass es dich nicht auch noch trifft.«

»Och, ich kann mich wehren und Laras Klagen sind wirklich häufig eher Anklagen, das ist mir auch schon aufgefallen und ihr Ton ..., ich bin sicher, meine Mutter hätte sich den nicht bieten lassen.«

»Na ja, ich denke eben, sie meint es nicht so, sie ist einfach durcheinander durch diese ganzen Veränderungen in ihrem Leben und dann ist sie ja auch in der Pubertät ...«

»Kein Grund, unverschämt zu werden. Weder Sie noch Jonathan können etwas für die Umstände, ganz im Gegenteil. Ohne Sie wären die weitaus schlimmer. Das sollte sie sich ab und an mal vor Augen halten, bevor sie den Mund aufmacht.«

»So schlimm ist sie ja nun auch wieder nicht. Im Grunde genommen ist sie ein ganz liebes Mädchen, das sich im Augenblick nur nicht zurechtfindet. Man muss ihr helfen, sie nicht so anfahren.«

»Wer hat wen angefahren?«

Sarah erscheint in der Tür und reibt sich verschlafen die Augen. »Else, haben Sie Kaffee für mich? Viel, schwarz und stark?«

»Oh, das hört sich schwer nach Kater an? Ja, Moment, ich hole welchen.«

»Was war los? Ich habe Jonathan bis in mein Zimmer gehört. Mit wem hat er sich angelegt? Etwa mit dir?« Sarah gähnt und fährt sich mit beiden Händen durch die Haare.

»Es war nichts weiter. Möchtest du außer Kaffee noch etwas frühstücken? Soll Else dir ein Rührei machen?«

»Um Gottes Willen, mir wird schon übel, wenn ich nur an Essen denke. Nein, Kaffee reicht, mehr kriege ich nicht runter. Wie bin ich eigentlich gestern in mein Bett gekommen, ich habe einen regelrechten Filmriss und erinnere mich an nichts. Komisch, das passiert mir immer, wenn ich mit Stefan ausgehe, sollte nicht zur Gewohnheit werden. Habt ihr uns nach Hause kommen hören?«

Inge antwortet nicht und weckt dadurch Sarahs Misstrauen. »Nun sag schon, habt ihr uns gehört?«

»Sagen wir mal so, wir haben DICH gehört. Du hast sehr laut und sehr falsch gesungen.« Inge lacht bei der Erinnerung und legt ihrer Tochter beruhigend eine Hand auf den Arm. »Mach dir keine Sorgen, es ist nichts weiter passiert, ich habe dich ins Bett gebracht und dir zumindest noch die Schuhe ausgezogen, mehr war beim besten Willen nicht drin.«

»Oh Gott, wie peinlich ist das denn? Ich habe gesungen? Haben die Kinder das denn nicht mitgekriegt?«

»Nein, nein, beruhig dich, die haben tief und fest geschlafen.«

»Und Stefan? Wo war der?«

»Oh, der war so nett, dir die Treppe rauf zu helfen. Jonathan wollte ihm dann dein Auto leihen, aber der war ja auch nicht nüchterner als du und hat sich lieber ein Taxi bestellt. Ich hoffe, es ist eins gekommen und er schläft nicht im Vorgarten.«

»Wer schläft im Vorgarten? Ich habe niemanden gesehen, als ich gekommen bin?« Else kommt mit dem Kaffee und hat Inges letzte Worte gehört.

»War ein Witz, Else, niemand schläft in unserem Vorgarten. Sarah, bist du aufnahmefähig, oder ...«

»Sicher, was gibt's denn?«

»Na ja, Lara und Jonathan haben sich eben ein bisschen gestritten, es ging um ihre Brotdose ...«

»Nee, darum ging es eigentlich nicht«, wirft Else ein und schüttelt entschieden den Kopf. »Es ging um den Ton, den die junge Dame Ihnen gegenüber an den Tag gelegt hat und da muss ich Jonathan zustimmen, das geht einfach nicht. So spricht man nicht mit seiner Großmutter.«

»Was hat sie denn gesagt?«, will Sarah wissen und Else antwortet: »Ihre Mutter hat ihr liebevoll eine Brotdose zurechtgemacht, aber sie wollte lieber zum Dönermann, darüber ist sie mal wieder pampig geworden. Sie ist respektlos, arrogant und frech, wollte Geld haben und als das nicht direkt geklappt hat …«

»Lass gut sein«, unterbricht Inge, »ich habe ihr nur gesagt, dass wir das nicht entscheiden können, sondern auf dich warten müssen. Da war sie verärgert und ist ein bisschen über das Ziel hinausgeschossen. Jonathan hat dann wohl gemeint, er müsste mich beschützen und …«

»…hat ihr deutlich und unmissverständlich diesen Ton ihrer Großmutter gegenüber verboten. Zu Recht, wenn Sie mich fragen.« Else klopft mit den Fingerknöcheln auf den Tisch, um ihren Worten Nachdruck zu verleihen.

»Ja, ihr Ton ist wirklich nicht in Ordnung, ich weiß. Tut mir leid, Mama, ich werde mit ihr reden, wenn sie aus der Schule kommt.« Nachdenklich schaut Sarah in ihre Kaffeetasse. »War ich sehr peinlich heute Nacht?«

»Ach was, du warst nur fröhlich und hattest gute Laune, das war schon alles. Mach dir keine Gedanken, alles ist gut. Die Hauptsache, ihr hattet einen schönen Abend.«

»Hatten wir und wir wollen das ab jetzt öfter wiederholen, also, der Stefan hat gemeint, na ja, wir wissen natürlich noch nicht, wohin das alles Mal führt, aber …«

»Das weiß man am Anfang nie und wer weiß, wozu das gut ist. Sonst würde man manches bestimmt gar nicht erst anfangen.«

»Else! Sei doch nicht so negativ. In jedem neuen Anfang liegt auch eine neue Chance, und nicht alles geht immer nur schief. Mach Sarah keine Angst. Ich finde es gut und richtig, dass sie es versuchen will, und der Herr Ruttig ist bestimmt ein sehr netter Mann.«

»Hey, ich sitze hier, ihr müsst nicht über meinen Kopf hinweg reden und so tun, als wäre ich nicht da. Else, waren Ihre Erfahrungen so traurig oder warum sehen Sie das so negativ?«

»Nein, sorry, ich habe ja auch nicht Sie gemeint, nur so allgemein. Vieles würde man doch bestimmt von Anfang an lassen, wenn man das Ende schon kennen würde oder etwa nicht?«

»Vielleicht, aber so will ich jetzt nicht denken, ich tue mich schon schwer genug damit, positiv in eine Zukunft zu schauen. Ich will nicht wissen, ob ich vielleicht in drei oder in fünf Jahren wieder einen Tumor haben werde, an dem ich dann vielleicht sterbe. Genauso wenig will ich wissen, ob diese Beziehung, die noch nicht mal richtig eine ist, in ein paar Jahren in einer Schlammschlacht endet, ob die Kinder mich dafür hassen werden oder was sonst alles passieren könnte. Ich möchte einfach noch mal glücklich sein, mich jeden Morgen beim Aufwachen auf den Tag freuen und darüber, dass ich überlebt habe. Ist das falsch?«

»Nein!«

»Nein!«

Synchron kommt das aus zwei Kehlen und alle lachen befreit.

»Ach Kind, du glaubst ja nicht, wie ich mich darüber freue. Darüber, dass du lebst und dass es dir von Tag zu Tag besser geht. Du wirst sehen, nächstes Jahr um diese Zeit, hast du all das Schlimme fast vergessen. Oh, da kommt Jonathan zurück.«

»Hier ist ja eine tolle Stimmung, ich habe euch bis in die Garage lachen hören«, sagt er, »und außerdem habe ich den Schlüssel zu Sarahs Wagen gefunden. Er lag genau da, wo er heute Nacht nicht gelegen hat. Sehr merkwürdig, wir haben wohl einen Hausgeist.«

Die drei Frauen schauen erst ihn, dann sich gegenseitig ratlos an.

»Was wolltest du denn mit dem Schlüssel?«

»Habe ich dir doch gesagt, er wollte ihn dem Herrn Ruttig geben, damit er nach Hause kommt, aber der wollte doch lieber mit dem Taxi fahren. Er war ja auch nicht nüchtern.«

»Ach so, ich verstehe, na ja, wahrscheinlich hast du ihn heute Nacht einfach übersehen. So was ist mir auch schon passiert.«

Inge und Jonathan werfen sich einen Blick zu und jeder weiß, dass der andere es auch bemerkt hat. Sarah hat Jonathan zum ersten Mal geduzt, bisher war sie stur beim distanzierten Sie geblieben.

»Ihr braucht euch gar nicht so verschwörerisch anzugucken. Ja, ich habe dich geduzt. Ich finde, es wird langsam Zeit. Ich heiße Sarah, was du ja wissen dürftest und für Brüderschaft trinken ist es zu früh, das holen wir dann irgendwann mal nach, einverstanden?«

»Aber sicher«, stimmt Jonathan zu und lächelt Sarah freundlich an.

»Mama hat mir gerade erzählt, dass Lara sich mal wieder danebenbenommen hat, das tut mir leid. Diese Geschichte mit der Brotdose versucht sie schon eine ganze Weile. Angeblich hat niemand mehr eine, nur sie, alle anderen holen sich einen Döner oder Pommes. Ich verstehe allerdings nicht, wie und vor allen Dingen wo, man morgens um viertel vor 10 Uhr so was kriegt. Und selbst wenn, das ist doch total ungesund.«

»Welche 14-jährige interessiert sich schon für gesunde Ernährung?« Else lacht und macht sich dann dran, den

Tisch abzuräumen. »Fragt sie doch einfach und entscheidet danach. Vielleicht an drei Tagen, Brotdose und an zweien Döner oder so. Kompromisse sind das halbe Leben.«

»Else, was täten wir nur ohne dich. Und ja, ich habe dich jetzt auch geduzt, wenn wir schon dabei sind, duzen wir uns doch einfach alle, ist viel einfacher und familiärer dazu. Schließlich sind wir doch so was wie eine Familie, oder etwa nicht?« Inge schaut fragend von einem zu anderen.

»Also, jetzt wird mir das hier aber zu trocken. Darauf müssen wir zumindest anstoßen. Bleibt alle sitzen, ich bin gleich wieder da. Else, stell das Geschirr wieder hin, wir räumen später zusammen ab.« Jonathan steht auf und geht an den Kühlschrank.

»Champagner am Morgen, vertreibt Kummer und Sorgen«, lacht er und öffnet geschickt die Flasche.

»Oh Gott, schon wieder Alkohol, und das mitten in der Woche, darf doch nicht wahr sein«, stöhnt Sarah, und Inge legt erneut eine Hand auf ihren Arm.

»Du musst ja nicht die Flasche leeren, nur einen Schluck zum Anstoßen. Ist gut für den Kreislauf, also sozusagen Medizin.«

Als alle ein Glas in der Hand halten, stoßen sie miteinander an und Jonathan sagt: »Keine Sorge, ich halte jetzt keine Rede. Nur so viel: Ich würde mich freuen, wenn sich alle unter diesem Dach gut miteinander vertragen würden. Darauf trinke ich.«

»Prost«, sagt Sarah, trinkt einen Schluck und stellt ihr Glas wieder auf den Tisch. »Da wir grad alle so friedlich zusammensitzen, würde ich gern etwas ansprechen. Ich habe doch nächste Woche Geburtstag, einen runden, ich werde 40. Schlimm genug, darum habe ich mir gedacht, ich gehe in die Offensive und feiere den groß. Also, nicht mit der halben Stadt, nur mit der Familie und einigen guten Freunden. Was sagt ihr dazu? Ihr seid natürlich alle eingeladen, das ist ja klar. Wobei ... mir fällt gerade ein, dass ich überhaupt keine guten Freunde mehr habe, nicht einmal mehr normale. Wann ist das denn nur passiert?«

»Das ist eine gute Idee, finde ich«, nickt Inge. »Hast du dir schon überlegt, wo du feiern willst?«

»Für Gartenparty dürfte das Wetter ungeeignet sein«, wirft Jonathan ein, »aber unser Haus ist groß genug. Also, wenn du nicht andere Pläne hast ...«

»Ich könnte das Kochen übernehmen...« bringt sich Else ein, aber Sarah schüttelt den Kopf.

»Das ist lieb von euch, aber das will ich nicht. Ihr sollt alle meine Gäste sein und keine Arbeit mit mir haben. Lasst uns ein schönes Restaurant aussuchen, vielleicht eines mit kleinem Nebenraum.«

»Was würdest du denn davon halten, wenn wir einen Cateringservice bestellen, aber hier im Haus feiern? Dann können wir tanzen, stören keinen, können so laut sein, wie wir wollen und für die, die weiter weg wohnen, können wir in der kleinen Pension, drei Straßen weiter, Zimmer reservieren?« Jonathan hebt wieder sein Glas. »Wie wäre das?«

»Super wäre das«, antwortet Sarah und stößt mit ihm an. »Hoffentlich kriegen wir das noch hin mit Catering und so, es ist ja nicht mehr viel Zeit bis nächsten Samstag.«

»Wenn du mit italienisch einverstanden bist, dann lass mich das übernehmen, ich habe da so meine Beziehungen ...«

»Klar, das wäre großartig, vielen Dank.«

»Nichts zu danken, wir werden bestimmt einen tollen Abend haben, aber jetzt liegt mir noch ein völlig anderes Thema auf der Seele ...«

Alle Augen richten sich fragend auf Jonathan, der erst

noch einen Schluck Champagner trinkt, bevor er beginnt. »Also, ich weiß, dass sich meine geliebte Inge schon viele Jahre einen Hund wünscht und nie einen bekommen hat. Darüber haben wir ja alle schon gesprochen und die Kinder waren auch sehr angetan von der Idee, ihr diesen Wunsch nun endlich zu erfüllen. Aufgrund der Umstände in den letzten Wochen ist das allerdings fast vergessen worden. Erst heute Morgen ist mir das plötzlich wieder eingefallen, als ich die vielen Menschen gesehen habe, die mit einem Hund unterwegs waren. Was ich sagen will, ist, dass wir das nun nicht länger aufschieben sollten, sondern in medias res gehen. Ich glaube nämlich, so ein Hund täte allen hier gut. Was sagt ihr dazu?«

Inge wirft ihrer Tochter einen unsicheren Blick zu, aber die zuckt nur die Schultern und sagt: »Von mir aus, wenn euch das nicht zu viel wird. Volles Haus und dann auch noch einen neuen Vierbeiner.«

»Bei mir läufst du damit offene Türen ein«, lacht Else, »ich liebe Hunde und werde ihn bestimmt rund und dick füttern. Was für einer soll´s denn sein und woher?«

»Darf ich auch mal was dazu sagen?« Inge steht auf, geht zu Jonathan und küsst liebevoll seine Wange. »Ich weiß es wirklich zu schätzen, dass du das für mich tun willst, aber bist du sicher, dass der Zeitpunkt richtig ist? Sarahs Geburtstag steht an, Weihnachten ist nicht mehr weit, es ist unruhig und dann so ein Neuankömmling? Sollen wir es nicht bis auf das neue Jahr verschieben, wenn es ruhiger ist?«

»Verschoben haben wir es lange genug und irgendwas ist immer, weißt du doch. Nein, hier wird nichts mehr verschoben, wir machen jetzt Nägel mit Köpfen, soll heißen, einen Termin im Tierheim. Welpe vom Züchter kommt ja für uns nicht mehr infrage, aber alles andere überlasse ich dir. Vom Rehpinscher bis zur Deutschen Dogge, ich bin mit allem einverstanden.«

»Na danke, hinter eine Deutschen Dogge würde ich wohl fliegen lernen. Nein, er muss schon zu meinem Alter und meiner körperlichen Verfassung passen, aber da werden uns die Leute vom Tierheim doch bestimmt beraten.«

»Wenn sie euch nicht direkt wieder wegschicken! Eine Nachbarin von mir wollte, als sie in Rente ging, auch einen Hund aus dem Tierheim holen. Sie hat keinen bekommen, man sagte ihr, sie sei zu alt und da sie außerdem alleinstehend war, niemanden hatte, der nach ihrem eventuellen Tod den Hund übernehmen konnte ... Was ich sagen will, stellt es euch nicht so leicht vor. Sie hat dann später einen aus dem Auslandstierschutz gekriegt und den hat sie immer noch.«

»Wir gehen einfach alle zusammen hin, samt der Kids. Dann sehen sie direkt, wie viele Leute sich um den Hund kümmern werden. Mach dir keine Sorgen, Mama, das kriegen wir schon hin.« Sarah nickt ihrer Mutter bekräftigend zu.

»Und du bist damit wirklich einverstanden, ich meine, du hättest mir erst gestern ...«

»Was interessiert mich mein Geschwätz von gestern?« Sarah macht eine verächtliche Handbewegung. »Du weißt doch, der Kopf ist rund, damit die Gedanken die Richtung wechseln können. Nein, nein, alles ist gut, ich habe nichts dagegen. Mir war nicht klar, dass dein Herz so sehr daran hängt.«

»Ach, wie schön, ja, mein Herz hängt wirklich dran und ich freue mich unglaublich. Bitte, Jonathan, ruf gleich morgen an, jetzt will ich auch nicht mehr warten.«

-6-

Lara springt die Stufen vom Haus runter, zögert einen Augenblick vor der Garage, bevor sie weiterläuft. Sie wird zu spät kommen, das ist mal klar, aber sie hat echt keinen Bock darauf, mit dem blöden Jonathan im Auto zu fahren. Wie der sie abgenervt hat, echt, für wen hält der sich? Für ihren Vater? Wütend kickt sie einen Stein vor sich her und denkt sich Antworten aus, die sie ihm hätte geben können, wären sie ihr nur rechtzeitig eingefallen. In ihren Zorn mischt sich auch die Wut auf ihren Erzeuger, der sich so einfach verpisst hat. Sie hat seit damals, als ihre Mutter ins Krankenhaus gekommen ist, nichts mehr von ihm gehört, außer ab und an eine fucking WhatsApp. »Wie geht's dir, was machst du, wir sehen uns bald.« Scheiß drauf, meint der sowieso nicht wirklich, der ist voll mit seiner neuen Bitch beschäftigt, sie interessiert den doch einen Scheiß. Für einen Moment steigen ihr Tränen in die Augen, aber die blinzelt sie weg, fehlte noch, dass sie mitten auf der Straße anfängt zu flennen. Überhaupt, wer braucht schon einen Vater ...? Aber dann fällt ihr die dritte Aufgabe wieder ein. Sie braucht die Unterschrift eines Erziehungsberechtigten und die ihrer Mutter wird sie 100 pro nicht kriegen, also muss sie ihren Alten dazu bringen. Sie zieht ihr Smartphone aus der Tasche und tippt: »Hey, muss dich sehen. Ist wichtig, hast du heute Nachmittag Zeit? Lara« Zu ihrem Erstaunen dauert es nur Sekunden, bis die Antwort eintrifft.

»Für dich immer. Wann und wo?«

»In der Mall am Infostand. 16.00 Uhr?«

»Ich werde da sein, freue mich. Papa«

Sie antwortet nicht, steckt das Handy weg und hüpft ein paar Meter, sie ist sich sicher, ihr Problem damit gelöst zu haben. Ihr Vater hat ihr schon früher nichts abschlagen können und heute wird sie ihn notfalls bei seinem schlechten Gewissen packen, wenn er nervt. Kurz vor der Schule trifft sie auf Arne, der im Gegensatz zu ihr erfreut aussieht.

»Hey, was geht? Du siehst so sauer aus, hattest du Stress zu Hause?«

»Jo, die nerven mich alle, aber egal. Wie schaut´s bei dir aus?«

»Nichts Besonderes, alles gechillt, hast du Lust nach der Schule mit zu mir zu kommen, wir können vielleicht …«

»Geht nicht, tut mir leid«, unterbricht sie ihn schnell, »ich muss nach Hause und lernen, wir schreiben demnächst Mathe.«

»Okay? Könnte ich dir dabei nicht helfen?«

»Nee, lass mal, ich komme schon klar. Wir sehen uns irgendwann, okay? Ich muss jetzt rein, tschau, man sieht sich.« Ohne sich weiter um den Jungen zu kümmern, läuft sie die große Treppe zum Eingang hoch und verschwindet im Inneren der Schule.

Arne schaut ihr eine Weile hinterher und fragt sich, was

er nun wieder falsch gemacht haben könnte, bevor auch er die Treppe hochgeht.

Um zehn vor eins ist Schulschluss und wie jeden Tag wartet Jonathan mit dem Auto auf sie. Lars sitzt schon drin, und Lara kämpft mit sich. Wenn sie ehrlich ist, Bock, den ganzen Weg noch einmal zu laufen, hat sie nicht, aber auf eine erneute Strafpredigt erst recht nicht. Sie zögert noch einen Augenblick, bevor sie sich einen Ruck gibt, die Tür öffnet und in den Wagen steigt.

»Hi«, sagt sie, ohne jemanden anzusehen. »Was gibt's zu essen?«

»Spaghetti Carbonara«, antwortet Lars begeistert aus dem Fond.

»Oh, wild«, sagt sie lahm und beendet damit die Konversation.

»Wild? Wieso wild?« Jonathan wendet ihr den Kopf zu und sieht sie fragend an.

»Äh, also, cool halt. Ich meine, mag ich.«

»Ach so, ich verstehe. Das heißt heutzutage wild? Muss uns Neandertalern ja gesagt werden. Ja, ich mag die auch, würde allerdings eher lecker dazu sagen.«

Lara guckt misstrauisch, wartet darauf, dass er sie auf die letzte Nacht anspricht, aber da nichts weiter kommt, entspannt sie sich ein bisschen.

»Wir haben heute Nachmittag etwas vor«, sagt Jonathan plötzlich unvermittelt und Lara zuckt erschrocken zusammen. Will er mit ihr zu dem Bullen gehen, zum Jugendamt oder so was?

»Was denn?«, will Lars wissen, aber Jonathan macht es spannend.

»Ratet mal, vielleicht kommt ihr ja darauf. Wo könnten wir alle zusammen hinwollen?«

Lara verdreht genervt die Augen und seufzt hörbar,

während Lars offenbar gespannt auf die Antwort ist. »Keine Ahnung, sag doch einfach«, quengelt er und Jonathan lacht. »Nein, sag ich nicht, erst wenn wir zu Hause sind und alle am Tisch sitzen, sonst verderbe ich die Überraschung.«

»Na super«, mault Lara, »erst alles aufmischen und dann so was. Außerdem komme ich sowieso nicht mit, ich habe was anderes vor.«

»Ach, tatsächlich? Warte ab, wenn du hörst, was es ist, ich glaube, dann überlegst du es dir noch mal. Außerdem steht auch unsere Unterhaltung noch aus, nicht, dass du glaubst, ich hätte den Vorfall vergessen.«

Lara schluckt und hat plötzlich einen dicken Klumpen im Magen, den nicht einmal die Freude auf die Lösung ihres Problems mit dem Tattoo schmelzen kann. Außerdem hat ihr dummer Bruder was gerochen und will wissen, um was es geht. »Was hat sie denn gemacht? Kriegt sie jetzt mal richtig Ärger?«

Sie fährt zu ihrem Bruder herum, hält den Mittelfinger hoch und zischt: »Maul, Dummi, sonst stopfe ich es dir.«

Als Jonathan langsamer wird und den Straßenrand ansteuert, sagt sie schnell: »Okay, tut mir leid, aber der nervt voll.«

Zehn Minuten später, als alle einen Teller mit Spaghetti vor sich stehen haben, wirft Jonathan Inge einen aufmunternden Blick zu. »Na los, verkünde die Neuigkeit, bevor alle vor Ungeduld nichts runterkriegen, das wäre doch schade um das leckere Essen, also das wilde Essen.«

»Geht's dir gut, mein Schatz?« Inge wirft ihrem Lebensgefährten einen besorgten Blick zu, aber der schmunzelt nur und nickt. »Klar, das war nur was für Eingeweihte.«

»Gut, also die meisten wissen ja schon, was wir vorhaben, aber ihr beiden noch nicht.« Inge schaut lächelnd Lars und Lara an. »Heute Nachmittag ist es so weit, wir haben um halb vier einen Termin im hiesigen Tierheim und suchen uns unseren Hund aus. Wir müssen alle dabei sein, damit die sehen, dass das Tier gut betreut wird und im Notfall immer jemand einspringen kann.«

»Scheiße«, entfährt es Lara und sie hält sich schnell die Hand vor den Mund. »Sorry, also ich meine, voll blöd, aber ich habe heute Nachmittag schon was anderes vor.«

»Voll fett, darf ich ihn aussuchen?« Lars klingt undeutlich, die Gabel voller Spaghetti, die er sich gerade in den Mund geschoben hat, war eindeutig zu voll.

»Warten wir mal ab, was es überhaupt für Hunde gibt, die Entscheidung trifft auf alle Fälle eure Oma, denn in erster Linie soll es ja ihr Hund sein. Und Lara? Kannst du deine Verabredung vielleicht verschieben, wäre schade, wenn wir ohne dich gehen müssten.«

»Das geht nicht. No way…«

»So wichtig wird das nicht sein, dass du es nicht um einen Tag verschieben kannst. Außerdem hast du dir mit deinem Verhalten heute Morgen ohnehin drei Tage Hausarrest eingehandelt. Nein, du brauchst jetzt gar nicht so empört zu gucken. Oma und Else haben mir erzählt, wie du dich benommen hast und dafür gibt es keine Entschuldigung. Dein Ton ist unterirdisch und respektlos. Das muss sich niemand von dir bieten lassen. Also, entweder du kommst mit uns oder du bleibst in deinem Zimmer. Das ist nicht verhandelbar und ohnehin ein großes Entgegenkommen meinerseits.«

Schweigend mit finsterer Miene hört Lara ihrer Mutter zu, zuckt dann die Schultern und schweigt.

»Gut, ich nehme das als Zustimmung«, sagt Sarah kurz und wendet sich Lars zu. »Frag doch mal die Oma, ob du ihm vielleicht einen Namen geben darfst.«

»Cool, Oma, darf ich?«

»Ja, warum nicht, aber es muss einer sein, den ich auch aussprechen kann und nicht zu lang, damit man ihn gut rufen kann.«

»Ach, am Ende heißen die doch alle ›Runter-vom-Sofa‹ oder ›Nein, nicht meine Schuhe‹«, lacht Else und Inge sieht etwas besorgt aus.

»Oh je, ich glaube, darüber müssen wir uns wirklich vorher einigen, was er darf und was nicht. Darf er aufs Sofa oder nicht? Wo soll er überhaupt schlafen, wann wird er gefüttert, darf er was vom Tisch oder besser nicht. Ach, du lieber Himmel, darüber habe ich überhaupt noch nicht nachgedacht.«

»Mach dir nicht zu viel Sorgen, meine Liebe. Es kommt sowieso immer alles ganz anders, als man es vorher geplant hat. Die meisten Hunde schaffen es mühelos, ihre Halter zu manipulieren und um die Pfote zu wickeln. Da helfen alle guten Vorsätze nichts. Wenn dich ein Hund mit seinen Knopfaugen anguckt, bist du geliefert, glaub mir, ich weiß, wovon ich rede. Sicher wäre es großartig, wenn wir uns in seiner Erziehung einig wären, aber auch das wird nichts werden, davon gehe ich aus. Die haben schnell raus, bei wem sie Erfolg haben und bei wem nicht. Sie sind intelligent und gewitzt, durchaus mit Kindern vergleichbar.« Jonathan lacht, als er Inges entsetztes Gesicht sieht.

»Es wird alles gut gehen, ich verspreche es dir, auch wenn vielleicht ein paar Schuhe ihr Leben lassen müssen, mal eine Vase umfällt oder ein Braten spurlos verschwindet. Die Freude, die sie machen, überwiegt das allemal. Jetzt kommt, legen wir uns noch ein bisschen hin und treffen uns dann um 15.00 Uhr alle wieder hier, einverstanden?«

»Ich würde ja auch gern mitkommen, obwohl ich ja jetzt nicht direkt zu Familie gehöre, aber ich habe leider einen Arzttermin.« Else steht mit einem Stapel schmutziger Teller in der Tür zur Küche.

»Was? Seit wann denn das nicht? Natürlich gehörst du zur Familie und wärst natürlich mitgekommen, zumal du viel mit unserem neuen Freund zusammen sein wirst. Aber gut, Gesundheit geht vor ...« Inge schaut sie an und Else nickt. »Klar, ich weiß, ich warte dann mit der Begrüßung hier auf ihn.«

Um 15. 00 Uhr ist die Familie wieder im Esszimmer versammelt, alle, bis auf Lara.

»Die telefoniert bestimmt und hat die Zeit vergessen, Lars, sei so lieb, lauf hoch und hol sie.«

»Boh, warum immer ich?«, mault der Junge, setzt sich aber doch Richtung Treppe in Bewegung. Seine Mutter sieht ihm kopfschüttelnd hinterher.

»Er ist ein richtiger Faulpelz geworden, ich verstehe gar nicht, woher er das hat.«

»So sind heute viele Kinder in seinem Alter«, sagt Jonathan. »Zu viel X-Box und zu wenig Bewegung. Die Ärzte schlagen bereits Alarm, weil viele dadurch zu dick sind und sogar schon Diabetes entwickeln. Coronabedingt fällt Schulsport momentan fast immer aus, die Hallenbäder haben geschlossen, wo sollen sie sich also bewegen?«

»Die ist nicht da. Ihr Zimmer ist leer. Hat sie halt Pech gehabt, suchen wir den Hund allein aus.«

»Das darf doch nicht wahr sein, was fällt der denn ein? Ich habe mich doch vorhin wohl klar und deutlich ausgedrückt oder etwa nicht?« Wütend schaut Sarah in die Runde. »Bist du ganz sicher? Hast du auch im Badezimmer nachgesehen?«

»Klar, sie ist echt weg. Boh, jetzt kriegt die aber echt doppelt Stress, erst mit Jonathan und danach mit dir.«

»Jonathan? Wieso kriegt meine Tochter Stress mit dir?«

Sarah fängt den Blick auf, die der Angesprochene ihrer Mutter zuwirft und wiederholt energisch: »Jetzt sag schon, was hat sie angestellt, ich habe ein Recht darauf, es zu erfahren.«

Jonathan seufzt resigniert, zuckt die Schultern und sagt dann: »Okay, ich wollte es dir wirklich ersparen, ich war der Meinung, dass du keine weitere Aufregung gebrauchen kannst. Darum hatten wir beschlossen, erst einmal selbst mit ihr zu reden, um zu erfahren, wo sie eigentlich …«

»Könntest du aufhören, so rumzueiern und endlich zur Sache kommen.«

»Natürlich. Als ich gestern Nacht Stefan zur Tür gebracht habe, es war nach Mitternacht, kam Lara gerade nach Hause. Sie hat natürlich nicht damit gerechnet, uns da in der Diele stehen zu sehen, aber sie hat sich schnell gefangen und in ihrer üblichen Art reagiert. Ich habe ihr angekündigt, dass das ein Nachspiel haben wird und ich heute mit ihr darüber reden würde.«

»Um Gottes Willen, so was dürft ihr mir doch nicht verschweigen. Sie ist meine Tochter, ich bin verantwortlich für sie. Stellt euch nur mal vor, ihr wäre etwas passiert …«

»Ist es aber nicht und genau diese Sorgen und Ängste wollten wir dir gern ersparen.« Inge ist neben Sarah getreten und streichelt ihren Arm. »Vielleicht ist es ganz harmlos, sie war nur bei Arne oder Liza, hat den Bus verpasst oder so was. Wir hätten es dir natürlich sofort erzählt, wenn etwas anderes dahintersteckt.«

»Und du glaubst, sie würde euch das einfach mal eben so erzählen? Seid ihr wirklich so naiv? Wenn die irgendwas tut, was keiner wissen darf, wird sie das verschweigen, das ist doch mal klar.«

»Ja, das wissen wir auch, darum wollte Stefan bei dem Gespräch dabei sein und ihr genau auf den Zahn fühlen.

Der hätte schon gemerkt, ob sie die Wahrheit sagt oder uns nur beruhigen will. Wirklich, Sarah, reg dich nicht auf, alle Kinder in ihrem Alter schlagen mal über die Stränge und meist steckt nichts wirklich Schlimmes dahinter.«

»Du musst es ja wissen, hast ja so viele Kinder großgezogen.« Sie wirft Jonathan einen wütenden Blick zu, schüttelt Inges Arm ab und läuft mit großen Schritten im Wohnzimmer auf und ab.

»Ich will ja hier nicht das Orakel von Delfi geben«, bringt Else sich ein, »aber ich wette, da steckt ein Junge dahinter. So ein Risiko geht man nur ein, wenn man verliebt ist. Ich will euch keine guten Ratschläge erteilen, aber ich finde, da wäre das ganz große Gerät jetzt fehl am Platze. Sie weiß doch, dass sie erwischt wurde und befürchtet nun Konsequenzen. Dagegen hat sie sich bereits gewappnet, aber wenn sie unverhofft auf Verständnis trifft, könnte sie sich vielleicht öffnen. Echt, glaubt mir, ich war in dem Alter auch nicht ohne und habe mir eingebildet, alles im Griff zu haben. Wenn ich mich in ihre Situation reinversetze und mir überlege, was ich damals gebraucht hätte, um mich verstanden zu fühlen und nicht restlos dichtzumachen, eine Strafpredigt oder erzieherische Maßnahmen gehören definitiv nicht dazu.«

»Soll ich sie vielleicht auch noch beglückwünschen und ihr einen Kuchen backen?«

»Nein, ganz so weit würde ich nun auch nicht gehen«, lacht Else, »aber erst mal runterkommen, tief durchatmen und dann überlegen, wie man so ein Gespräch am besten führt.«

»Super, dazu habe ich ja jetzt auch Zeit, da die junge Dame es vorgezogen hat, meine klare Anweisung zu missachten und zu tun, was sie ohnehin tun wollte. Was immer das ist.«

»Ich glaube, das hat alles miteinander zu tun und wie gesagt, ich bin sicher, dahinter steckt ein Dreibein. Vermutlich will sie cool sein, ihm imponieren. Da kann sie doch nicht sagen, dass sie nach acht nicht mehr wegdarf, wie steht sie denn dann da? Vermutlich ist sie auch jetzt mit ihrem Love Interest unterwegs. Wer könnte wissen, was dahintersteckt? Arne oder ihre beste Freundin, Liza? Die würde ich aber jetzt noch nicht fragen, die warnen sie bestimmt und dann ist kein ruhiges Gespräch mehr möglich.«

»Wie auch immer, sie hat ihre Verabredung unserem Tierheimbesuch vorgezogen, das ist zwar schade, aber nicht zu ändern. Sollen wir trotzdem gehen oder es verschieben?« Inge schaut fragend in die Runde.

»Nein, wir verschieben es nicht mehr. Lara hat ihre Entscheidung getroffen, also los, lasst uns gehen.« Jonathan wendet sich entschlossen zu Tür, Inge und Lars schließen sich ihm an und nach kurzem Zögern schließlich auch Sarah.

-7-

Lara liegt wie üblich auf ihrem Bett. Sie ist erleichtert, dass Jonathan ihrer Mutter bisher nichts von ihrem nächtlichen Aufeinandertreffen erzählt hat, aber auch sauer, weil er sie wegen ihres Tons verpetzt hat. Dass sie den mal für cool gehalten hat, versteht sie selbst nicht mehr. Auch ihre Mutter nervt wieder nur noch rum und hat ihr doch tatsächlich Hausarrest gegeben. Wie alt ist sie? 12? Dass die einfach nicht checken, dass sie erwachsen ist und selbst entscheiden kann, was gut für sie ist und was nicht. Klar, Tierheim wäre schon mega gewesen, sie hätte bestimmt den coolsten Hund von allen ausgesucht. Dass sie das jetzt ihrem dummen Bruder überlassen muss, nervt sie voll, aber egal, sie hat Wichtigeres zu tun. Um halb drei schleicht sie die Treppe runter, wirft einen Blick in die Küche, und sieht Else am Tisch sitzen. Die hat eine Kaffeetasse vor sich stehen und ist so in ein Buch vertieft, dass sie Lara nicht bemerkt. Einen Augenblick zögert sie noch, aber dann wendet sie sich entschlossen der Haustür zu. Wenige Minuten vor drei erreicht sie die Mall und sieht ihren Vater schon von weitem am Infostand stehen. Shice, er ist nicht allein, er hat seine Bitch mitgebracht. Außerdem sieht er geradezu lächerlich aus. Er trägt doch tatsächlich eine Jeans mit Löchern und einen Hoody mit AC/DC Motiv über einem Totenkopf. Wie alt ist der? Sie widersteht dem Impuls, sich umzudrehen und wegzurennen, nur, weil sie weiß, dass sie auf ihn angewiesen ist. Langsam geht sie auf die beiden zu und zwingt sich zu einem Lächeln.

»Hi, wartest du schon lange?«, fragt sie, bemüht, die Frau neben ihrem Vater einfach zu ignorieren.

»Hallo, nein, wir sind auch eben erst gekommen. Willst du Natascha nicht begrüßen, wer hat dich so schlecht erzogen? Ich kann das doch wohl nicht gewesen sein, ha-ha.«

»Kaum, wann hättest du das auch tun sollen, warst ja selten da«, gibt sie zurück und nickt der Bitch zu.

»Ha-ha, meine Tochter, nie um einen coolen Spruch verlegen, so kennt man sie. Habe ich dir nicht gesagt, dass sie total witzig ist?«

»Kann schon sein, keine Ahnung. Was ist denn jetzt, es ist schon vier und wir wollen uns doch mit Mike und Tina treffen«, quengelt die Bitch und als Axel nicht gleich reagiert, schiebt sie nach: »Die werden echt sauer, wenn wir schon wieder zu spät kommen.«

»Ja, ich weiß, aber ... Hör mal, Lara, heute ist, wie du hörst, wirklich schlecht. Also sag schnell, was gibt's so Wichtiges, dass du plötzlich sogar Zeit für deinen alten Dad hast?« Er lacht etwas zu laut über das, was er offenbar für witzig hält und Lara verspürt erneut den Wunsch zu flüchten.

»Äh, na ja, also ich muss was mit dir bequatschen, aber nicht hier. Können wir nicht irgendwo hingehen? Was trinken oder so. Die kann doch schon mal allein vorgehen und du kommst später nach?«

»Nein, das mache ich bestimmt nicht«, sagt die Bitch und Axel schüttelt ebenfalls den Kopf.

»Das ist keine gute Idee«, sagt er und tätschelt doch tatsächlich den Hintern dieser Kuh. Lara will zu einem neuen Versuch ansetzen, spürt aber zu ihrem Entsetzen, dass aufsteigende Tränen ihr den Hals zuschnüren. Bloß jetzt nicht heulen, das fehlt noch, reiß dich zusammen, verdammt noch mal, befiehlt sie sich lautlos und beißt die Zähne fest zusammen. Zwei Sekunden starrt sie scheinbar interessiert auf ihre Schuhe, dann hebt sie ruckartig den Kopf und sagt mit aller Verachtung, die sie aufbringen kann: »Ach, fickt euch doch, ihr passt wirklich zusammen wie Arsch auf Eimer.« Damit dreht sie sich um, hebt die rechte Hand mit gestrecktem Mittelfinger und verlässt fast rennend die Mall. Sie läuft, bis sie um zwei Häuserecken ist, dann hält sie keuchend vor einem Schaufenster und starrt hinein. Sehen tut sie nichts, denn jetzt füllen die zurückgehaltenen Tränen ihre Augen und laufen ihr über die Wangen. Wütend wischt sie sie ab und kann doch ein verzweifeltes Schluchzen nicht verhindern. »So ein verficktes Arschloch, wer braucht den schon?«, flüstert sie und dreht sich erschrocken um, aber keiner hat sie gehört. Niemand beachtet sie, die Menschen eilen geschäftig an ihr vorbei, und sie fühlt sich plötzlich schrecklich einsam. So allein, dass sie für einen Moment den Wunsch verspürt, den nächsten Bus zu nehmen, der zum Tierheim fährt. Aber der Gedanke, was ihre Mutter zu ihrem Verschwinden sagen wird, verhindert, dass sie es in die Tat umsetzt. Außerdem wird ihr jetzt klar, dass sie ein weiteres Problem hat. Woher soll sie die Unterschrift für das Tattoostudio nehmen? Wieder geht sie in Gedanken ihre Familie durch, aber da ist niemand, von dem sie sich vorstellen könnte, dass er es macht, ohne ihre Mutter zu fragen.

Langsam schlendert sie die Fußgängerzone hoch, und fühlt sich inmitten der Menschenmenge sehr allein. Auch der Gedanke, an das, was sie zuhause erwartet, hebt ihre Stimmung nicht. Sie wird echt Stress kriegen, das steht mal fest und wie sie Luca sagen soll, dass das mit dem Tattoo nichts werden wird ... Sie seufzt abgrundtief und zuckt erschrocken zusammen, als unmittelbar hinter ihr eine bekannte Stimme sagt: »Ach, wen haben wir denn da? Die Märchentante, der ich es verdanke, dass ich in diesem Scheißinternat bin.« Sie fährt herum und starrt in das hasserfüllte Gesicht von Justus. Er ist nicht allein, drei seiner ehemaligen Mitschüler umringen ihn.

»Na, hat´s dir die Sprache verschlagen? Bei den Bullen konntest du doch reden wie ein Wasserfall. Lauter Müll natürlich. Hast dich als armes Opfer dargestellt, dem der böse Justus an die Wäsche wollte. Möchtest du uns vielleicht jetzt sagen, wie es wirklich war? Dass du nichts lieber wolltest als mit mir in die Kiste? Und dass ich derjenige war, der dich nach Hause geschickt hat, als ich gemerkt habe, dass du nur ein dummes Kind bist?«

Lara hat schweigend und verblüfft zugehört, aber jetzt bläst sie die Backen auf und tippt sich an die Stirn. »Du spinnst doch total. Du Arsch wolltest mich vergewaltigen und wäre deine Mutter nicht dazwischen gekommen ...«

»Fuck, hör sofort auf, immer weiter diesen Bullshit zu verbreiten. Ich habe dir nix getan, das bildest du dir alles nur ein. Hättste wohl gern gehabt, aber ...«

»Hallo Lara, gibt´s hier irgendwelche Probleme oder unterhältst du dich nur mit deinen Freunden?«

»Äh, nee, eigentlich nicht, ich wollte gerade nach Hause fahren.«

Stefan Ruttig schaut kurz in Laras Gesicht, dann auf die vier Jungs, nickt und sagt dann: »Das trifft sich gut, ich war auf dem Weg zu euch. Wenn du willst, ich kann dich gern mitnehmen.«

»Klar, das wäre cool.«

»Okay, dann komm, mein Auto steht in der Marktgarage. Muss nur vorher meine Kids einsammeln, die sind da vorne bei H&M shoppen.«

Ohne Justus und seine Begleiter eines weiteren Blicks zu würdigen, dreht Lara sich um und geht in die angezeigte Richtung.

»Dich kenne ich mein Freund, und ich weiß, was du getan hast. Sollte ich dich noch einmal in Laras Nähe sehen, kriegst du Ärger, das verspreche ich dir. Ich hoffe, du hast mich verstanden.«

»Mann ey, wir haben uns doch bloß unterhalten ...«

»Unterhalte dich künftig mit wem du willst, aber nicht mit Lara.« Damit dreht auch Ruttig sich um, lässt Justus stehen und holt Lara kurz vor dem Eingang von H&M ein.

»Danke«, sagt die kurz, »der ist sowas von bescheuert, aber ich wäre schon klargekommen.«

»Natürlich, daran habe ich auch nicht gezweifelt. Du kannst auch jetzt noch den Bus nehmen, wenn du nicht mit mir fahren möchtest oder noch etwas anderes vorhast.«

»Nee, schon gut, ich habe nichts weiter vor ...«

»Oh, da kommen meine Mädels. Die größere, mit dem Pferdeschwanz ist Anna, die kleinere, mit den dunklen Locken, Leonie.«

»Na, alles gefunden, was ihr gesucht habt«, wendet er sich seinen Töchtern zu und zeigt dann auf Lara: »Das ist Lara, ich habe sie zufällig getroffen und ihr angeboten, sie mit dem Auto mitzunehmen.«

Die drei mustern sich kurz, sagen »Hi« und schweigen dann, bis sie im Auto sitzen. Leonie ist die Erste, der die

Neugierde keine Ruhe lässt. »Geht es deiner Mama wieder besser?«

Lara überlegt einen Moment, bevor sie antwortet: »Jo, denk schon.«

»Das war bestimmt komisch für dich, plötzlich bei deiner Oma zu wohnen, oder? Ich habe gar keine Oma mehr, nur eine Tante. Sie ist nett, sie passt oft auf uns auf, wenn mein Papa arbeiten muss oder so.«

»Oder wenn er sich grad mit ihrer Mutter trifft.« Anna schaut ganz unschuldig aus dem Fenster, als sie dieses Bömbchen wirft.

»Echt, triffst du dich wirklich mit ihrer Mama?« Leonie macht große Augen, offensichtlich ist das eine Neuigkeit für sie.

»Ja, das tue ich und ich habe auch vor, das weiterhin zu tun. Haben die Damen etwas dagegen einzuwenden? Wenn ja, dann wollt ihr mich sicher auch nicht zur großen Party am nächsten Samstag begleiten?«

»Party?«

»Ich habe doch gar nichts gesagt.«

»Hä?«

»Also, Laras Mama hat nächsten Samstag Geburtstag und hat uns alle eingeladen. Aber, ihr müsst natürlich nicht …«

»Doch, ich will mit, ich war noch nie auf einer Party. Was zieht man denn da an?«

»Ich will auch mit. Was sollen wir ihr denn schenken?«

»Meine Mutter gibt ne Party? Wieso weiß ich davon nichts?«

»Das weiß ich leider nicht, hätte sie dich denn vorher um Erlaubnis fragen müssen?«

»Bullshit, aber erzählen hätte sie es mir ja können.«

»Das wird sie bestimmt noch tun, da wir das gestern erst

beschlossen haben, ist sie bestimmt noch nicht dazu gekommen. Weißt du, ob sie zuhause ist?«

»Nee, ist sie nicht. Die sind alle ins Tierheim gefahren, holen einen Hund.«

»Echt jetzt? Einen Hund?«

»Oh, wie süß, ich will auch einen Hund. Papa, warum haben wir keinen?«

»Darüber reden wir ein anderes Mal, einverstanden? Übrigens habe ich Laras Mama für Samstagabend zu uns zum Essen eingeladen. Ihr könnt ja mal darüber nachdenken, was ich kochen soll.«

»Kommst du auch mit, Lara? Du könntest ja vielleicht euren neuen Hund mitbringen?« Leonie hat hochrote Wangen vor lauter Begeisterung, aber Lara verzieht nur das Gesicht.

»Ach bitte, komm mit, dann ist es nicht so langweilig und wir können was zusammen spielen.«

»Nee, lass mal, ich steh nicht mehr auf so´n Kinderkram. Außerdem habe ich schon was anderes vor.«

»Lara möchte wohl lieber zuhause bleiben, wenn ich mich nicht irre, hat sie nämlich …«

»Schon gut, mal sehen, vielleicht komme ich ja mit, weiß noch nicht so genau.«

Als sie kurz darauf vor dem Haus ankommen, sagt Lara schnell: »Die sind noch nicht zurück, das Auto ist nicht da. Also, danke fürs Fahren, man sieht sich.«

»Schickst du mir ein Bild von eurem neuen Hund?«, will Leonie noch schnell wissen, bevor Lara die Autotür zuwirft. Eine Antwort bekommt sie nicht.

-8-

»Boh, was stinkt hier denn so«, Lars rümpft die Nase, was man wegen der Maske nur ahnen kann. Ein infernalischer Lärm aus sehr vielen Hundekehlen macht auch eine Unterhaltung schwierig. Frau Brause, die Tierheimleiterin, hat sie persönlich in Empfang genommen und sich ihre Wünsche angehört.

»Ich finde das sehr gut, dass Sie sich schon im Voraus so viele Gedanken gemacht haben. Wir vermitteln natürlich auch Hunde an ältere Menschen, allerdings keine Welpen, was Sie sicherlich verstehen werden. Nun kann man aber auch bei jungen Leuten nicht in die Zukunft sehen, auch ihre Lebenssituation kann sich von heute auf morgen dramatisch ändern und was dann aus den Hunden wird, das sehen Sie zum Teil hier.« Sie macht eine ausladende Handbewegung und schüttelt resigniert den Kopf. »Glauben Sie mir, wir sind froh über jeden unserer Vierbeiner, der eine zweite oder dritte Chance erhält. Hunde sind Opportunisten, die meisten passen sich sehr schnell der neuen Familie an und sind froh, hier wegzukommen. Einige sind allerdings misstrauisch, sie haben das Verlassenwerden nicht gut verkraftet und brauchen eine Zeit, um wieder Vertrauen zu fassen. Das geht uns Menschen ja auch so, jeder geht anders mit einem Schicksalsschlag um. Wenn Sie nicht die Absicht haben, sich auch noch eine Katze anzuschaffen, müssen wir auf diesbezügliche Verträglichkeit nicht achten?«

Alle sehen sich an, alle schütteln den Kopf und Inge sagt: »Also, ich sicher nicht mehr, Sarah, was ist mit dir?«

»Nein, ich auch nicht, aber unsere Nachbarn haben Katzen und die kommen schon mal zu uns rüber. Es wäre also schon gut, unser neuer Hund hätte sie nicht zum Fressen gern.«

»Aha, das ist eine wichtige Information. Dann wollen mir mal schauen.«

Sie wandern an einer Menge Zwinger vorbei. In manchen ist nur ein Vierbeiner, in anderen gleich mehrere. Große, kleine, alte, ganz alte. Die Auswahl ist unendlich.

»Unsere Welpen sind in einem anderen Gebäude untergebracht, aber da die ja ohnehin nicht infrage kommen, dachte ich ...«

»Das ist auch gut so«, lacht Jonathan. »So einem Wollknäuel kann man schlecht widerstehen und dann verlässt einen gern jede Vernunft. Nein, ich glaube, hier sind wir schon richtig. Inge? Wie sieht es aus? Hast du dein Herz schon an einen verloren? Inge?« Er dreht sich einmal um seine eigene Achse und sieht sie drei Zwinger weiter stehen. Als sie dort ankommen, entdecken sie ganz hinten, in der äußersten Ecke, einen Hund. Er liegt zusammengerollt dort und scheint zu schlafen, auf alle Fälle rührt er sich nicht, während rechts und links ein Höllenlärm tobt.

»Das ist Georg, ein ganz trauriger Fall. Sein Herrchen ist im vergangenen Jahr verstorben und aus der Familie wollte ihn niemand übernehmen. Wir haben ihn dann zu einem älteren Herrn vermittelt, der hat ihn aber nach kurzer Zeit zurückgebracht, weil er mit der Trauer von Georg nicht zurechtkam. Ja, dieser Hund trauert furchtbar, er kann den Verlust einfach nicht verwinden. Wir haben ernsthaft die Befürchtung, er stirbt uns unter den Händen weg. Dabei ist er noch gar nicht alt, gerade mal 7 Jahre, also eigentlich im besten Alter. Er muss ein besonders inniges Verhältnis zu seinem Besitzer gehabt haben. Und was auch noch erschwerend hinzukommt, er ist schwarz und schwarze Hunde wollen die wenigsten Menschen. Ich weiß auch nicht, warum das so ist.«

»Darf ich mal zu ihm rein?« Inge hat Georg nicht aus den Augen gelassen und Jonathan bildet sich ein, er hätte ein Ohr bewegt, als Inge gesprochen hat.

»Sicher, er ist absolut nicht gefährlich, ganz im Gegenteil, er ist sehr sanft. Gehen Sie nur, vielleicht mag er Sie ja.«

Sie öffnet die Zwingertür und Inge geht langsam auf den Hund zu, dessen Augen geöffnet sind und sie beobachten. Einen Meter vor ihm bleibt sie stehen und sagt. »Hallo Georg, ich bin Inge und das da draußen ist meine Familie. Ich habe mir mein ganzes Leben einen Hund gewünscht und weißt du, was sehr lustig ist? In meiner Vorstellung sah der immer genauso aus wie du. Zwar hieß er nicht Georg, sondern Blacky, aber das würde mich überhaupt nicht stören. Ich würde mich auch sehr gern jetzt zu dir runterbeugen, aber wie du siehst, bin ich nicht mehr die Jüngste und meine Hüften würden mir das vermutlich übelnehmen. Daher bleibe ich stehen, ich hoffe, du verstehst das?« Sie hat leise gesprochen mit einem Lachen in der Stimme, weil sie es komisch findet, hier zu stehen und sich mit einem Hund zu unterhalten.

Georg beobachtet sie, seine Ohren zucken und an seinem Hinterteil bewegt sich etwas.

»Ich habe überhaupt keine Erfahrung mit Hunden, das muss ich auch noch erwähnen, aber Jonathan da vorne, der kennt sich aus. Und Else würde dich bestimmt auch mögen und sehr verwöhnen. Also, ich glaube, du könntest es sehr viel schlechter treffen als bei uns. Was meinst du dazu?« Inge hat das letzte Wort noch nicht ausgesprochen, da steht Georg auf, reckt sich erst vorne, dann hinten, und gähnt herzhaft. Dann läuft er langsam auf sie zu und beschnuppert interessiert ihre Schuhe, dann die hingehaltene Hand. Langsam kommt die eingekniffene Rute in die Höhe und beginnt zaghaft zu wedeln.

»Oh je, du bist allerdings um einiges größer, als ich gedacht habe, aber wirklich ein hübscher Hund. So ein Feiner, ja wirklich, du bist ein ganz feines Hundchen. Nein, lass das, ich habe nichts in meiner Tasche, Georg, nicht doch ...« Georg hat sich den Griff von Inges Handtasche gepackt und zieht daran. Hilfesuchend dreht sie sich zu ihrer Familie um, die das Schauspiel schweigend beobachtet. Jetzt eilt ihr Frau Brause lachend zur Hilfe und ruft schon von Weitem: »Aus Georg, das ist doch pfui.«

Der sieht das offenbar anders, auf alle Fälle hört er nicht auf, an der Tasche zu zerren und seine Richtung geht dabei klar auf den Ausgang zu.

»Inge, der Georg will dir wohl sagen, dass die Sache für ihn klargeht. Er will mit dir gehen. Komm her zu mir und du wirst sehen, er lässt die Tasche los.«

Inge zögert einen Moment und macht dann einen Schritt auf die Zwingertür zu. Georg schaut, die Tasche zwischen den Zähnen, zu ihr hoch, lässt dann tatsächlich los und läuft ihr wedelnd voran.

»Tja, meine Liebe, vollkommen eindeutig, unsere Suche

hat ein Ende, das neues Familienmitglied heißt Georg. Tag Georg, ich bin Jonathan und mich musst du schon auch adoptieren, sonst wird das nix mit uns.«

Georg schnüffelt kurz an seinen Hosen, läuft weiter zu Sarah und schließlich zu Lars. Er scheint mit dem Ergebnis zufrieden, hebt ein Bein am Zwingerzaun und pinkelt ausgiebig, bevor er fröhlich wedelnd zurück zu Inge läuft und sich neben sie setzt.

»Also, Frau Berger, ich glaube auch, dass es jetzt zu spät ist, sich noch umzuentscheiden. Das wäre furchtbar für den Hund, der sich eindeutig für Sie entschieden hat. Das ist überhaupt das Beste, was in einer Vermittlung passieren kann. Nicht der Mensch sucht sich einen Hund aus, sondern das Tier sich seine Menschen. Glauben Sie mir, die haben die bessere Nase. Also, wenn alle einverstanden sind, gehen wir doch in mein Büro und erledigen die Formalitäten.«

Eine halbe Stunde später stehen sie vor dem Kofferraum von Jonathans Auto und ermuntern Georg, einzusteigen. »Na los, mach schön Hopp«, lockt Inge. Der Hund rührt sich nicht, sitzt stur auf seinem pelzigen Hintern und bewegt sich keinen Millimeter, auch nicht, als Inge vorsichtig an der Leine zieht.

»Was machen wir denn jetzt«, fragt sie unsicher. »Vielleicht kennt er keine Autos und hat einfach Angst.«

»So sieht der mir nun überhaupt nicht aus. Warte mal, ich probiere was. Gibt mir mal die Leine, steig ein, lass aber die Tür offen.«

»Aber warum denn?«

»Mach einfach, bitte. Ich will etwas ausprobieren.«

Sie zuckt die Achseln, geht zur Beifahrertür und steigt ein. Noch hat sie ihre Füße nicht ganz verstaut, ist Georg da und zieht Jonathan hinter sich her. Mit einem Satz hüpft er in den Fußraum und ringelt sich mit einem zufriedenen Seufzer auf Inges Schuhen zusammen.

Jonathan steht an der Tür und sagt düster: »Ich habe es geahnt, du hast ab sofort einen Schatten, Georg wird dich nicht mehr aus den Augen lassen, ich hoffe, du weißt, was da auf dich zukommt.«

»Zuerst einmal vermutlich eingeschlafene Füße«, lacht Inge, während sie versucht, zumindest einen Fuß unter Georg hervorzuziehen.

»Wenn´s nur das ist und nicht schlimmer wird ...« Jonathan klingt skeptisch.

»Ach, nun komm, mach mir keine Angst. Der arme Kerl hat so getrauert und freut sich jetzt einfach über eine neue Familie. Das ist alles. Lars? Du sagst ja gar nichts, wie gefällt dir Georg denn?«

»Ich glaube, der mag mich nicht.«

»Wie kommst du nur da drauf? Natürlich mag der dich, es ist nur alles neu für ihn. Warte mal ein paar Tage ab, dann werdet ihr bestimmt die besten Freunde.«

»Georg ist ein blöder Name, du hast doch gesagt, ich darf ihm einen aussuchen.«

»Ja, das stimmt, aber ich glaube, das muss dann einer sein, der sich für ihn so ähnlich anhört, damit er weiß, wer gemeint ist, wenn wir ihn rufen.«

»So ähnlich wie Georg? Da gibt's nichts. Das ist voll blöd.«

»Ich habe ein bisschen Angst vor ihm, er ist ganz schön groß«, sagt Sarah.

»Du wirst dich bestimmt bald daran gewöhnen, die Frau Brause hat doch gesagt, er ist total friedlich und lieb.«

»Kann sein, aber er ist trotzdem ziemlich groß.«

»Immerhin kann er sich sehr kleinmachen, wenn er will«, lacht Inge und zeigt auf ihre Füße.

Vor ihrem Zuhause angekommen, öffnet Jonathan die Beifahrertür und reicht Inge die Hand, um ihr beim Aussteigen zu helfen. Georg hat sich aufgesetzt und beobachtet genau, was vor sich geht. Als Inge draußen ist, springt auch er aus dem Auto und folgt ihr. Else kommt neugierig aus der Küche und schlägt die Hände über dem Kopf zusammen. »Du lieber Himmel, der ist aber groß. Ihr wolltet doch einen viel kleineren Hund haben?«

»Ja, wollten wir, aber die kleineren wollten uns nicht, dafür Georg unbedingt Inge und er lässt sie nicht mehr aus den Augen. Ich sehe mich schon auf dem Sofa schlafen.« Jonathan betrachtet seufzend den Hund, der an Inges Seite festgetackert zu sein scheint.

»Ach was, pass mal auf, das ist ganz einfach.« Else öffnet die Kühlschranktür, Georg macht zwei schnelle Sätze und steht dann erwartungsvoll wedelnd neben ihr. »Seht ihr, Liebe geht durch den Magen, altes Sprichwort, trifft auf fast alle Hunde zu. Na, was magst du denn besonders gern? Warte, irgendwo hier ... ja, wusste ich´s doch. Hier ist noch ein Würstchen für dich drin.« Else hat in einem Glas ein einsames Wienerle gefunden und reicht es dem Hund. »Dein Willkommensgeschenk, aber bilde dir nicht ein, dass das in Zukunft dein tägliches Futter wird.« Georg hat nur einmal gekaut, geschluckt und schaut Else nun hechelnd an. »Nee, mein Lieber, das war´s erstmal, später kriegst du dein Futter.«

»Ist Lara wieder nach Hause gekommen?«, will Sarah wissen.

»Ja, vor ein paar Minuten, ich glaube, der Herr Ruttig hat sie gebracht. Ich meine, ich hätte sein Auto gesehen. Sie ist gleich hoch in ihr Zimmer.«

»Gut, dann gehe ich mal, ich glaube, ich muss ein ernstes Wort mit ihr reden, so geht das ja nun nicht.«

»Reiß ihr nicht den Kopf ab«, kann Inge sich nicht verkneifen zu sagen, verstummt aber schnell, als sie Sarahs Gesicht sieht.

»Was hat der Arzt denn gesagt, Else, du bist doch hoffentlich nicht krank?«

»Ach was, war nur eine Vorsorgeuntersuchung, war nach einer viertel Stunde wieder draußen.«

»Dann bin ich beruhigt. Jonathan, was hältst du davon, wenn wir mit Georg einen kleinen Spaziergang machen? Vielleicht muss er ja mal oder freut sich, wenn er etwas Bewegung bekommt?«

»Können wir machen, aber meinst du wirklich, du kannst ihn halten? Wenn der woanders hin will als du, gegen seinen Vierpfotenantrieb hast du keine Chance.«

»Wir werden sehen, wenn er sehr zieht, musst du ihn übernehmen, aber vielleicht ist er ja brav.«

»Und vielleicht ist die Erde eine Scheibe«, murmelt Else und schaut den dreien besorgt nach.

-9-

Sarah klopft nur pro forma, wartet kein Herein ab, sondern öffnet sofort die Tür zu Laras Zimmer und tritt ein. Ihre Tochter steht am Fenster und tippt etwas in ihr Handy. Mit gerunzelter Stirn sieht sie ihrer Mutter entgegen, sagt aber nichts.

»Kannst du mir bitte sagen, wo du heute Nacht gewesen bist? Bei Arne oder Liza sicher nicht und komm mir jetzt nicht mit einer ominösen Freundin, mit der du zum Lernen verabredet warst. Ich will die Wahrheit, wo warst du?«

Lara zuckt schweigend die Achseln, ihr Gesicht ist verschlossen.

»Lara! Reiz mich nicht, ich erwarte eine Antwort. Also, noch mal: Wo warst du und was hast du gemacht? Bist du deswegen gegen meine ausdrückliche Anweisung auch heute Mittag wieder spurlos verschwunden?«

»Mein Gott, chill mal und nerv nicht so. Ich hatte was zu erledigen, warum musst du aus allem so ein Riesendrama machen?«

»Gewöhn dir bitte einen anderen Ton an. Ich bin nicht

deinesgleichen, sondern immer noch deine Mutter. Also, ich frage dich noch einmal, wo warst du?«

Lara verdreht die Augen, seufzt theatralisch und sagt dann: »Ich hatte eine Verabredung mit Papa. So, jetzt weißt du´s. Hörst du jetzt endlich auf, zu nerven?«

»Mit Papa? Mitten in der Nacht oder heute Nachmittag?« Sarah kann ihr Erstaunen nicht verbergen, sie hat mit allem Möglichen gerechnet, damit nicht. »Seit wann triffst du dich mit Papa und was wolltest du von ihm?«

»Ist das etwa verboten? Und wieso sollte ich etwas von ihm gewollt haben. Ich habe ihn nur so getroffen, mehr nicht.«

»Nur so, aha. Und dazu musstest du dich heimlich mitten in der Nacht aus dem Haus schleichen? Konntest du nicht einfach sagen, was du vorhattest? Ich hätte dir bestimmt nicht verboten, dich mit deinem Vater zu treffen, ganz im Gegenteil, ich finde es schön, dass ihr euch ...«

»Hör bloß auf mit deinem Getue, denkst du etwa, ich weiß nicht, was du über ihn denkst? Dass er ein Arschloch ist, keine Verantwortung übernimmt, sich mit blöden Bitches trifft und überhaupt ein Looser ist?«

»Lara! Hör sofort auf, mir Dinge zu unterstellen, die einfach nicht stimmen. Ja gut, du hast recht, ich finde das Verhalten deines Vaters nicht richtig, er hätte sich um euch kümmern müssen, als ich es nicht konnte. Stattdessen hat er seine Verantwortung auf Oma abgewälzt, die ja ebenfalls krank war. Na ja, und dass seine Freundinnen eher in deinem als in meinem Alter sind, finde ich auch nicht wirklich prickelnd. Aber ansonsten ...« Um Sarahs Mundwinkel zuckt es, als wollte sie zu weinen anfangen, aber das täuscht. Zu Laras totaler Verblüffung beginnt ihre Mutter zu lachen, erst leise und glucksend, dann laut und fröhlich.

»Entschuldige« keucht sie, »entschuldige bitte, ich höre gleich wieder auf, aber ...«

»Hast du gekifft oder was geht jetzt ab?« Lara guckt auf ihre Mutter runter, die sich auf das Bett gesetzt hat und immer noch hysterisch kichert.

»Stimmt es, dass du an deinem Geburtstag eine Party schmeißen willst? Und dass zu der auch dein Neuer mit seinen beiden Töchtern eingeladen ist?«

Sarah hat sich beruhigt, sieht ihre Tochter einen Moment lang an und nickt dann langsam.

»Ja, das stimmt. Ich hätte es dir gleich erzählt, bin nur noch nicht dazu gekommen. Weißt du, ich war sehr krank und habe sogar um mein Leben gefürchtet. Die letzten Monate waren nicht leicht für mich, nicht leicht für uns alle. Aber jetzt bin ich wieder gesund und das würde ich gern feiern. Außerdem ist es ein runder Geburtstag, da darf es doch mal eine richtige Party geben, was meinst du?«

»Mir egal, aber warum muss dieser Bulle mit seinen komischen Töchtern auch kommen?«

»Woher kennst du Stefans Töchter und wieso sind die komisch?«

»Einfach so, er hat mich heute nach Hause gefahren und sie waren dabei. Sind noch halbe Babys, die wollten mit mir spielen und so.«

»Dafür, dass sie jünger sind als du, können sie ja wohl nichts. Vielleicht solltest du sie erst mal näher kennenlernen, bevor du dir ein Urteil erlaubst.«

»Danke, kein Bedarf.«

»Lara bitte, musst du immer so unfreundlich sein? Warum können wir nicht einmal eine normale Unterhaltung führen, so wie früher auch? Ich weiß, auch für dich war die letzte Zeit nicht einfach, aber das muss doch nicht immer so bleiben. Was hast du denn mit Axel unternommen? Hattet ihr eine schöne Zeit?«

»Klar, war total geil, nicht so ätzend wie Gespräche mit dir.«

»So, das reicht, jetzt ist Schluss, ich muss mir deine Frechheiten nicht gefallen lassen. Außerdem glaube ich dir deine Geschichte nicht. Ich werde deinen Vater anrufen und ihn fragen, ob du dich tatsächlich mit ihm getroffen hast und wann. Du hast die nächste Woche Hausarrest, kommst nach der Schule nach Hause, isst etwas und dann gehst du in dein Zimmer und lernst. Mehr nicht und komm ja nicht auf die Idee, noch einmal ohne meine Erlaubnis das Haus zu verlassen, ich meine es ernst.« Sarah ist aufgesprungen und verlässt mit den letzten Worten das Zimmer. Sie muss sich beherrschen, die Tür nicht zuzuknallen, sondern leise zu schließen. Einen Moment bleibt sie einfach auf dem Flur stehen, atmet langsam tief ein und wieder aus, um sich zu beruhigen, dann zieht sie ihr Handy aus der Tasche und ruft Ruttig an. Er meldet sich nach dem zweiten Klingelzeichen.

»Hallo, wie schön, dass du dich meldest. Habt ihr einen Hund gefunden?«

»Ja, haben wir und du dafür meine Tochter?«

»Woher weißt du? Hat sie es dir erzählt? Ich war mit Anna und Leonie in der Stadt und sah sie, umzingelt von diesem Justus und drei seiner Kumpels. Es sah für mich so aus, als steckte sie in Schwierigkeiten, darum habe ich sie angesprochen und angeboten, sie nach Hause zu fahren. Hat sie dazu etwas gesagt?«

»Was? Nein, kein Wort. Mir hat sie erzählt, sie habe sich mit ihrem Vater getroffen und eine geile Zeit verbracht, nicht so was Ödes wie mit mir. Aber da stimmt was nicht, sie trifft sich doch nicht mitten in der Nacht mit ihrem

Vater und am nächsten Nachmittag schon wieder. Ach Stefan, ich habe schon wieder mal alles vergeigt. Vielleicht steckt dieser Justus dahinter und sie ist seinetwegen ...«

»Beruhige dich, woher hättest du es denn wissen sollen, wenn sie es dir nicht erzählt hat. Ihr hattet also Streit?«

»Ja und wie. Sie ist unverschämt, alle meine Angebote weist sie zurück, dreht mir das Wort im Mund um und ich komme nicht an sie ran, egal, wie sehr ich mich bemühe.«

»Na ja, wer weiß, wie das mit ihrem Vater verlaufen ist, vorausgesetzt es stimmt und sie hat ihn tatsächlich getroffen. Kannst du ihn nicht anrufen und fragen, ob etwas vorgefallen ist?«

»Gute Idee, ja, das mache ich. Jetzt habe ich ihr erst mal Hausarrest verordnet und schlimme Konsequenzen angedroht, wenn sie dagegen verstößt. Heute Nachmittag sollte sie nämlich auch mit uns zum Tierheim fahren und ich hatte ihr verboten, woanders hinzugehen. Sie ist trotzdem abgehauen. Sie hält sich an nichts mehr und das geht nicht mehr so weiter. Ich weiß nicht, was sie macht, in welchen Kreisen sie verkehrt, ob sie sich in Gefahr begibt oder was immer. Dass sie ihren Vater getroffen hat, kann ich mir irgendwie auch nicht vorstellen, ich denke, sie hat mich angelogen. Ach Stefan, ich mache mir wirklich Sorgen um sie.«

»Na ja, sie ist 14, das ist ein schwieriges Alter, aber sie ist auch ein kluges Mädchen und ich glaube nicht, dass sie wirklich Dinge tut, die sie in Gefahr bringen könnten oder gar mit dem Gesetz in Konflikt. Ruf doch erst mal deinen Mann an, vielleicht erfährst du da etwas. Wir telefonieren später noch mal, einverstanden?«

»Ja, das mache ich. Bis dann.« Sarah drückt das Gespräch weg und wählt sofort Axels Nummer, der sich erstaunlich schnell meldet.

»Hallo, na so was, die halbe Familie an einem Tag, seit wann bin ich bei euch so begehrt?«

»Hallo, ich wollte nur wissen, ob und wann du dich mit Lara getroffen hast und wenn ja, ob etwas vorgefallen ist. Hattet ihr vielleicht Streit, wollte sie etwas von dir, was du abgelehnt hast?«

»Na ja, getroffen habe ich sie heute Nachmittag, aber ich hatte leider schon eine Verabredung und daher nicht viel Zeit. Da ist sie ausgesprochen, wie soll ich sagen, ordinär geworden. Ihr Verhalten war mir direkt peinlich.«

»Ach, was glaubst du wohl, wie peinlich mir dein Verhalten oft war, aber darum geht's ja grad nicht. Letzte Nacht hast du sie nicht getroffen, nur heute Nachmittag? Warum überhaupt, was wolltest du von ihr?«

»Ich von ihr? Gar nichts, sie hat mir eine WhatsApp geschickt und wollte sich mit mir treffen. Natürlich nicht nachts, sondern heute um vier. Ich habe zuerst zugestimmt, aber dann ist mir etwas dazwischengekommen, und ich habe ihr gesagt, dass ich doch keine Zeit habe, schon wurde sie frech.«

»Warst du allein?«

»Wieso? Was hat das mit Laras Verhalten zu tun und was geht das dich noch an, ob ich allein war oder nicht? Aber bitte, wenn du es genau wissen möchtest, nein, ich war nicht allein, ich war in Begleitung.«

»Es hat eine ganze Menge mit Laras Verhalten zu tun. Dich zu fragen, ob ihr euch mal treffen könnt, ist ihr bestimmt nicht leichtgefallen, so wie du dich ihr gegenüber verhalten hast. Also muss es ihr wichtig gewesen sein. Dann tauchst du da auf, vermutlich mit einer deiner ... ach, egal, auf alle Fälle hast du deiner Tochter gesagt, dass du für sie mal wieder keine Zeit erübrigen kannst. Was glaubst du wohl, wie das bei ihr angekommen ist?«

»Du bist genauso dramatisch wie sie. Wir hätten doch einen anderen Termin ausmachen können. Aufgeschoben ist nicht aufgehoben, aber dazu hatte ich dann wirklich keine Lust mehr nach ihrem Abgang.«

»Okay, du wirst es wohl nie verstehen. Danke, das war alles, was ich wissen wollte. Bis dann.«

Sie legt auf, bevor Axel noch etwas sagen kann, bleibt eine Weile am Fenster stehen und schaut hinaus. Sie versteht nicht mehr, was sie jemals an diesem Mann finden konnte. Wieso hat sie nicht viel früher erkannt, dass er nur ein charmanter Blender ist. Inge hatte es erkannt, ihre alte Freundin ebenso, nur sie war viele Jahre blind gewesen vor lauter Liebe. Jetzt ist sie damit durch, aber dass ihre Tochter nun ebenfalls unter seiner unverbindlichen Art leiden muss, das tut ihr weh. Entschlossen verlässt sie das Zimmer und geht noch einmal zu Lara. Die liegt bäuchlings auf dem Bett, ein Matheheft vor sich.

»Lara, ich möchte noch einmal in Ruhe mit dir reden. Ich will nicht mit dir streiten, erwarte aber, dass du mir die Wahrheit sagst. Also, ich habe mit deinem Vater telefoniert und er hat mir erzählt, wie euer Treffen heute verlaufen ist. Heute Nachmittag, nicht gestern Nacht, davon wusste er nämlich nichts. Ich möchte also, dass du mir sagst, wo du gewesen bist, und zwar ehrlich. Dass du über das Verhalten deines Vaters sauer bist, kann ich verstehen. Offensichtlich ist er nicht allein gekommen, sondern in Begleitung seiner neuesten Freundin, für die er offenbar Zeit hatte, während er dich vertrösten wollte. War es so?«

Lara rührt sich nicht, tut, als hätte sie überhaupt nichts gehört, und starrt weiter in ihr Matheheft.

»Okay, du willst mit mir nicht darüber reden, aber du sollst wissen, dass ich gut verstehen kann, dass dich das verletzt hat. Sein Verhalten dir gegenüber war nicht in

Ordnung und er sollte sich dafür entschuldigen. Dazu kann ich ihn leider nicht zwingen, aber ich wünschte für dich, er würde es tun. Da du mir dein nächtliches Verschwinden bisher nicht erklärt hast, bleibt mir nichts anderes übrig, als dir fürs Erste deinen Haustürschlüssel abzunehmen. Ob ich auch noch dein Handy kontrolliere, liegt an dir. Du hast bis morgen Zeit, dann will ich eine Antwort.«

Sarah wartet noch einen Augenblick, aber da Lara weiterhin nicht reagiert, verlässt sie das Zimmer wieder und schließt leise die Tür hinter sich. Dass ihre Tochter sich unwillig zwei Tränen abwischt, sieht sie daher nicht.

-10-

»Nun entspann dich doch mal, ich habe keinen sibirischen Tiger an der Leine, nur einen Hund. Guck, er ist so brav und zieht kein bisschen.« Inge lächelt verklärt auf Georg runter, der in der Tat langsam und gemütlich neben ihr hertrottet, hier und da schnüffelt und ab und an sein Bein an einem Zaun hebt.

»Ja, noch, aber wie das aussieht, wenn wir auf einen anderen Hund treffen, das bleibt abzuwarten. Wir wissen viel zu wenig über ihn, und wie er sich im Tierheim benommen hat, ist das eine, jetzt kann das völlig anders sein.«

»Ach, nun sei doch nicht immer so besorgt um mich, freu dich lieber darüber, dass wir jetzt einen Hund haben. Ich freue mich jedenfalls sehr, dass du mir diesen Wunsch erfüllt hast.«

Inge dreht sich zu Jonathan, stellt sich auf die Zehenspitzen und drückt ihm einen Kuss auf die Wange. Zumindest war das ihre Absicht, aber Georg ist schneller. Er stellt sich auf die Hinterpfoten, stützt sich an Jonathans Arm ab und schiebt seinen Kopf zwischen sie.

»Bah, Georg, was soll das denn? Ich wollte nicht dich, sondern meinen Liebsten hier küssen«, lacht Inge und wischt sich über den Mund. Georg wedelt begeistert und macht Anstalten sie anzuspringen.

»Nein, pfui, lass das. Sitz, Georg, sitz! Nun hör auf damit, nein, ich will das nicht ...«

»Aus!« Jonathan hat seiner in Bedrängnis geratenen Inge die Leine aus der Hand genommen und Georg von ihr weggezogen. »So viele Worte auf einmal versteht er nicht und wenn du dann auch noch lachst, glaubt er, alles richtig zu machen. Kurz und knapp und vor allen Dingen ernst, das ist das Geheimnis.«

»Scheint zu stimmen, guck nur, wie unschuldig er jetzt dasitzt. Ja, du bist ein guter Hund, ein ganz braver. Na komm, jetzt gehen wir noch ein Stückchen weiter.«

»Mir wäre es wirklich lieb, ich würde die Leine auf diesem ersten Spaziergang halten. Jedenfalls so lange, bis wir wissen, wie er auf andere Hunde oder Menschen reagiert. Einverstanden?«

»Wenn du meinst, dass das notwendig ist, bitte, aber auf Dauer soll er schon mein Hund sein und nicht deiner.«

»Natürlich, ich habe doch nur Angst, dass er dich von den Füßen holt, der hat ganz schön Kraft, der Kerl.«

Das beweist Georg, als ihnen an der nächsten Ecke eine Frau mit Hund entgegenkommt und schon von Weitem ruft: »Ist das ein Junge oder ein Mädchen?« Georg braucht nur eine Zehntelsekunde, um zu erkennen, um was es sich bei dem unbekannten Vierbeiner handelt und startet durch. Weit kommt er nicht, denn Jonathan hat die Leine schon kurz genommen und hält ihn zurück.

»Langsam, mein Freund, ich hänge am anderen Ende, vergiss das bitte nicht. ›Ein Rüde‹«, ruft er dann der Dame zu, die sie mittlerweile fast erreicht hat.

»Oh, dann sollte das kein Problem sein, Pauline ist ein Mädchen, nur manchmal etwas zickig. Sie war auch gerade erst läufig.«

Was Georg wohlwollend zur Kenntnis nimmt, auf alle Fälle schnüffelt er bereits mit Hingabe an Pauline Hinterteil, die das mit hochgezogenen Lefzen und leisem Knurren kommentiert.

»Pass auf Georg, gleich gibt's einen Satz heiße Ohren«, warnt Jonathan noch, da fährt die Hündin schon herum und schnappt, giftig bellend, nach Georgs Ohren. Der hat damit offenbar gerechnet, macht einen Satz zur Seite und entgeht knapp den zuklappenden Zähnen. Nun wird er höflicher, macht eine Verbeugung, zieht die Mundwinkel nach hinten und wedelt wie wild mit der Rute. Pauline scheint bereit, seine Aufdringlichkeit zu verzeihen und beschnüffelt ihn nun ihrerseits.

»Ich habe Sie hier noch nie gesehen, dabei kenne ich alle Hunde im Viertel«, beginnt Paulines Frauchen mit einem Gespräch.

»Wir haben ihn erst heute aus dem Tierheim geholt, und wissen noch nicht, wie er sich mit anderen Hunden oder Menschen verträgt«, antwortet Inge und schiebt nach: »Er heißt Georg, und es sieht so aus, als würde er Ihren Hund mögen.«

»Aus dem Tierheim? Da hat man Ihnen in Ihrem Alter noch einen Hund vermittelt? Ach, das wundert mich jetzt ein bisschen, denn meiner Schwägerin wollte man keinen geben, und die ist bestimmt jünger als sie.«

»Na so was«, sagt Inge lahm und zieht unauffällig an Jonathans Arm.

»Wir müssen dann mal weiter, einen schönen Tag noch. Komm, Georg, genug Avancen gemacht, es geht weiter.«

»Du lieber Himmel«, sagt Inge, als sie außer Hörweite

sind, »sehen wir wirklich so alt aus, dass man uns nicht mal mehr einen Hund zutraut? Ich hoffe sehr, ich habe mich da nicht total überschätzt.«

»Unsinn, die war nur neidisch auf unseren hübschen Georg, das ist alles. Komm, laufen wir noch eine Runde durch den Park und spendieren Georg ein paar Bäume, bevor wir wieder nach Hause gehen.«

Inge nickt, aber die Worte der fremden Frau haben sie nachdenklich gemacht. Vielleicht hat sie, bedingt durch die Sorge um ihre Tochter, das Leben im Haus und ihre Liebe zu Jonathan, vergessen, dass sie bereits 77 ist. Ist das zu alt für einen Hund? Für einen neuen Hund? Einen großen Hund? Vielleicht wäre einer in Dackelgröße besser gewesen? Möglich, aber sie hatte Georg gesehen und nicht mehr denken können, außerdem hatte Frau Brause ihr versichert, dass sich Georg bei ihnen bestimmt wohlfühlen würde.

»Worüber grübelst du, mein Herz? Du bereust doch nicht etwa schon, dass du Georg aus dem Tierheim geholt hast?«

»Nein, nein, aber ich habe tatsächlich gerade darüber nachgedacht, dass es vielleicht besser gewesen wäre, einen kleineren ...«

»Hätte, wäre wenn ... wozu darüber nachdenken? Wir haben uns für genau diesen Hund entschieden und damit basta!«

Inge schaut Jonathan an und lacht. »Genau, basta! Georg, ich glaube, wir taufen dich um, und du heißt ab sofort ›Basta‹.« Georg, der seinen Namen gehört hat, wedelt heftig, so als hätte er die Worte verstanden.

»Nein, lieber nicht. Da versteht jeder ›Bastard‹ und das willst du dem armen Kerl doch wohl nicht antun, zumal ich ihn eher für reinrassig halte.«

»Reinrassig? In seinen Papieren steht ›Mischling‹.«

»Ich weiß, aber für mich sieht er aus wie ein ›Berger des Pyrénéés‹, ein Pyrenäenschäferhund. Mag sein, dass da noch irgendwas mitgemischt hat, er nicht aus einer Zucht kam oder was auch immer. Wir Googlen das Zuhause mal und dann wirst du mir recht geben. Oh, da vorne kommt ein Paar mit drei Hunden und keiner von denen ist angeleint. Georg, benimmt dich anständig, hörst du?«

»Hallo«, ruft der männliche Teil des Paares, »lassen Sie Ihren Hund ruhig laufen, unsere sind ganz friedlich.«

»Hallo, das mag sein, aber wir haben unseren noch nicht lange und möchten nicht riskieren, dass er auf und davon geht.«

»Dann sollten Sie sich zumindest eine Schleppleine zulegen, so kann der Arme sich ja kaum bewegen.«

»Nun, hier im Park ist Leinenzwang, haben Sie die Schilder nicht gesehen?«

»Ach, wen interessiert das? Hier laufen alle Hunde frei und die vertragen sich fast alle. Einige sind etwas komisch drauf, aber die kennt man schnell und geht ihnen eben aus dem Weg. Ihrer scheint nicht dazuzugehören, er möchte wohl eher spielen.«

Tatsächlich gibt Georg quietschende Laute von sich, beugt den Oberkörper tief nach unten, wedelt fast im Kreis und beginnt dann auf und abzuhüpfen, während ihn die Drei umkreisen.

»Ein anderes Mal, heute bleibt er noch an der Leine. War nett, Sie kennenzulernen, auf Wiedersehen.«

»Georg war doch wirklich brav, warum durfte er denn nicht auch etwas spielen? Meinst du wirklich, er würde uns weglaufen?«, will Inge wissen.

»Nein, das sicher nicht, aber wir haben unterschrieben, dass wir ihn die ersten Wochen nicht ohne Leine laufenlassen und das finde ich auch richtig. Wir kennen ihn noch nicht und haben keine Ahnung, wie er reagiert. Vielleicht erschrickt er sich vor irgendwas, gerät in Panik und rennt vor ein Auto. Nein, Inge, besser ist das so.«

»Na gut, wenn du das sagst, aber er tut mir ein bisschen leid, ich glaube, er wäre gern mal richtig gerannt.«

»Das kann er gleich bei uns im Garten tun. Da kann er nicht raus und es kann ihm nichts passieren. Vielleicht spielt Lars mit ihm. Komm, gehen wir zurück, ich hätte gern eine Tasse Kaffee.«

-11-

»Das ist so ein Arsch, echt, ich frag den bestimmt nicht noch mal um was, kannste aber singen.« Lara telefoniert mit ihrer besten Freundin Liza. »Du hättest die Kuh mal sehen sollen, die er dabeihatte. Megahässlich kann ich dir sagen und hohl wie Brot.«

»Was wolltest du denn überhaupt von dem? Du hast mir immer erzählt, du würdest nie wieder mit ihm reden.«

»Jo ey, gibt eben Sachen ...«

»Was für Sachen? Du bist in letzter Zeit echt komisch drauf. Arne hat auch schon gesagt, dass er dich irgendwie nicht mehr versteht. Willst du mit meinem Bruder Schluss machen oder was geht ab bei dir?«

»Weiß nicht, echt. Irgendwie ist Arne weird, keine Ahnung, wie ich dir das erklären soll. Immer nur seine Band und zuhause rumhängen.«

»Hallo??? Man kann doch nirgendwo hin, das ist doch nicht seine Schuld. Corona? Schon mal was davon gehört?«

»Nee, das ist es nicht, ach, ich weiß doch auch nicht. Ist eben nicht mehr so, wie am Anfang, da fand ich ihn ja voll süß und so, aber jetzt ...«

»Du machst Schluss, ganz sicher. Oh Mann, dann gehe ich meinem Brüderchen die nächsten Wochen besser aus dem Weg. Jetzt sag schon, wen hast du im Auge? Kenne ich ihn?«

»Quatsch, niemanden, es ist nur so, dass Arne …«

»Ey, bin ich deine beste Freundin oder bin ich es nicht? Also erzähl mir keinen Müll. Wen?«

»Du nervst, aber okay, schwör, dass du es keinem weitersagst. Schwöre!!«

»Ja doch, ich schwöre, jetzt sag schon, ich sterbe gleich vor Neugierde.«

»Er heißt Luca, ist schon 18 und mega süß. Er hat eine Crew, und er ist der Commander. Nina und Johanna sind mit zweien von ihnen zusammen, sind zwar blöde Bitches, aber egal.«

»Und mit dem gehst du jetzt? Hast du Arne davon erzählt?«

»Quatsch nee, ich gehe doch nicht mit dem, wir hängen nur zusammen ab. That´s it.«

»Aha und was sollte dann dein Alter dazu beitragen? Verstehe ich nicht, echt.«

»Shice, okay, ich erzähl´s dir, aber wehe, du redest darüber, egal mit wem, dann bist du die letzte Zeit meine beste Freundin gewesen. Also, man muss so was wie eine Aufnahmeprüfung machen, genauer gesagt, drei. Zwei habe ich schon bestanden, aber die dritte ist tricky. Ich muss mir ein Tattoo stechen lassen, und das geht nur mit Unterschrift von einem Erwachsenen. Meine Mutter kannst du vergessen, meine Oma auch, also wollte ich meinen Alten fragen, der ist nicht ganz so spießig, aber, na ja, vergiss es. Dem ist seine Bitch wichtiger als ich. Der braucht nie mehr anzukommen, mit dem rede ich in meinem Leben kein Wort mehr.«

»Ein Tattoo? Krass, aber das würden mir meine Eltern auch nicht erlauben, erst wenn ich 16 bin, vorher nicht. Aber, wenn der Luca schon 18 ist, warum unterschreibt er dann nicht?«

»Ist der mein Erziehungsberechtigter? Nee, ich brauche die Unterschrift von einem Elternteil und ich weiß auch schon, wie ich dran komme.«

»Wie denn, mit Hypnose?«

Lara kichert, weil sie die Idee witzig findet. »Nee, nicht mit Hypnose, mit Pauspapier. Ich habe das gegoogelt, brauche nur eine Unterschrift, dann legt man Pauspapier darunter, schreibt diese Unterschrift nach und schon hast du sie. Dann abfotografieren und dem Typen im Studio unter die Nase halten. Merkt keine Sau.«

»Und wenn das rauskommt? Dann kriegst du echt mega Stress, außerdem wird doch irgendwann irgendjemand das Tattoo sehen und fragen, wer dir das erlaubt hat.«

»Nee, das sieht keiner, meinst du, ich laufe hier ohne Klamotten in der Gegend rum? Mach dir keinen Kopf, das geht schon klar und wenn du willst, nehme ich dich mal mit zu einem Treffen.«

»Das wäre mega, wann sind die denn immer?«

»Na ja, ziemlich spät. Meist so gegen 22 Uhr und ich muss verdammt aufpassen, dass keiner merkt, wenn ich mich verpisse. Letztens ist es schiefgegangen, denn als ich zurückkam, stand der Jonathan mit dem Bullen in der Diele, der meine Mutter datet. Die haben vielleicht blöd geguckt und natürlich haben sie mich verpetzt, war sonnenklar. Jetzt kann ich mir was überlegen, was ich meiner Mutter erzähle, die hat mir schon meinen Haustürschlüssel abgenommen und droht, mein Handy zu kontrollieren. Die ist echt total schräg drauf.«

»Du haust einfach heimlich ab? Nee du, das ist mir zu

gefährlich, meine Eltern würden mich umbringen, mir nicht nur den Schlüssel abnehmen, wenn die dahinterkämen. Stell dir mal vor, dir passiert irgendwas …«

»Man, du bist so ein Schisser, was soll mir denn passieren, wir hängen doch nur ab, trinken ein Bier und fahren etwas durch die Gegend. Aber wenn du nicht willst, no problem, nur, denk dran, du hast geschworen, mich nicht zu verpetzen.«

»Mach ich nicht, schon klar, aber ich finde, zumindest Arne könntest du die Wahrheit sagen. Ich find´s nicht fair, ihn so abzuservieren, ohne dass er überhaupt was davon weiß.«

»Okay, versprochen, wenn ich ihn das nächste Mal treffe, sage ich es ihm. Ach, was ich dir noch gar nicht erzählt habe, wir haben jetzt einen Hund. Ich habe den zwar noch nicht gesehen, aber meine Oma und ihr Typ haben sich heute einen aus dem Tierheim geholt. Krass, oder?«

»Ich bin allergisch auf Hundehaare, außerdem habe ich Angst vor ihnen, aber solange du ihn nicht mit in die Schule oder zu uns bringst, sollte das kein Problem sein.«

»Ha-ha, nee das mache ich nicht, gehört ja auch nicht mir. Also, ich muss Mathe weitermachen, kotz und mir was einfallen lassen, was ich meiner Mutter erzähle. Wir sehen uns morgen.«

Einen Moment bleibt Lara noch auf dem Bett liegen und überlegt, ob es richtig gewesen ist, Liza einzuweihen. Es ist ihr schwergefallen, ihrer Freundin nichts zu erzählen, aber jetzt ist sie unsicher. Immerhin ist Arne ihr Bruder und sie selbst ist so eine Brave, die selten was tut, was ihr Probleme machen könnte. Klar, die hat ja auch coole Eltern und nicht solche Vollpfosten wie sie. Bei dem Gedanken fällt ihr der Bulle ein. Wenn sie ehrlich ist, findet sie den eigentlich ganz cool, nur die Mädchen haben rumgenervt, weil das ja noch Babys sind. »Wir können was zusammen spielen«, äfft sie das Angebot von Anna nach. Klar, wahrscheinlich mit Puppen, oder was? Sie springt vom Bett auf, verlässt ihr Zimmer und läuft die Treppe runter in die Küche, wo Else sich gerade den Mantel anzieht, um nach Hause zu fahren.

»Wo ist denn nun der Hund? Keinen gefunden?«

»Oh, du lebst noch? Hat dir keiner den Kopf abgerissen? Ich hätte es bestimmt getan, wärst du meine Tochter.«

»Ha-ha, ich lache dann später. Was is´n nun?

Deine Großeltern machen einen Spaziergang mit ihm, müssten aber jeden Moment wiederkommen. Ich hoffe, es ist alles gut gegangen, der Kerl ist ganz schön groß ... Oh, ich glaube, da kommen sie.«

Aus der Diele sind Stimmen zu hören und gleich darauf kommt Georg in die Küche und stürmt begeistert auf Else zu.

»Na du Tollpatsch, runter, hör auf, ich will nicht angesprungen werden. Sitz! So ist das brav. Hast also das Würstchen nicht vergessen und hoffst auf Nachschub? Gibt's nicht, aber du hast bestimmt Hunger? Äh, Lara? Das ist er, er heißt Georg.«

»Bescheuerter Name, kann man ihn umtaufen? Oma? Darf ich ihm Futter geben?«

»Nee, das will ich machen, ich habe zuerst gefragt, stimmt´s?« Lars ist ebenfalls in der Küche aufgetaucht und sein Tonfall ist klagend.

»Ich habe zuerst gefragt«, äfft Lara ihn auch sofort nach und er streckt ihr die Zunge raus.

Georg hat die Hoffnung auf weitere Würstchenspenden aufgegeben und beschnüffelt die Kinder ausgiebig.

»Er scheint euch zu mögen, wie wäre es, wenn ihr erst

ein bisschen mit ihm in den Garten geht, er braucht bestimmt noch Bewegung. Hier, ich weiß zwar nicht, ob er gern spielt, aber ihr könnt es ja mal ausprobieren.« Jonathan hält auffordernd einen Tennisball auf der ausgestreckten Hand, den Else als Erstes erreicht.

»Ich gehe besser mit raus, wer weiß, was die zwei sonst mit dem armen Kerl anstellen«, lacht sie und übersieht geflissentlich Laras Mittelfinger. »Wenn ihr Kaffee möchtet, in der Kanne ist frischer«, ruft sie noch, bevor die Haustür hinter allen zufällt.

Kaum haben sie sich jeder eine Tasse eingeschüttet, kommt auch Sarah aus ihrem Zimmer und gesellt sich zu ihnen.

»Na, ist alles gutgegangen?«

»Ja, er ist wirklich ein ganz braver Hund, wir werden uns schnell an seine Größe gewöhnen. Wenn du auch Kaffee möchtest ...« Inge zeigt auf die Kaffeemaschine.

»Nein, danke, dann kann ich nicht mehr schlafen. Habt ihr schon was in Erfahrung bringen können, wegen dem Catering zu meinem Geburtstag?«

»Nein, noch nicht«, antwortet Jonathan, »ich werde Giovanni heute Abend anrufen und es klären. Mach dir keine Sorgen, ich bin sicher, es wird alles ganz wunderbar klappen. Kümmere du dich um die Leute, die du gern einladen möchtest, alles andere überlass nur uns.«

»Das ist wirklich nett von dir. Ach, übrigens, Stefan hat mich für morgen Abend zu sich zum Abendessen eingeladen, mich und Lara. Ich habe zwar keine Ahnung, wie ich sie dazu bringen soll, mitzugehen, aber ich werde mir Mühe geben. Sie hat heute Axel getroffen, wollte wohl etwas Wichtiges mit ihm besprechen, aber er hatte seine neue Freundin dabei und hat ihr einen Korb gegeben. Sie ist total gekränkt und lässt es natürlich an mir aus. Ich könnte den

Mann manchmal echt schlagen, wie kann man nur so unsensibel sein? War der immer so?«

»Du willst darauf hoffentlich keine Antwort?« Inge zieht lachend die Augenbrauen in die Höhe.

»Nein, eigentlich nicht, ich komme so langsam schon selbst dahinter. Solche Aktionen machen es mir auch nicht gerade leichter, die Beziehung zu meiner Tochter zu verbessern und wie ich ihr klarmachen soll, dass Stefan und ich vielleicht eine gemeinsame Zukunft haben ... ich kann mir ausmalen, wie sie reagiert.«

»Wer weiß, sie bleibt ja nicht immer 14 und so aufmüpfig wie momentan. Vielleicht findet sie es sogar cool, Geschwister und einen neuen Vater zu bekommen.«

»Klar, und vielleicht wächst mir demnächst ein zweiter Kopf«, lacht Sarah. »Das glaubst du doch selbst nicht. Sie wird Gift und Galle spucken, darauf verwette ich alles, was ich besitze. Stefans Kinder sind für sie lästige Babys, was sie nicht daran hindern wird, vor lauter Eifersucht völlig auszurasten. Ich kann nur hoffen, dass er wirklich so taff ist, wie er tut und nicht einknickt, wenn der Sturm so richtig losgeht.«

»Wird er nicht, da bin ich sicher. Stefan ist stur, das weiß jeder, der ihn kennt. Wenn der sich was in den Kopf gesetzt hat, führt er das auch durch. Und wenn nun du es bist, die er sich in den Kopf gesetzt hat ...« Jonathan zuckt die Schultern.

»Du kannst einem Mut machen, das muss der Neid dir lassen, aber ich hoffe, du hast recht. Die Vorstellung, mich noch mal auf einen Mann einzulassen und wieder verlassen zu werden, macht mir zugegebenermaßen Angst.«

»›Wer nicht wagt, der nicht gewinnt‹, das hat dein Vater immer gesagt, erinnerst du dich? Und genau das würde er dir jetzt auch sagen. Das Leben ist immer ein Risiko, aber wer nicht wagt, der nicht gewinnt. Und jetzt hör auf, dir unnötige Sorgen zu machen, basta!« Inge hat den Ton ihres verstorbenen Mannes fast perfekt getroffen und Sarah steigen Tränen in die Augen.

»Stimmt, genau das würde er wohl sagen und dann würde er diese Treppe da raufgehen und Lara den Kopf waschen. Ich bin sicher, er würde sie dazu bringen, alles etwas anders zu sehen und nicht so um sich zu schlagen.«

»Ja, das würde er wohl, aber wer weiß, vielleicht kann dein Stefan das ja auch. Außerdem, wenn du dir deiner Sache sicher bist und Lara nicht das Gefühl vermittelst, du tätest etwas Verbotenes, wird sie irgendwann mit ihrem Widerstand aufhören. Solange sie das Gefühl hat, sie kann dich damit verunsichern, wird sie allerdings weiter aufdrehen.«

»Hast du das in der Apothekenzeitung gelesen, Mama? Rubrik Küchenpsychologie?«

»Sei nicht so frech, sonst lege ich dich übers Knie«, lacht Inge, da Sarahs Ton neckend und nicht aggressiv ist.

»Ich finde, was deine Mutter da gesagt hat, gar nicht verkehrt, Apothekenzeitschrift hin oder her. Lara ist unsicher, ihre heile Welt ist aus den Fugen geraten und sie weiß nicht, wohin der Weg jetzt geht. Sie hat im Grunde die gleichen Ängste, wieder verlassen zu werden wie du auch. Ich gebe allerdings zu, dass es schwer ist, das hinter ihrer großen Klappe zu erkennen.«

»Hat sie dir gesagt, wo sie gestern Nacht gewesen ist, doch sicher nicht bei Axel, oder?«

»Mama, du kennst doch Lara, der muss man jedes Wort aus der Nase ziehen. Nein, sie sagt nicht, wo sie war, jedenfalls bis jetzt nicht. Ich habe ihr den Hausschlüssel abgenommen und sie darf außer zur Schule nirgendwo mehr hin – bis auf weiteres. Ich mache mir Sorgen, denn allein, dass sie so plötzlich Kontakt zu Axel aufgenommen hat, lässt mich vermuten, dass sie etwas von ihm wollte, was mit ihrem nächtlichen Ausflug zu tun hat. Entweder sie hat etwas ausgefressen oder sie hat etwas vor, wozu sie einen Erziehungsberechtigten braucht.«

»Wenn du einverstanden bist, reden Stefan und ich noch mal mit ihr. Vielleicht erreicht er mehr als du als Mutter. Versteh mich bitte nicht falsch, ich meine nur, er ist emotional nicht so nah an ihr dran.«

»Ich verstehe schon und finde die Idee auch gut, andererseits will ich natürlich ihre Beziehung zu Stefan nicht gleich mit sowas belasten. Lass uns ein bisschen abwarten, vielleicht kommt sie von selbst damit raus.«

»Na klar, ganz wie du möchtest. Hört ihr das? Die scheinen ja mächtig Spaß mit Georg zu haben.« Aus dem Garten ertönen fröhliches Gebell und Gekicher. Als sie rausschauen, bietet sich ihnen ein denkwürdiger Anblick. Lars liegt bäuchlings auf dem Rasen und hat offenbar den Tennisball unter sich begraben. Lara versucht durch Kitzeln ihren Bruder zur Freigabe des Balles zu bringen, während Georg begeistert bellend um beide herumhüpft. Else scheint zu spüren, dass sie beobachtet wird, schaut hoch und hebt lachend den Daumen.

»Schaut euch mal Laras Gesicht an«, sagt Sarah leise. »Ganz kindlich sieht sie wieder aus und nicht nur das, auch glücklich. Es ist sehr lange her, dass die beiden mal miteinander rumgealbert haben, ich glaube, der Hund tut ihnen gut.«

Zwischenzeitlich ist es Georg gelungen, den Ball zu erwischen und damit zwischen die Rosensträucher zu entkommen, unmittelbar verfolgt von den kreischenden Geschwistern. Sie versuchen, ihn in die Zange zu nehmen, aber der Hund weicht geschickt aus.

»Sieht nicht so aus, als wäre er gefährlich und auf diese Art kriegt Lars mal wieder etwas Bewegung, der hockt ohnehin zu viel vor seiner Playstation. Komisch, weder er noch Lara haben jemals um einen Hund gebettelt, ich kann mich jedenfalls nicht erinnern. Irgendwann war mal die Rede von einem Leguan, aber davon sind sie dann auch wieder abgekommen. Wie auch immer, ich bin froh, dass du dich mit deinem Wunsch nach einem Hund durchgesetzt hast, Mama.«

»Man soll den Tag nicht vor dem Abend loben und den Hund nicht vor der ersten Nacht«, lacht Inge. »Wer weiß, wie die wird. Vielleicht bellt er ständig, pinkelt auf den Teppich und schmeißt Jonathan aus seinem Bett.«

»Das werde ich zu verhindern wissen«, antwortet der, und schüttelt energisch den Kopf. »Der hat doch ein Zuhause gehabt, also wird er stubenrein sein und bellen wird er höchstens, wenn es einen Grund dazu gibt. Nein, macht euch keine Sorgen, die Nacht wird er schlafen, wie es sich gehört. Die beiden da draußen machen ihn nämlich ganz schön fertig, das dürfte er kaum gewohnt sein.«

Ein weiterer Blick aus dem Fenster gibt seinen Worten recht. Georg liegt auf dem Rasen, die Zunge hängt lang aus dem geöffneten Maul, trotzdem lässt er den Ball zwischen seinen Pfoten nicht aus den Augen. Gerade nähert sich Lars von rechts, während Lara versucht, ihn abzulenken. Der durchschaut die Absicht, packt den Ball, springt auf und schon geht die Jagd mit lautem Geschrei von vorne los.

»Ich glaube, nicht nur der Hund wird heute Nacht gut schlafen«, lacht Sarah, »die werden alle fix und fertig sein.«

»Und hungrig.« Else betritt die Küche, die Hände auf die Hüften gestemmt. »Da habt ihr ja was ins Haus geholt, der Kerl ist nicht nur schnell, der Kerl ist auch schlau, der lässt sich nicht überlisten. Kinder kennt und liebt er offensichtlich, denn bei allem Getobe ist er immer vorsichtig, niemand wurde bisher verletzt und die Kratzer, die bestimmt alle haben, stammen von den Rosen, nicht vom Hund. So, eigentlich wollte ich schon längst zu Hause sein, aber Lars hat mich zu Pfannkuchen überredet. Möchte noch jemand welche?« Drei Hände strecken sich umgehend zum Himmel.

Als alle am Tisch sitzen, auf dem ein Riesenberg Pfannkuchen auf Abnehmer wartet, sitzt auch Georg neben Inge und sabbert erwartungsvoll.

»Wenn du nicht vorhast, für die nächsten Jahre Diät zu leben, würde ich ihn an deiner Stelle in seinen Korb schicken.« Jonathan zeigt auf Georg, aber Inge schüttelt energisch den Kopf.

»Nein, das bringe ich nicht über´s Herz, er gehört doch zur Familie, außerdem hat er bestimmt auch Hunger.«

»Hat er bestimmt nicht«, widerspricht vom Herd her Else. »Der hat eine Riesenschüssel Dosenmatsch vertilgt und wenn ich nicht plötzlich unter Halluzinationen leide, sowohl von Lars als auch von Lara jede Menge Kekse abgestaubt.«

»Der gibt Pfote, und wenn man sagt: Gib Laut, dann bellt er.« Lars wirft dem Hund einen begeisterten Blick zu und sogar Lara rafft sich zu einem: »Der ist echt cool« auf.

»Das mag ja alles sein, aber Kekse sind für Hunde völlig ungeeignet und vom Tisch füttern, erzieht ihn zum lästigen Bettler, außerdem wird er so ganz schnell fett und krank werden. Das wollt ihr doch wohl nicht, oder?«

Jonathan schaut in die Runde, aber niemand antwortet, Georg bleibt, wo er ist, und am Ende der Mahlzeit weiß man, dass er auch Pfannkuchen frisst.

-12-

»Hör mal«, Jonathan sitzt im Schlafanzug auf dem Bett, während Inge hingebungsvoll Georgs Ohren krault, der dabei wohlige Grunzlaute von sich gibt. »Wir müssen einen einheitlichen Umgang mit dem Hund finden, sonst handeln wir uns eine Menge Ärger ein. Keiner von euch hat Erfahrung, ich bin der Einzige in der Familie, der über viele Jahre Hunde hatte, warum hört ihr also zur Abwechslung nicht mal auf mich?«

»Was hast du gesagt, Schatz?« Inge dreht sich zu Jonathan um, ohne das Ohrenkraulen zu unterbrechen.

»Du hast mich sehr wohl verstanden, tu nicht so scheinheilig. Du tüddelst jetzt schon eine halbe Stunde an dem Tier rum.«

»Bist du etwa eifersüchtig oder was stört dich daran? Der arme Kerl hat so lange getrauert, da hat er sich doch wohl ein bisschen Zuwendung verdient, oder?«

»Okay, ich geb´s auf, aber sag nicht, ich hätte dich nicht gewarnt. Hunde kennen kein Maß und keine Grenzen, wenn du denen den kleinen Finger reichst ...«

»Ach, mein Lieber, nun sieh doch nicht immer gleich

alles so schwarz. Warte ab und du wirst sehen, es wird alles ganz wunderbar werden.«

»Dein Wort in Gottes Ohr. Ich würde jetzt gern schlafen, könntest du Georg bitte raus in seinen Korb bringen?«

»Ja, ja, das mache ich gleich. Schlaf du nur ruhig schon, ich wünsche dir eine gute Nacht.«

Mit einem missmutigen Blick auf Inge legt Jonathan sich in sein Bett und ist wenige Minuten später eingeschlafen. Wie lange er geschlafen hat, weiß er nicht, er wird von einem heißen Atem geweckt, der ihm ins Gesicht bläst. Verwirrt hebt er den Kopf, tastet nach Inge, und greift in etwas Weiches, Haariges. Böses ahnend drückt er auf den Knopf der Nachttischlampe und sieht sich Georg gegenüber, der gerade genüsslich seinen Kopf tiefer ins Kissen drückt.

»Inge! Also wirklich, Inge, wach sofort auf und hol den Hund aus meinem Bett.« Als sie nicht reagiert, und zumindest so tut, als hätte sie nichts gehört, steht er auf, packt Georg am Halsband und zieht. Der findet das lustig, rollt sich auf den Rücken, strampelt mit den langen Beinen und lässt albern die Zunge aus dem Maul hängen. Da Jonathan merkt, dass das so nichts wird, packt er sich sein Bettzeug, zerrt mit einem Ruck das Kissen unter dem Hund hervor und murmelt: »Okay, der Klügere gibt nach, aber das wird ein Nachspiel haben.« Weiter vor sich hin schimpfend verlässt er das Schlafzimmer und verbringt den Rest der Nacht auf der Wohnzimmercouch. Der schuldbewusste Gesichtsausdruck von Inge, als diese am frühen Morgen runterkommt, versöhnt ihn nur ein bisschen.

»Hat Georg dich gestört oder warum bist du ausgezogen?«

»Ach, jetzt tu mal nicht so unschuldig, du hast doch mitbekommen, dass es sich der Kerl in meinem Bett bequem gemacht hat. Ich habe dich gewarnt, reich einem Hund den kleinen Finger ...«

»Du hast ja recht, aber das konnte ich doch nun wirklich nicht ahnen. Als ich ins Bett gegangen bin, lag er ganz brav davor und hat geschlafen. Ich wollte ihn nur nicht wecken, um ihn rauszubringen, dass er ins Bett klettern würde ...«

»Ja, schon gut, aber heute Abend bleibt er gleich draußen, einverstanden?«

»Ich mache dir Kaffee, möchtest du Rühreier?«

»Viel Kaffee bitte und ja, Rühreier wären auch nicht schlecht.« Erst als er sein Bettzeug zurück ins Schlafzimmer getragen hat, fällt ihm auf, dass Inge seine Frage nicht beantwortet hat.

»Wo ist denn dieser Hund, wieso klebt der nicht an deiner Seite?«, fragt er, als er zurück ins Wohnzimmer kommt.

»Mit dem ist Lara Gassi, stellt dir das nur mal vor. Ganz freiwillig und noch dazu an einem Samstagmorgen.«

»Es geschehen Zeichen und Wunder, da hast du wirklich recht, aber hoffentlich geht das auch gut. Hast du ihr gesagt, dass sie ihn nicht von der Leine lassen darf?«

»Ja, natürlich. Jetzt hör auf, dir Sorgen zu machen. Setz dich zu mir und lass uns frühstücken.«

Erst als sie die erste Tasse Kaffee getrunken haben, legt Inge ihre Hand auf Jonathans und fragt: »Was ist eigentlich los mit dir? Ständig bist du negativ, siehst alles nur schwarz und machst dir um Dinge Sorgen, die nie eintreffen werden? Was beschäftigt dich so?«

»Was mich beschäftigt? Na ja, alle wohnen unter meinem Dach, also fühle ich mich irgendwie für alle verantwortlich. Ihr seid meine Familie, die ich als Mann beschützen muss. Das ist seit der Steinzeit so, musst du wissen. Männer beschützen Frauen, zum Beispiel vor Säbelzahntigern ... na ja, okay, heutzutage eher vor Spinnen, aber immerhin. Und auch, wenn ich natürlich weiß, dass Georg weder ein Säbelzahntiger noch eine Spinne ist, habe ich Angst, dass irgendjemandem irgendwas passiert. Und da von euch keiner den Umgang mit Hunden gewohnt ist, könnte es ja durchaus sein, dass ihr etwas tut, was der Hund missversteht und schon ist es passiert.«

»Ich verstehe! Und darum darf er nicht mit ins Schlafzimmer, nicht am Tisch neben mir sitzen und schon gar keine Kekse essen?«

»Ja, mach dich nur lustig über meine Not.« Jonathan versucht, ein finsteres Gesicht aufzusetzen, was ihm nicht recht gelingt. »Okay, okay, ich bilde mir was darauf ein, hier als Einziger Erfahrung mit Hunden zu haben und damit möchte ich eben angeben. Männer tun das und wenn dann keiner auf sie hört, übertreiben sie es manchmal etwas. Aber, zu meiner Rechtfertigung möchte ich doch sagen, dass Hunde wirklich keine Kekse fressen sollten und ob er unbedingt auf meinem Kopfkissen schlafen muss ...«

»Ich weiß, ich habe keine Ahnung von Hunden, das stimmt, aber ich vertraue meinem Gefühl. Georg ist ebenso ein Guter, wie du ein Guter bist. Er wird weder weglaufen noch jemandem etwas tun. Ich stimme dir aber zu, Kekse sind wohl ungesund, die kriegt er nicht mehr und ins Bett muss er auch nicht. Ich will ihn aber nicht aussperren. Vielleicht als Kompromiss seinen Korb ins Schlafzimmer stellen und Hundekekse kaufen?«

»Na gut, auch wenn ich der Meinung bin, er könnte ebenso im Flur schlafen, ohne Schaden an seiner Gesundheit zu nehmen. Klettert er allerdings wieder ins Bett, schmeißt du ihn raus! Versprochen?«

»Ja, ja, das mache ich, versprochen. Möchtest du noch Kaffee, mein Herz?«

Jonathan wirft Inge einen skeptischen Blick zu, aber die hat die Kanne in der Hand und sieht gänzlich unschuldig aus.

»Nach dem Frühstück werde ich mal Giovanni anrufen und die Sache mit dem Catering mit ihm besprechen. Was meinst du, sollen wir Sarah das nicht zum Geburtstag schenken? Ich könnte mir vorstellen, dass sie, dadurch, dass sie ja schon lange Krankengeld bezieht, vielleicht etwas knapp bei Kasse sein könnte.«

»Das ist eine wunderbare Idee. Ich habe nämlich schon, als du Giovanni erwähnt hast, befürchtet, dass das ihre Finanzen überfordern könnte. Wollte aber nichts sagen, weil ihr das bestimmt unangenehm gewesen wäre. Aber so ist das eine perfekte Lösung ... du meine Güte, was ist denn jetzt los?«

Die Tür ist mit lautem Knall gegen die Wand geschlagen und Georg stürmt ins Esszimmer, gefolgt von der lachenden Lara, die verzweifelt die Leine umklammert.

»Mach langsam, du dummer Hund, ich habe nur zwei Beine und nicht vier wie du. Boa ey, der ist echt verrückt, der hat mich im Zickzack von einem Baum zum nächsten gezogen. Dann haben wir eine Hündin getroffen, da war der kaum noch zu halten, wollte immer auf die draufspringen. Ist der nicht kastriert, oder was?«

Inge und Jonathan schauen sich verblüfft an, bis Jonathan als erster seine Sprache wiederfindet. »Doch, ich denke schon, aber, na ja, wenn ich es mir recht überlege, haben wir darüber gar nicht gesprochen. Nur über Impfung und so was. Georg, komm mal her zu mir!«

Das Rufen hätte er sich sparen können, denn natürlich ist der Hund bereits am Tisch und guckt erwartungsvoll.

»Gib ihm ausnahmsweise mal ein Stück von deinem Brötchen, dann kann ich nachschauen, ob oder ob nicht.«

»Nicht kastriert, ein gänzlich intakter Rüde, unser Georg. Das heißt für alle, große Bögen um läufige Hündinnen schlagen, außerdem könnte uns das schlaflose Nächte bereiten, wenn zufällig eine in der Nähe wohnen sollte.«

»Wir können ihn doch noch kastrieren lassen oder nicht?«

»Ach Inge, der Kerl ist jetzt fast acht Jahre alt, wozu ihm eine Operation zumuten, die nicht unbedingt nötig ist? Nein, da bin ich dagegen. Lass uns doch erst mal abwarten, wie er reagiert, nicht alle Hunde drehen völlig durch wegen einer ...«

»Du willst dem die Eier abschneiden lassen? Geht's noch, stell dir mal vor, dass würde jemand mit deinem Jonathan machen.« Lara ist empört und macht daraus auch keinen Hehl.

»Das würde ich mir aber verbitten.«

»Das ist doch was ganz anderes, Lara, viele Hunde sind kastriert und haben trotzdem ein schönes Leben ...«

»Sagt wer? Wie viele Hunde hast du denn gefragt? Ich finde es Scheiße und Georg bestimmt auch.«

»Gut, haben wir verstanden, du warst deutlich genug. Einigen wir uns darauf, dass niemand hier kastriert wird, weder der Hund noch ich, einverstanden?«

»Oke, gibt's noch Erdbeermarmelade?«

-13-

»Ich möchte aber, dass du mitkommst, Lara. Ob es dir nun passt oder nicht. Es ist mir wichtig, dass du Stefan besser kennenlernst und seine Kinder auch.«

»Danke, kein Bedarf, die Babys kenne ich außerdem schon.«

»Besser kennenlernst, habe ich gesagt. Ja, sie sind jünger als du, aber Babys sind sie deswegen nicht. Außerdem könntest du doch dann so etwas wie eine große Schwester für sie werden ...«

»Hackt´s bei dir? Ich werde die große Schwester, wie krank ist das denn? Jetzt sag nicht, dass du den heiraten und auf Großfamilie machen willst?«

»So weit sind wir noch nicht, aber es könnte irgendwann passieren, ja.«

»Warte damit, bis ich 18 bin, dann bin ich eh weg.«

»Jetzt bist du erst mal 14 und noch bist du da. Also zieh dich um, wir fahren in einer halben Stunde.«

»Menno, wie Scheiße ist das denn? Ich muss lernen und du willst mich zwingen, da den ganzen Abend rumzuhängen. Was soll ich da? Mit denen Barbiepuppen spielen, oder was?«

»Wenn du das möchtest, warum nicht.« Sarah bemüht sich, Laras Provokationen zu überhören und nicht darauf einzugehen.

»Drauf geschissen, aber echt, ey.«

»Es gibt bestimmt was Leckeres zu essen, Stefan ist ein sehr guter Koch.«

»Ich hab keinen Hunger.«

»Gut, dann sitz eben nur so da und iss nichts. Jetzt zieh dir was Hübsches an, bis gleich.«

Sarah zieht die Tür hinter sich zu und holt erst einmal tief Luft. Es fällt ihr verdammt schwer, ruhig zu bleiben, wenn Lara so destruktiv und aggressiv ist, aber sie hat mit Stefan besprochen, dass das der beste Weg ist. Konfrontation würde die Fronten nur verhärten, hat er gemeint und ihr geraten, es mal anders zu versuchen. Okay, sie hat es versucht, ob es was genutzt hat, wird sie in einer halben Stunde wissen, wenn Lara umgezogen und abfahrbereit in der Diele auftaucht. Was sie tun soll, wenn sie nicht kommt, darüber denkt sie besser nicht nach, schließlich kann sie das Mädchen schlecht an den Haaren zum Auto schleifen. Zum Glück macht Lars keinerlei Probleme, die Aussicht auf etwas Gutes zum Essen hat gereicht, ihn zum Mitkommen zu bewegen. Lara zwingen zu müssen, bleibt ihr immerhin erspart, denn sie kommt tatsächlich pünktlich die Treppe runter und Sarah muss sich schon wieder heftig auf die Zunge beißen, um kein Wort zu sagen. Ihre Tochter hat die zerrissenste Jeans an, die sie finden konnte und dazu ein bauchfreies Top. An ihrem Gesichtsausdruck kann Sarah unschwer erkennen, dass sie nur darauf wartet, dass ihre Mutter ihr Outfit kritisiert, um postwendend und türenknallend wieder in ihrem Zimmer zu verschwinden.

Darauf kannst du lange warten, denkt sie, lächelt freundlich und schafft es, auch ihre Stimme ganz normal klingen zu lassen. »Schön, dass du da bist, ich hoffe, dir wird es nicht zu kalt. Können wir?« Schon in der Tür dreht sie sich noch einmal um und ruft laut: »Wir sind jetzt weg, es kann spät werden. Passt auf, dass der Hund uns nicht für Einbrecher hält, wenn wir nach Hause kommen.«

Während der Fahrt schweigt Lara verbissen und starrt nur aus dem Fenster, auch Lars ist wortkarg und nur mit seinem Handy beschäftigt. Auf die begeisterte Begrüßung von Leonie reagiert Lara nur mit einem knappen »Hi«. Anna übersieht sie gänzlich und Stefans freundliches »Guten Abend, ich freue mich, dass du mitgekommen bist«, ist ihr auch nur ein Schulterzucken wert. Immerhin lässt Lars etwas von guter Erziehung ahnen, er begrüßt alle mit ausgestreckter Faust.

»Papa hat Lasagne gemacht, die ist echt lecker, du wirst schon sehen«, versucht Leonie unverdrossen, Lara aufzutauen, aber die bleibt stumm. Immerhin kann sie der Lasagne nicht widerstehen, aber auch die kaut sie schweigend. Ruttig entgeht nicht, wie angespannt Sarah durch das Verhalten ihrer Tochter ist und legt beruhigend seine Hand auf die ihre.

»Wenn alle satt sind, könnt ihr gern aufstehen und machen, was ihr sonst so macht. Vielleicht möchten Lara und Lars sich euch anschließen. Zeigt ihnen doch eure Zimmer. Tischabräumen und Küchendienst übernehme ausnahmsweise ich allein.«

Leonie und Anna springen auf, während Lara genervt die Augen verdreht und Lars zögernd stehenbleibt.

»Oh Lara, du kannst natürlich auch hierbleiben und mit mir die Küche machen, darüber würde ich mich natürlich sehr freuen.«

»Nee, lass mal, dann gehe ich schon lieber Kinderzimmer angucken«, antwortet sie und lässt sich von der begeisterten Leonie aus dem Zimmer zerren.

»Es tut mir sehr leid, so hattest du dir das Abendessen bestimmt nicht vorgestellt.«

»Nein, ich war auf Schlimmeres gefasst,« antwortet Ruttig lachend. »Sie hat weder mit Tellern noch mit Messern geworfen. War doch klar, dass sie deutlich machen würde, wie zuwider ihr das alles ist. Lass meine Mädels mal machen, vielleicht kriegen sie sie aufgetaut.«

»Glaubst du an Wunder? Ich nicht. Was glaubst du, was es mich an Selbstbeherrschung gekostet hat, sie überhaupt so weit zu bringen, mitzukommen. Ihr Outfit war dann ihr letzter verzweifelter Protest.«

»Immerhin hat sie was an und ist hier, also hast du es bestimmt gut gemacht.«

»Na ja, ich habe mich bemüht, deinen Rat umzusetzen, mich nicht provozieren zu lassen. Das hat mich einiges gekostet, das kannst du mir glauben.«

»Klar, das ist neu für sie, das kennt sie nicht, also wird sie noch ein bisschen mehr aufdrehen, um die gewohnte Reaktion zu erzielen. Wenn du durchhältst, wird sie irgendwann auch anders reagieren, versprochen.«

»Wann? Wenn sie 25 ist?« Sarah klingt resigniert und Stefan steht auf, geht zu ihr und zieht sie vom Stuhl hoch.

»Komm mal her und lass dich in den Arm nehmen. Ich kann mir gut vorstellen, wie anstrengend das war. Lara ist ein harter Brocken, aber sie hat es nicht leicht gehabt in der letzten Zeit, vergiss das nicht.«

»Hab ich es etwa leicht gehabt in der letzten Zeit? Trotzdem benehme ich mich nicht wie die Axt im Wald …«

»Die einen sagen so, die anderen so…«

»Wie bitte, was soll das denn heißen?« Sarah befreit sich aus der Umarmung und starrt Ruttig empört an.

»Nichts, gar nichts ...«

»Nee, mein Freund, so nicht. Wer gackert, der muss auch legen, also, raus damit, wo habe ich mich danebenbenommen?«

»Nun, du hast deine Mutter nicht eben nett behandelt, den armen Jonathan verdächtigt, ein Heiratsschwindler zu sein und wie du mit meinem armen, liebeskranken Herzen umgegangen bist, das ... aua, jetzt schlägst du mich auch noch.« Übertrieben dramatisch reibt Ruttig sich den Oberarm, auf den Sarah geboxt hat.

»Ich gebe es zu, Jonathan habe ich zu Unrecht verdächtigt und meine Mutter ... na ja, da gibt es halt ein paar Familieninterna, die du nicht kennst. Außerdem, vergiss bitte nicht, dass ich einen Tumor im Kopf hatte. Wer weiß, für wie viel der verantwortlich ist.«

»Willst du damit sagen, dass du in Zukunft immer liebreizend und sanft sein wirst? Könntest du mir das bitte schriftlich geben ... halt, nein, boxen passt nicht zu diesem neuen Verhalten.« Lachend hält er ihre Faust fest und zieht sie wieder in seine Arme.

»So, setz du dich schon mal ins Wohnzimmer, ich räume schnell den Tisch ab und das Geschirr in die Maschine, dann mache ich uns einen Kaffee.«

»Ich helfe dir, dann geht es schneller und es macht auch viel mehr Spaß. Keine Widerrede!«

»Ich hätte ohnehin nichts gesagt, im Gegenteil, ich hatte gehofft, dass du es anbietest«, lacht Ruttig und duckt sich, um der Serviette zu entgehen, die Sarah nach ihm geworfen hat.

»Versuch dich nicht als Handballerin, du bist eine

Niete im Zielen«, feixt er, während er routiniert die Teller in die Maschine packt.

»Wo ist eigentlich deine Schwester? Ich dachte, die wollte heute Abend auch hier sein?«

»Wollte sie auch, aber es ist ihr wohl etwas dazwischengekommen. Ich bin mir nicht sicher, habe aber den Verdacht, dass sie jemanden kennengelernt hat. Auf alle Fälle hat sie neuerdings verdächtig oft keine Zeit für mich und die Kinder. Ehrlich, ich wäre verdammt froh, wenn´s so wäre, vorausgesetzt, der Kerl taugt was. Sie hätte es so sehr verdient und ich müsste nicht ständig ein schlechtes Gewissen haben, weil ich sie viel zu oft als Babysitterin missbrauche.«

»War sie nie verheiratet?«

Ruttig zögert einen Augenblick mit der Antwort, bevor er sagt: »Doch, war sie, aber mir wäre es lieber, sie würde dir diese Episode ihres Lebens irgendwann selbst erzählen. Ich weiß nicht, ob es ihr recht wäre, wenn ich ...«

»Schon gut, das verstehe ich. Ich wollte nicht neugierig sein.«

»Warst du nicht, ich freue mich sogar über dein Interesse an meiner Familie. Na ja, bis auf Stefanie kennst du sie ja schon alle, denn meine Familie besteht nur aus ihr, aus Leonie und Anna und natürlich aus mir. Sehr übersichtlich.«

»Ihr habt aber ein sehr enges Verhältnis zueinander, oder? Ich zu meinem Bruder leider nicht, irgendwie artet bei uns jedes Gespräch schnell in Streit aus.«

»Das ist schade. Ich bin der Meinung, dass die Welt da draußen feindlich genug ist, da muss man sich nicht auch noch mit der Familie zerstreiten. Ja, Stefanie und ich waren immer schon eine verschworene Gemeinschaft. Sie ist sieben

Jahre jünger als ich, also war ich der große Bruder, der sie immer beschützt hat. Na ja, als Kind nicht immer ganz freiwillig, das gebe ich zu und ich glaube, ich habe sie ziemlich oft geärgert, aber später, habe ich mich sehr für sie verantwortlich gefühlt. Unsere Eltern sind innerhalb von zwei Jahren beide gestorben, da war sie 17 und ich 24. Ich hatte damals schon eine eigene Wohnung und sie ist natürlich zu mir gezogen. Vermutlich habe ich sie damals schlimmer bevormundet, als das unsere Eltern jemals getan hätten, denn auf den Tag genau, an ihrem 18. Geburtstag, ist sie in eine WG gezogen. Ich hätte es ihr gern verboten, ging aber nicht, sie war volljährig und ich habe mir eine Weile furchtbare Sorgen um sie gemacht. Das hat sich erst gegeben, als ich dann meine Frau kennengelernt habe. Die hat mir den Kopf zurechtgerückt und mir klargemacht, dass Stefanie erwachsen ist und ein Recht auf ein eigenes Leben hat. Als dann Anna geboren wurde, haben wir sie gefragt, ob sie Taufpatin sein möchte und seither ist unser Verhältnis wieder störungsfrei.«

»Ich sehe dich direkt vor mir als gestrenger großer Bruder, der der kleinen Schwester keinen Spaß gönnt und jeden männlichen Bewerber mit Löwengebrüll vertreibt«, lacht Sarah und Ruttig nickt zustimmend.

»Ja, ich glaube, so ähnlich war das wirklich, kein Wunder, dass ich sie in die Flucht geschlagen habe.«

»Sie hat's ja scheinbar unbeschadet überlebt. Ich finde es großartig von dir, dass du so verantwortlich gehandelt hast, das hätte bestimmt nicht jeder gemacht.«

»Für mich war das überhaupt keine Frage und ich habe mich keineswegs großartig gefühlt, im Gegenteil, die meiste Zeit bin ich mir ziemlich überfordert vorgekommen. Ich hatte ständig Angst, es passiert ihr was, sie gerät auf die schiefe Bahn oder an den falschen Kerl, das war ganz schön anstrengend, kann ich dir sagen.«

»Sag, was du willst, ich find´s großartig, so einen Bruder hätte ich auch gern gehabt. Hatte ich aber nicht, Sven wollte nie mit mir spielen, mich nie mitnehmen, irgendwie hatte ich immer das Gefühl, ich bin ihm lästig.«

»Es wäre bestimmt interessant, mal seine Version zu hören. Frag ihn doch mal oder frag deine Mutter, die weiß bestimmt noch, wie das damals war und freut sich über dein Interesse.«

»Nee, lass mal, das ist momentan noch ein sehr brisantes Thema. Irgendwann, wenn wir uns mal näher kennen, erzähle ich es dir vielleicht.«

»Irgendwann, wenn wir uns mal näher kennen? Hallo? Ich dachte, wir sind so gut wie verlobt?« Ruttig reißt in gespieltem Entsetzen die Augen auf.

»Verlobt? Das wüsste ich aber, wir waren gerade zweimal zusammen aus, das reicht nicht für eine Verlobung.«

»Heute ist es schon das dritte Mal, auch wenn wir nicht direkt ›aus sind‹, aber wir sind verabredet und nächste Woche feierst du Geburtstag, da ist es schon mindestens das vierte Mal, wenn wir uns nicht zwischendurch noch treffen … also, ich finde schon …«

»Hör auf mit dem Unsinn«, wehrt Sarah lachend ab. »Außerdem bin ich eine verheiratete Frau, mit der kann man sich nicht verloben.«

»Das stimmt allerdings, das ist ein berechtigter Einwand. Immerhin gehe ich davon aus, dass diese Ehe nicht dauerhaft bestehen bleiben wird, oder?«

»Nein, das sicher nicht, aber wenn ich ehrlich bin, scheue ich diesen ganzen Papierkram, der damit verbunden ist. Vermögensaufteilung, Rentenausgleich, etc. Mir wird ganz übel, wenn ich daran denke, und darum habe ich bisher auch noch nichts unternommen, meinen Ehefrauenstatus zu ändern. Ganz abgesehen davon, dass das Trennungsjahr noch nicht rum ist. Ich glaube allerdings nicht, dass Axel darauf bestehen würde. Ach ja, und einen Anwalt kenne ich auch nicht ...«

»Da kann ich vielleicht helfen. Ein Studienkollege von mir ist Scheidungsanwalt und wie man so hört, ein guter. Wenn du so weit bist, lass es mich wissen, dann rufe ich ihn an, wenn du magst.«

»Ja, warum nicht. Ich könnte mich zumindest mal beraten lassen, was da so alles auf mich zukommt und was es mich kostet. Ich gehe nicht davon aus, dass Axel das Haus oder das Sorgerecht für die Kinder will ...«

»Der Arsch will höchstens seine Ruhe, sonst will der gar nichts.«

Lara ist unbemerkt ins Wohnzimmer gekommen und hat offenbar den letzten Satz gehört.

»Du sollst nicht so über deinen Vater reden, Lara, das weißt du doch genau.«

»Dann soll er sich nicht benehmen wie ein Arsch, dann muss ich nicht so reden. Lasst ihr euch jetzt scheiden, oder was? Müssen wir dann aus unserem Haus ausziehen?«

»Es war doch nur so eine Überlegung, aber auf Dauer wird es wohl darauf hinauslaufen, schließlich wohnt dein Vater schon eine Weile nicht mehr mit uns zusammen und nein, ich glaube nicht, dass wir aus dem Haus ausziehen müssen. Allerdings könnte es auf Dauer eine große finanzielle Belastung sein ...«

»War klar, wir ziehen in irgendeine beschissene Bude und der ...«

»Nichts ist klar, Lara, das habe ich doch gerade eben gesagt. Ich werde mich mit einem Anwalt beraten und dann sehen wir weiter. Zerbrich dir nicht den Kopf über Dinge, die nicht deine sind. Du wirst nicht auf der Straße landen, das verspreche ich dir.«

»Sehr witzig. Müssen wir noch lange bleiben oder können wir langsam abhauen?«

»Lara!«

»Du kannst natürlich gerne gehen, du bist hier nicht gefangen, aber ich dachte, du wärst noch an meinem Nachtisch interessiert?«

»Nachtisch? Was denn für einen?« Lars ist auch wieder aufgetaucht und Leonie wendet sich ihm begeistert zu.

»Papa hat rote Grütze mit Vanilleeis gemacht. Also richtig selbst, auch das Eis. Das ist soooo lecker, du wirst schon sehen.«

Leonie lächelt ihren Vater liebevoll an und klettert auf seinen Schoß. »Papa? Lara hat gesagt, ich darf mal bei ihr übernachten und mit dem Hund spielen, darf ich?«

Sarah wirft ihrer Tochter einen erstaunten Blick zu, aber die zuckt nur die Schultern.

»Wenn Sarah nichts dagegen hat, von mir aus gern. Ich freue mich, wenn ihr euch gut versteht. Wann soll das denn stattfinden?«

»Wenn ich darf, fahre ich gleich heute mit. Morgen ist Sonntag, da können wir ausschlafen und heute Abend ganz lange quatschen.« Leonie glüht vor lauter Begeisterung.

Sarah schüttelt verwundert den Kopf, sagt dann aber: »Natürlich, gerne, ich weiß aber nicht, ob der Hund noch wach ist, wenn wir nach Hause kommen.«

»Das macht nichts, dann spiele ich eben morgen früh mit ihm. Ich packe schnell meine Sachen, bin gleich wieder unten.«

»Halt, mach mal langsam. Was ist denn mit Anna? Wollte die nicht oder habt ihr sie nicht gefragt?«

»Die wollte nicht, Papa, sie hat gesagt, sie findet Hunde

blöd. Verstehst du das? Ich meine, so was hat sie noch nie gesagt.«

»Hm, na ja, wer weiß, vielleicht hat sie schon was anderes vor. Ich frag sie später, jetzt hol sie erst mal zum Nachtischessen runter.«

Wenige Minuten später ist Leonie mit gepacktem Rucksack zurück, allein, ohne ihre Schwester.

»Die schläft schon«, sagt sie erstaunt, »dabei hat sie sich so auf den Nachttisch gefreut. Komisch, oder?«

»Wir heben ihr einfach eine Portion auf, die kann sie dann morgen essen und muss nicht traurig sein«, antwortet Ruttig und füllt Eis und rote Grütze in Glasschälchen.

»Ach Gott, Sarah«, Ruttig verharrt, den Löffel in die Luft gereckt, »ich hatte dir doch Kaffee versprochen. Das habe ich ja völlig vergessen. Möchtest du ...?«

»Das macht nichts, ich trinke ohnehin so spät ungern Kaffee, schließlich möchte ich heute Nacht schlafen und nicht wach im Bett liegen.«

»Gut, dann bin ich beruhigt, ich will nur nicht, dass du mich für einen entsetzlich schlechten Gastgeber hältst. Jetzt lasst es euch schmecken, ich hoffe, ihr mögt alle meine Kreation.«

-14-

Kaum hat Sarah den Schlüssel ins Schloss gesteckt, bricht in der ersten Etage die Hölle los. Mit lautem, wütendem Gebell kommt Georg die Treppe runtergestürzt und sieht dem freundlichen Hund vom Nachmittag kein bisschen ähnlich. Panisch lässt sie den Schlüssel fallen, bereit zurück zum Auto zu flüchten. Bevor sie das in die Tat umsetzen kann, geht Lara auf den Hund zu und ruft: »Ey, du dummes Tier, wir sind's doch nur, reg dich wieder ab, dich hört man in der ganzen Stadt.« Auch Georg hat mittlerweile realisiert, dass es keine Einbrecher zu verjagen gilt und gähnt etwas verlegen, bevor er Laras Hand abschleckt. »Iii, lass das, das ist voll ekelig, geh weg, hau ab!« Mit beiden Händen wedelnd versucht sie dem Hund verständlich zu machen, dass er die Treppe wieder rauflaufen soll. Der versteht das als Spielaufforderung und beginnt erneut zu bellen, diesmal hell und begeistert. »Aus, aus, sei ruhig, Georg, hör sofort auf, du weckst …«

»Du lieber Himmel, was ist das denn für ein Lärm. Georg, sei sofort still!«

Inge steht im Nachthemd oben an der Treppe und blinzelt verschlafen ins Licht.

»Entschuldige, Mama, wir wollten dich nicht wecken, aber dieser Hund ist schlimmer als die Trompeten von Jericho.«

»Georg, komm her, ja, so ist es brav. Hast du fein aufgepasst? Ja? So ein feiner Hund bist du? Na komm, gehen wir wieder schlafen, alles ist gut. Gute Nacht!« Kopfschüttelnd verschwindet Inge samt Hund wieder in ihrem Zimmer.

»So, ihr drei, jetzt aber schnell ab in die Betten, es ist schon ziemlich spät. Wir sehen uns morgen früh zum Frühstück.«

»Wie lange wohnst du schon bei deinen Großeltern?«, will Leonie wissen, als sie in Laras Zimmer angekommen sind.

»Sind nicht meine Großeltern, nur Inge ist meine Oma, Jonathan in ihr … LAP.«

Leonie kichert. »Ihr was?«

»Ihr LAP, ihr Lebensabschnittspartner. Heißt, die sind nicht verheiratet, leben nur so zusammen.«

»Ach so, okay. Ich habe keine Großeltern mehr, das finde ich irgendwie schon schade, ich stelle mir das schön vor.«

»Na ja, wird überschätzt, aber sind ganz oke. Was fangen wir jetzt mit dem angebrochenen Abend an. Es ist erst halb 11.«

»Erst? Ich muss immer um spätestens 9 Uhr das Licht ausmachen. Papa sagt, in meinem Alter braucht man noch viel Schlaf.« Als sie Laras verächtlichen Blick sieht, schiebt sie schnell nach: »Ich bin aber kein bisschen müde, was wollen wir denn machen?«

»Kommt drauf an, wie mutig … ach, nee, lass mal, gehen wir einfach ins Bett.«

»Komm, du wolltest etwas vorschlagen. Jetzt musst du es auch sagen, biiiiite.«

Lara verdreht innerlich die Augen, so sehr geht ihr das kindliche Getue von Leonie auf die Nerven. Sie bereut bereits zutiefst, sich überhaupt auf diesen Müll eingelassen zu haben. »Laaaaara, darf ich mal bei dir schlafen? Ich würde so gern mit deinem Hund spielen. Ich darf sonst nie woanders übernachten, aber bei dir macht Papa bestimmt eine Ausnahme. Bitte, sag ja, dann verrate ich dir auch ein Geheimnis.«

Oke, sie war neugierig gewesen, wollte wissen, ob dieses Kind etwas wusste, was vielleicht wichtig für sie war. Nur darum hatte sie genickt und gesagt: »Klar, warum nicht? Irgendwann mal.« Sie hatte nicht ahnen können, dass sie gleich mitkommen wollte. Auch das Geheimnis war nicht wirklich sensationell gewesen. Sie hatte gesehen, wie ihr Vater ihre Mutter geküsst hatte. What the fuck sollte sie mit dieser Info anfangen? Nun hatte sie das Mädchen an der Backe und damit die kapierte, dass sie nicht in der gleichen Liga spielten, musste sie sie gleich abschrecken. »Na ja«, sagte sie daher, scheinbar zögernd, »ich weiß nicht, vielleicht bist du dazu doch noch zu klein …«

»Nein, bestimmt nicht, sag doch, was wollen wir machen!« Leonie war Feuer und Flamme, zu allem bereit.

»Traust du dich wirklich im Dunkeln auf die Straße? Ich meine, jetzt noch, mitten in der Nacht? Wir müssen das nicht tun, wie können auch einfach schlafen gehen.«

»Du willst jetzt noch raus?« Leonie klang merklich zögernder als vorher. »Ich meine, was willst du denn da, ist doch niemand mehr unterwegs.«

»Klar doch, meine Freunde sind alle da und wir unternehmen coole Sachen zusammen. Du könntest sie kennenlernen, aber wenn du Angst hast, dann …«

»Habe ich nicht, kein bisschen«, versichert Leonie, aber ihrer Stimme ist anzuhören, dass sie schwindelt.

»Oke, dann warte einen Moment, ich muss grad was klarmachen.«

Lara tippt in ihr Handy und Sekunden später piept die Antwort.

»In 10 Minuten geht's los. Die Crew holt uns ab, ach shice, was, wenn der Hund wieder losbellt? Dann haben wir echt ein Problem.«

»Dann sagst du einfach, ich hätte Durst gehabt und da ich nicht wusste, wo die Küche ist, bist du mitgekommen.«

»Kluges Kind«, lacht Lara, »dazu haben wir extra unsere Jacken angezogen und Mützen aufgesetzt.«

»Dann sag doch, ich hätte wieder nach Hause gewollt und du wolltest mich hinbringen.«

»Klar, warum nicht? Ist ja völlig normal, dass ich dich um diese Zeit zu Fuß ungefähr 10 Kilometer durch die Stadt schleife, anstatt mein Handy zu nehmen, um deinen Vater anzurufen. Hast du noch mehr so geniale Ideen auf Lager.«

Leonie gibt sich noch nicht geschlagen und versucht es ein weiteres Mal. »Und wenn ich sage, mir wäre übel geworden und ich hätte frische Luft gebraucht?«

»Geniale Idee, Fenster aufmachen, ist ja auch keine Option, nee, hör schon auf mit dem Quatsch. Wir müssen einfach leise sein und hoffen, dass der Hund nicht bellt. Komm jetzt, es geht los.«

Sie kommen bis zur dritten Stufe, dann dröhnt Georgs Organ durchs Haus, gefolgt von Inges unterdrücktem Schimpfen. Beide Mädchen machen auf dem Absatz kehrt und flüchten zurück ins Zimmer.

»Shice, so macht das echt null Sinn. Der Georg macht

bestimmt nur so ein Theater, weil du dabei bist und er dich noch nicht kennt.«

»Macht doch nichts, dann spiele ich morgen ganz viel mit ihm, und wenn ich das nächste Mal komme, kennt er mich und ist bestimmt ruhig.«

»Kann sein, dann gehen wir jetzt eben ins Bett.«

»Gut, und wenn deine Mama nächste Woche Geburtstag feiert, übernachte ich wieder bei dir.«

»Schice, die Party, die habe ich ja komplett vergessen, wird bestimmt öde, nur alte Leute und kleine Kinder.«

»Du bist gemein, ich bin kein kleines Kind und mein Papa ist auch nicht alt. Warum sagst du so Sachen?«

»Heul leise, Memme und nerv nicht.«

Leonie quetscht ein paar Tränen hervor und wirft hinter den vorgehaltenen Händen einen prüfenden Blick auf Lara. Die scheint ihre Anwesenheit völlig vergessen zu haben und tippt in ihr Handy. Das verunsichert sie, weil Anna sie sofort tröstet, wenn sie bei einem Streit anfängt zu weinen. Sie versucht es mit einem Schluchzen, aber auch das prallt an Lara ab.

»Du bist wirklich total gemein, ich glaube nicht, dass ich bei dir noch mal übernachten will.«

Lara hebt den Kopf und guckt überrascht. »Versprich mir das, gib´s mir am besten schriftlich und jetzt geh endlich ins Bett und gib Ruhe. Kleine Kinder brauchen Schlaf.«

»Ich muss aber noch mal«, jammert Leonie und Lara zeigt mit dem Daumen über ihre Schulter. »Da ist das Badezimmer, wird´s gehen oder muss dich einer abhalten?«

»Du bist richtig blöd, morgen sage ich das meinem Papa und überhaupt, ich komme nie wieder hierher.«

»Sagtest du schon, vergiss es bitte nicht.«

Lara liegt noch lange wach und grübelt. Was, wenn ihre

Mutter und dieser Bulle heiraten? Dann hat sie die zwei dummen Kinder jeden Tag an der Backe, als würde ihr nervender Bruder nicht genügen. Und wo werden sie dann wohnen? Bei diesem Ruttig? Und muss sie sich am Ende mit einem der Kids ein Zimmer teilen? Was für ein ätzender Gedanke, das geht einfach gar nicht. Aber was kann sie dagegen tun? Ihr Alter ist keine Hilfe, das hat sie begriffen, aber sie ist erst 14, also keine Chance auf eine eigene Bude oder so. Vielleicht kann Luca was für sie tun? Nein, sie verwirft diesen Gedanken schnell wieder. Der hat echt weird auf ihre Absage reagiert, obwohl sie ihm genau erklärt hat, warum sie doch nicht kommen kann. War schließlich nicht ihre Schuld. Sie zieht ihr Smartphone vom Strom und liest die Nachricht noch mal. *Keinen Stress, für euch Kinder ist das eh nix. See you.* Hält der sie jetzt etwa auch für ein Kind. Warum ist sie nur auf diese bescheuerte Idee gekommen, diese Leonie zu so einen Tripp mitnehmen zu wollen? Was, wenn die Morgen zu ihrem Papa rennt und petzt? Shice, sie hätte echt die Klappe halten sollen, jetzt ist die auch noch voll sauer auf sie und bestimmt unberechenbar. Das geht nicht, sie muss die wieder auf ihre Seite bringen. Sie knipst die Nachttischlampe an und schaut zum Sofa hinüber. Von Leonie ist kaum etwas zu sehen, so tief hat sie sich in ihre Kissen vergraben. Tief seufzend macht Lara das Licht wieder aus und schläft schließlich auch ein.

Als sie die Augen wieder öffnet, scheint eine tiefstehende Sonne in das Zimmer und damit ist klar, dass es bereits später Vormittag ist. Ein Blick aufs Handy zeigt ihr, dass es kurz vor Mittag ist. Sie wirft einen erschrockenen Blick zum Sofa rüber und entdeckt einen kleinen Fuß, der unter der Bettdecke hervorguckt. »Ey, wach auf, es ist schon total spät. Bestimmt kommt dein Vater gleich, um dich abzuholen, wenn er nicht überhaupt schon da ist. Ich glaube, ich höre unten seine Stimme. Hallo!! Aufwachen!«

Leonie taucht verschlafen unter ihrem Kissen auf und reibt sich die Augen.

»Wie lange habe ich denn geschlafen?«

»Es ist gleich Mittag. Na, kein Wunder, du hast ja auch lange durchgehalten, ich hätte gedacht, dass du viel früher müde geworden wärst. Fand ich echt toll.«

Leonie guckt etwas verwundert zu Lara hoch, die plötzlich wieder so freundlich zu ihr ist.

»Echt? Nein, ich kann total lange aufbleiben, viel länger als Anna. Wenn ich will, sogar die ganze Nacht. Du warst aber gestern nicht sehr nett zu mir, hast du das vielleicht vergessen?«

»Ja, tut mir leid, ich war einfach enttäuscht. Ich wollte dich doch so gern meiner Crew vorstellen, und als das nicht geklappt hat ... also, ich meine, wenn du das jetzt deinem Vater erzählst oder deiner Schwester ...«

»Nein, nein, das mache ich nicht, ganz bestimmt nicht. Das ist unser Geheimnis. Ehrlich, ich schwöre.«

Leonie streckt eifrig drei Finger in die Luft und sprüht fast vor Begeisterung. »Sei nicht traurig, wir machen das einfach beim nächsten Mal.«

»Okay, dann bist du also nicht mehr sauer auf mich? Ich meine ...«

»Nein, gar nicht, wir sind doch Freundinnen und die streiten sich eben manchmal, aber dann vertragen sie sich wieder und alles ist wieder gut.«

Lara dreht sich zum Fenster um, damit Leonie nicht sieht, wie sie genervt die Augen über diesen Müll verdreht. *Wir sind doch Freundinnen* ... äfft sie wortlos nach. Mädchen, das wüsste ich aber, ich bin nicht mit Babys befreundet.

»Super«, sagt sie betont fröhlich und dreht sich wieder vom Fenster weg. »Komm, putzen wir uns die Zähne und gehen dann runter. Vermutlich gibt's schon Mittagessen.«

Das gibt es zwar noch nicht, als sie 10 Minuten später ins Wohnzimmer kommen, aber Ruttig und Anna sind schon da und schauen den Ankömmlingen amüsiert entgegen.

»Na, ihr Langschläfer, ihr habt bestimmt die halbe Nacht gequatscht, stimmt's?«

»Ja, Papa, das stimmt, wir waren total lange auf, fast die ganze Nacht und ich war kein bisschen müde. Stimmt doch, Lara, oder?«

»Kann schon sein, habe nicht auf die Uhr geguckt.«

»Es war ganz toll, beinahe wären wir ...« Leonie verstummt abrupt, Laras Faust hat ihren Rücken getroffen.

»Stimmt, beinahe wären wir gar nicht mehr ins Bett gegangen, ha-ha, hätte sich ja fast nicht mehr gelohnt.«

Ruttig und Sarah werfen sich einen Blick zu, ihnen ist nicht entgangen, wie erschrocken Leonie plötzlich verstummt ist und wie falsch Laras Satz klang.

»Na, ist doch schön, dass ihr euch so gut versteht. Anna? Vielleicht magst du demnächst auch mal bei Lara übernachten?« Ruttig schaut seine Älteste auffordernd an, aber die schüttelt mit verschlossenem Gesichtsausdruck abwehrend den Kopf. »Sicher nicht, das überlasse ich gern Leonie.«

»Oha, ist hier jemandem eine Laus über die Leber gelaufen? Na gut, hört zu, Sarah und ich haben uns überlegt, wir könnten nachher alle zusammen in den Zoo gehen, was haltet ihr davon?«

Außer Leonie, die begeistert »au ja« ruft, ist Stille im Raum.

»Lara, Stefan hat einen Vorschlag gemacht, was sagst du dazu?«

»Wozu? Ich habe grad nicht zugehört.« Lara wirft ihrer Mutter einen finsteren Blick zu und zuckt die Schultern.

»Tu nicht so, du hast das genau verstanden. Wir wollen in den Zoo gehen und hätten dich gern dabei.«

»Danke, aber nein danke, ich bleibe zuhause. Muss dringend für Mathe und Englisch lernen, das ist öde genug.«

»Nun gut, wir können dich nicht zwingen, hätten es aber schön gefunden, mal so alle zusammen ...Oma und Jonathan kommen auch mit, du wärst also ganz allein im Haus. Wird dir das nicht zu langweilig? Wir sind bestimmt drei oder vier Stunden weg.«

»Brauch ich vielleicht einen Babysitter? Nee, geht klar, wie gesagt, ich muss lernen.«

»Gut, wie du möchtest, ich will dich nicht vom Lernen abhalten, aber vergiss bitte nicht: Du hast Hausarrest, komm also nicht etwa auf die Idee ...«

»Chill, meine Güte, ist ja schon gut.«

Lara macht wütend auf dem Absatz kehrt, knallt die Tür hinter sich zu und kurz darauf auch die zu ihrem Zimmer.

»Das war wohl wieder der falsche Satz.«

Sarah schaut von einem zum anderen und lächelt etwas verlegen. »Kriegt ihr nie mal Hausarrest, wenn ihr etwas angestellt habt?« Anna und Leonie schauen sich an und zucken unisono die Schultern.

»Nein, eigentlich nicht,« rafft sich Anna zu einer Antwort auf, während Leonie nur den Kopf schüttelt.

»Dann seid ihr bestimmt immer besonders brav oder was macht euer Papa, wenn ihr was ganz Dummes gemacht habt?« Hilflos schaut Sarah Ruttig an, der sein Grübchen zeigt.

»Meine Kinder sind die reinsten Engel, meine Erziehung eben ... nein, war ein Scherz. Ja, was mache ich eigentlich? Keine Ahnung, ehrlich gesagt, aber Hausarrest hatte noch keine der beiden. Handyverbot gab´s mal und ...«

»Ich musste mal ohne Nachtisch ins Bett und Anna durfte nicht zu einer Geburtstagsfeier gehen, das ist fast wie Hausarrest.«

»Stimmt, das war so was Ähnliches, aber ich hatte gute Gründe für das Verbot, das wollen wir doch mal nicht vergessen.«

»Musst du das jetzt hier so ausbreiten, ist außerdem schon eine Ewigkeit her«, mault Anna und ihr Gesicht verfinstert sich wieder.

»Entschuldige, ich höre schon auf«, sagt ihr Vater schnell, steht auf und sieht auffordernd in die Runde.

»Wollen wir dann? Ich kriege langsam Hunger und bis wir da sind, dauert es ja noch eine ganze Weile.«

»Gehen wir im Zoo Pizza essen?« Lars ist mit Georg an der Leine aufgetaucht, der wedelnd und hechelnd zu ihm hochschaut.

»Klar, was sonst? Ein Zoobesuch ohne Pizza geht doch mal gar nicht«, lacht Ruttig, »aber wir passen nicht alle in ein Auto. Also, wer fährt mit wem?«

»Sollen wir den Hund wirklich mitnehmen? Wer weiß, wie der auf die ganzen Tiere reagiert? Außerdem ist der ja jetzt schon völlig aus der Puste, guck ihn dir nur mal an. Der hat so lange mit Lars im Garten rumgetobt.« Inge schaut Jonathan an.

»Keine Ahnung, wie er auf Alleinbleiben reagiert. Vielleicht bellt und jault er die ganze Zeit oder zerstört die Einrichtung.«

»Ich frage Lara, ob er zu ihr ins Zimmer darf, dann ist er nicht allein und sie kann aufpassen, dass er nichts kaputtmacht.«

»Ich mache das, ich bringe ihn hoch, Oma.«

»Danke, mein Junge, komm dann aber gleich wieder runter, wir müssen jetzt wirklich los, bevor die ersten von uns den Hungertod sterben.«

Beide Männer halten sich wie auf Kommando die Hände vor den Magen und verdrehen theatralisch die Augen.

»Ach, hört auf, ihr Komiker. Egal, wie alt Männer werden, sie bleiben albern. Komm Sarah, wir gehen,« lacht Inge und zieht ihre Tochter hinter sich her.

-15-

»Ey, das ist mein Bett, mach dich gefälligst nicht so dick«, lacht Lara und versucht, Georg zur Seite zu schieben. Der grunzt ein bisschen, lässt sich aber nicht weiter stören. Sie schießt eine Reihe von Fotos von ihm und verschickt sie an diverse Freunde, antworten tut nur Arne.

»Der darf in deinem Bett schlafen, was ist mit mir?«

»Du darfst in deinem Bett schlafen, schließlich bist du kein Hund. Was geht so?«

»Nichts Besonderes, pauke Vokabeln und bei dir?«

»Mir ist voll langweilig. Family ist im Zoo, ich hoffe, sie bleiben gleich da. Ha-ha.«

»Wann zieht ihr eigentlich zurück in euer Haus? Deine Mom ist doch wieder gesund, oder nicht?«

»Keinen Plan, muss wohl noch in Kur oder so. Danach irgendwann, mal sehen.«

»Wir haben uns schon ewig nicht mehr gesehen, wollen wir was unternehmen?«

»Was denn? Scheißcorona, ist doch alles zu und ewig Playsi spielen ist auch weird.«

»Wir können ja auch was anderes machen.«

»Was denn?«

»Zeig ich dir, wenn du herkommst.«

»Keine Chance, ich kann nicht weg, muss auf den Hund aufpassen, außerdem muss ich Mathe machen.«

»Dann morgen?«

»Mal sehen, kommt drauf an.«

»Wo drauf denn?«

»Ja, keine Ahnung, ob ich Bock hab oder so.«

»Ob du Bock hast mich zu sehen? Wie bist du denn drauf? Sag doch gleich, dass du Schluss machen willst und laber nicht drumrum. Meinst du, ich merke nicht, was los ist? Ich bin doch nicht blöd.«

»Will ich doch gar nicht ... na ja, ich weiß auch nicht ...«

»Okay, dann melde dich wieder, wenn du es weißt. Ich wünsche dir ein schönes Leben.«

Lara starrt auf die letzte WhatsApp, die mit einem Wutsmilie endet und weiß nicht, was sie antworten soll. Vielleicht ist es ja ganz gut so, wie es ist. Sie wollte nicht wirklich Schluss machen, aber Bock, Arne zu sehen, hat sie auch nicht gehabt. Es ist kompliziert.

»Georg, du Penner, was soll ich jetzt machen? Sag mal, los, sag was!«

Sie piekt dem schlafenden Hund ihren Zeigefinger in die Seite, aber der wacht nicht auf.

Ein Blick aufs Handy zeigt ihr, dass keine weiteren Nachrichten gekommen sind, auch Luca hat nichts mehr von sich hören lassen seit gestern Nacht. Ihr ist klar, dass der sauer ist, außerdem wartet er auf ihre Antwort, wann sie sich endlich das Tattoo stechen lassen wird. Shice, das hat sie safe völlig vergessen, sie braucht eine Unterschrift. Sie springt so abrupt auf, dass auch Georg ein Auge aufmacht, bevor er sich wieder zusammenrollt und weiterschläft. Sie braucht nicht lange, um zu wissen, wo sie die Unterschrift ihrer Mutter findet. Irgendwo in dem dicken Ordner mit den Krankenhausunterlagen wird ganz sicher eine zu finden sein. Sie läuft rüber und braucht kaum zwei Minuten, um zu finden, was sie sucht. Pauspapier hat sie keins, also muss es so gehen. Sie fotografiert den Schriftzug mit dem Handy, räumt den Ordner ordentlich zurück ins Regal, rennt zurück in ihr Zimmer und beginnt zu üben. Nach einer knappen halben Stunde ist sie mit dem Ergebnis zufrieden. Wer das Original nicht kennt, merkt da nichts, ganz sicher. Außerdem unterschreibt nicht mal ihre Mutter immer exakt gleich.

»Hi, was geht? Ich habe jetzt die Unterschrift, wann wollen wir es machen?«, WhatsAppt sie und wartet nervös auf Antwort von Luca, aber es kommt nichts. Sie tröstet sich mit dem Gedanken, dass er grad keinen Empfang hat oder einfach beschäftigt ist und klappt mit einem tiefen Seufzer ihr Mathebuch auf.

Luca meldet sich erst kurz nach 22 Uhr, als sie schon fast die Hoffnung aufgegeben hat. »Lust auf eine Tour?«

»Klar, ist aber noch zu früh, komme nicht ungesehen aus dem Haus.«

»Um Mitternacht an der üblichen Ecke, wenn du da bist, bist du da, wenn nicht, dann nicht.«

»Geht klar, ich bin auf alle Fälle da.«

Aufgeregt inspiziert sie ihren Kleiderschrank, entscheidet sich nach dem dritten Umziehen für einen dunkelblauen Hoody, die fast neue Jeans und die Boots auf den Nacken von Oma. Gegen 23 Uhr hört sie Oma Inge und Jonathan die Treppe raufkommen und in ihr Zimmer gehen, ihre Mutter ist schon lange im Bett. Um 23.30 Uhr öffnet sie ihre Tür und lauscht in das stille Haus. Außer dem Ticken der Küchenuhr ist nichts zu hören, auch Georg meldet sich nicht. Ungeduldig läuft sie in ihrem Zimmer auf und ab, guckt alle drei Minuten auf ihr Handy, aber die Zeit vergeht quälend langsam. Um fünf Minuten vor Mitternacht schleicht sie die Treppe runter, öffnet millimeterweise die Haustür – verschlossen! Shice, das hätte sie wissen können, ihre Mutter hat ihr nicht umsonst den Schlüssel abgenommen. Was jetzt? Umdrehen und Luca wieder schreiben: Sorry, kann doch nicht kommen? Nein, das ist keine Option, der hält sie ohnehin schon für ein Baby. Sie läuft in die Küche und öffnet die Schublade, in der ihre Mutter ihren Autoschlüssel aufbewahrt und da liegt er: Ihr Haustürschlüssel. Heilige Mutter Maria, das war knapp. Sie zieht ihren Jackenärmel lang, packt damit das klappernde Teil, und rennt zurück zur Haustür. »Bitte, Georg, mach jetzt kein Theater, sonst bin ich verloren«, betet sie leise und atmet erst wieder, als sie die Tür leise hinter sich ins Schloss zieht. Mit zwei Minuten Verspätung erreicht sie den Treffpunkt und sieht erleichtert Luca und drei Mitglieder seiner Crew in einem Auto sitzen. Sie klettert auf die Rückbank und quetscht sich neben das knutschende Pärchen, das keine Notiz von ihr nimmt.

»Da, extra für dich aufgehoben«, Luca reicht ihr eine halb-volle Bierflasche nach hinten und sie trinkt einen Schluck, auch wenn sie Bier immer noch widerlich findet.

»Ey, du sollst nicht daran lutschen, du sollst trinken. Ex und hopp.«

»Okay, wenn's dir dann besser geht…«. Sie setzt die Flasche erneut an und lässt die kalte Flüssigkeit durch ihre Kehle rinnen.

»So ist das brav«, lacht Luca, »vielleicht bist du ja doch kein solches Baby mehr. Was ist mit der Unterschrift, hast du deine Alte doch noch überzeugt?«

»Nee, nicht so ganz, aber ich habe eine Lösung gefunden, keine Sorgen, es klappt bestimmt.«

»Nice, wenn du das sagst, aber Paul ist ein Kumpel von mir, der kann keinen Stress mit nervenden Eltern gebrauchen.«

»Nee, alles gut, gibt keinen Stress. Wann soll ich es machen lassen?«

»Wie wäre es mit morgen? Direkt nach der Schule? Wir treffen uns am Brunnen und ich zeige dir den Laden. Paul macht geile Sachen und ist total korrekt. Steril und so.«

»Chill mal, alles ist cool.«

»Dann ist ja gut, also dann bis morgen. Sei pünktlich.«

»Hä? Wie jetzt? Dafür musste ich extra herkommen? Das hättest du mir doch auch per WhatsApp mitteilen können.«

»Chill, mir ist was dazwischengekommen und das ist nur für Erwachsene. Also schmoll nicht, steig aus und geh brav nach Hause.«

»Du bist echt ein Arsch«, erwidert Lara wütend, stößt die Tür auf und klettert aus dem Auto. Lucas lautes Lachen folgt ihr, bis der Wagen mit kreischenden Reifen davonschießt.

Erst als sie auch die Rücklichter nicht mehr sehen kann, bemerkt sie, dass es zu schneien begonnen hat. Der erste Schnee in diesem Jahr. Lara vergisst ihre Wut auf Luca und versucht begeistert, Schneeflocken mit der Zunge aufzufangen. Als Kind hat sie mit ihrem Vater Wettbewerbe ausgetragen, wer mehr auffangen konnte. Diese Erinnerung überwältigt sie so unerwartet, dass ihr die Luft wegbleibt und Tränen ihr die Sicht nehmen. Ungeduldig schüttelt sie dieses Gefühl ab und rennt die wenigen Meter nach Hause. Nichts rührt sich, sie kann problemlos abschließen und den Schlüssel wieder in der Schublade deponieren. Es ist nach eins, als sie endlich einschläft.

-16-

»Giovanni? Hier ist Jonathan. Ja, ja, vielen Dank, uns geht es ganz wunderbar. Wieder, muss ich wohl sagen, denn zwischendurch ging es meiner Inge sehr schlecht, sonst wären wir schon längst einmal zum Essen gekommen. Wie bitte? Doch, jetzt ist alles wieder gut. Nein, ich will keinen Tisch reservieren, hör mir doch erst mal zu. Die Sache ist die: Inges Tochter Sarah wird am Samstag 40 und das möchten wir gebührend feiern. Natürlich mit einem großartigen Essen und da kommst du ins Spiel.«

»Bene, eine gute Entscheidung. Ich werde kreieren eine Buffet vom Feinsten.«

Jonathan sieht Giovanni vor sich, wie er entzückt seine Fingerspitzen küsst.

»Meine beste Koch werde ich schicken zu euch, mit allem, was Herz begehrt. Concordato?«

»Ja, sehr einverstanden. Wir sind 12, eventuell 14 Personen, darunter vier bis 6 Kinder im Alter von 10 – 14 Jahren. Die sind essenstechnisch sehr einfach gestrickt, wenn du verstehst, was ich meine. Pizza und Spaghetti, alles, was darüber hinausgeht, hieße Perlen vor die Säue schmeißen.« Giovanni am anderen Ende lacht so laut, dass Inge sich die Ohren zuhält, obwohl sie einige Meter vom Telefon entfernt sitzt.

»Si, capice, ich werde für die Bambini eine speziciale Pizza kreieren, du kannst dich auf Giovanni verlassen.«

»Ja, mein Freund, das werde ich auch und wenn du dann noch ein paar Fläschchen von diesem köstlichen Roten mitschicken könntest, den wir beim letzten Besuch bei dir getrunken haben, schließe ich dich ab sofort in alle meine Nachtgebete ein.«

»Naturalmente, das mache ich, du wirst eine grandiose Abend erleben.«

»Davon bin ich überzeugt, ich danke dir mein Freund, wir sehen uns bestimmt bald.«

»Das scheint ja zu klappen und ich bin sehr gespannt, was dein Meisterkoch uns zaubert.«

»Na, du hast ihn doch erlebt, die Küche ist sein natürliches Element und für seine Freunde wächst er über sich selbst hinaus. Ich bin sicher, alle werden begeistert sein.«

»Dann werde ich am besten gleich heute mit einer Diät anfangen, damit ich das am Samstag richtig genießen kann, ohne ständig das Damoklesschwert einer Gewichtszunahme über mir zu fühlen«, seufzt Inge und Jonathan lacht.

»Unsinn, du mit deiner Figur brauchst keine Diät, ich liebe jedes Pfund an dir.«

»Alter Schmeichler, das ist zwar nett gemeint, aber leider nicht wahr. Je älter man wird, umso mühsamer ist es, sein Gewicht zu halten und glaub mir, so ein italienischer Abend, der legt sich ohne jeden Umweg direkt auf die Hüften. Hinterhältig und gemein. Nein, mein Lieber, ich sorge vor und kann dann am Samstag alles genießen.«

»Ganz wie du meinst, auch wenn ich nicht verstehe, warum ihr Frauen euch das Leben so unnötig schwer macht. Ich liebe dich, daran ändern doch ein paar Kilos rauf oder runter nichts.«

»Das weiß ich doch, aber meine Hüfte nimmt mir schon 100 Gramm zu viel übel, habe ich den Eindruck. Außerdem hat auch der Professor gesagt, dass Übergewicht das Herz belastet.«

»Übergewicht vielleicht, aber davon bist du 30 Kilo entfernt, ich finde nicht, dass du über dein Gewicht nachdenken musst, aber was weiß ich schon, ich bin schließlich nur ein Mann.«

»Aber ein ganz wunderbarer«, antwortet Inge und wirft ihm eine Kusshand zu, »noch dazu einer, der mir diesen wundervollen Hund geschenkt hat. War er nicht total brav? Hat heute Nacht keinen Mucks von sich gegeben und hat auch brav in seinem Korb geschlafen. Ich bin geradezu verliebt in diesen Kerl.«

»Was? Willst du damit etwa sagen, dass dieser Hund mir Konkurrenz macht?« Jonathan setzt eine finstere Miene auf und Inge nickt. »Könnte passieren, er ist ja wirklich charmant und allein seine Ohren finde ich einfach unwiderstehlich, die sind so weich, ich könnte sie stundenlang streicheln.«

»Meine Ohren sind auch weich, komm her und fühle!« Jonathan hält den Kopf schief und zeigt auf sein rechtes Ohr.

»Nein, tut mir leid, das sehe ich von hier, die sind nicht lang genug und außerdem viel zu wenig behaart. Hilft nichts, du wirst dich mit einer vierbeinigen Konkurrenz abfinden müssen.«

»Was habe ich getan, dass ich so gestraft werde?«, stöhnt er dramatisch, »muss gegen einen stinkenden Straßenhund anstinken, der jeden Baum anpinkelt und sich die eigenen Genitalien mit der Zunge leckt.«

»Stopp!« Inge hebt abwehrend die Hand. »Jetzt kommt mir bitte nicht auch noch mit Schwanzlängenvergleichen, das geht entschieden zu weit.«

Jonathan schüttelt lachend den Kopf. »Nein, das hatte ich wirklich nicht vor und ich gebe ja auch zu, Georg ist ein toller Hund, mit dem haben wir einen richtig guten Fang gemacht. Er liebt die Kinder, ist sauber im Haus, verträglich mit den meisten Artgenossen und auch ansonsten kann ich nichts Negatives gegen ihn sagen – außer vielleicht, dass er offenbar schönere Ohren hat als ich.«

»Tja, mein Lieber, damit wirst du leben müssen, aber nimm es nicht zu schwer, es bleibt ja noch genug an dir, was ich kraulen könnte.«

»Jetzt sofort?« Jonathan macht einen Schritt zur Tür, aber Inge schüttelt abwehrend den Kopf. »Sei nicht albern, wir müssen Einkaufen fahren, sonst kann Else heute nicht kochen. Dann sollten wir auch überlegen, wo Giovanni eigentlich am Samstag sein Buffet aufbauen soll. Die Küche würde sich zwar anbieten, aber mir wäre die Diele eigentlich lieber, da hat man einen besseren Überblick.«

»Wo du willst, mein Herz, mi casa es su casa – wie wir Italiener sagen.«

»Seit wann bist du Italiener?« Sarah steht in der Tür und hat Fragezeichen in den Augen.

»Ist er nicht«, antwortet Inge abwehrend, »der hat nur einen Clown gefrühstückt. Erst konkurriert er mit einem Hund um die Länge der Ohren und jetzt macht er auf Casanova.«

»Um die Länge der Ohren? Aha ...aber Fieber hat er keins, oder?«

»Nein, habe ich nicht. Redet nicht über mich, als sei ich nicht da. Mir geht es sehr gut und wir haben gerade darüber gesprochen, wo wir am Samstag questo fantastico buffet aufbauen.«

»Wie bitte? Ich verstehe kein Wort?«

»Jonathan hat mit dem Maestro telefoniert, das ist immer ein bisschen ansteckend, musst du wissen. Sie scheinen sich aber einig geworden zu sein. Er schickt am Samstag einen seiner Meisterköche, damit du das Buffet deines Lebens bekommst. Am besten du machst es wie ich und fängst jetzt schon mal an zu hungern.«

»Oh, dann hat das also geklappt, das ist großartig, vielen Dank, dass du das in die Hand genommen hast. Hast du auch über den Preis gesprochen? Ich meine, ich will nicht knausern, aber ...«

»Mach dir bitte darüber überhaupt keine Gedanken. Inge und ich haben uns nämlich überlegt, was wir dir zu deinem Geburtstag schenken könnten und sind dann drauf gekommen, dass dieses Buffet das ideale Geschenk für dich ist. Nur das mit der roten Schleife wird ein bisschen schwierig werden.«

»Nein, das geht nicht, das kann ich nicht annehmen. Bitte, das müsst ihr verstehen, ich wohne schon hier bei euch, meine Kinder wohnen bei euch, und jetzt wollt ihr auch noch, ich meine, das kostet doch bestimmt ...«

»Kind bitte, mach dir doch darum keine Gedanken. Wir sind eine Familie und dass du und die Kinder hier wohnt, ist ja für uns auch ein Geschenk. Also freu dich auf Samstag, auf eine schöne Feier und mach es dir nicht mit unnötigen Grübeleien kaputt.«

»Okay, also, ich weiß zwar immer noch nicht, was ich sagen soll, aber ... vielen Dank, ich danke euch beiden sehr. Wen sollen wir denn eigentlich alles einladen? Ich meine, außer Stefan mit den Kindern? Meint ihr Sven und Maren würden kommen?«

»Natürlich, er ist dein Bruder, warum sollten sie nicht. Hast du sie denn schon eingeladen?«

»Nein, habe ich nicht. Ich habe lange nicht mehr mit ihm gesprochen, wie du weißt, ist er immer sehr beschäftigt. Aber klar, ich rufe ihn gleich an und lade ihn ein, ich würde mich freuen, ihn mal wieder zu sehen. Ist viel zu lange her …«

»Mach das, mein Kind. Jonathan und ich fahren jetzt zum Einkaufen, Georg war ausgiebig draußen, der wird wohl tief und fest schlafen. Brauchst du was, sollen wir dir irgendwas mitbringen?«

»Nein danke, ich fahre heute Nachmittag selbst in die Stadt, ich habe nämlich einen Friseurtermin. Wenn man demnächst vierzig wird, muss man was für sich tun.«

»Na, wenn es nach dem Alter geht, müsste ich einen zweiten Wohnsitz beim Friseur anmelden, aber, jetzt, wo du mich daran erinnerst, ich könnte auch einen neuen Schnitt gebrauchen. Versuchst du mal, ob du vor Samstag noch einen Termin für mich bekommst?«

»Könnte knapp werden, aber versuchen werde ich es auf alle Fälle. Ich gehe jetzt mal und versuche, Sven zu erreichen. Bis später.«

»Sarah taut in letzter Zeit sehr auf und wird immer mehr zu der, die sie einmal war«, sagt Inge, als sie neben Jonathan im Auto sitzt. »Sie hat kaum noch Ähnlichkeit mit der verbitterten Frau vor einem Jahr. Ich bin so froh darüber, das kannst du dir kaum vorstellen.«

»Ja, ich hätte auch nicht gedacht, dass unser Zusammenleben so reibungslos verlaufen würde, ich war auf das Schlimmste gefasst. Es war wohl doch der Tumor und jetzt kommt natürlich noch Stefan dazu, der tut ihr ganz eindeutig gut.«

»Ihr ja, aber ob er auch Lara guttut, muss man abwarten. Lars dürfte nicht das Problem sein, der ist noch leicht zu gewinnen, aber Lara ... die hat so an ihrem Papa gehangen und wurde so schrecklich enttäuscht. Ich könnte mir gut vorstellen, dass sie sich querstellt.«

»Davon gehe ich eigentlich sogar aus. Sie ist nicht der Typ, der irgendwelche Veränderungen kommentarlos schluckt. Ich kaue auch noch an ihrem nächtlichen Ausflug, soweit ich weiß, hat sie bis heute keine Erklärung geliefert, wo sie eigentlich war.«

»Ich weiß es nicht, Sarah hat mir nichts erzählt. Vielleicht ist es ja ganz harmlos gewesen.«

»Vielleicht, vielleicht aber auch nicht. In dem Zusammenhang beunruhigt mich auch der verschwundene und so plötzlich wieder aufgetauchte Autoschlüssel. Ich gehe schwer davon aus, dass da ein Zusammenhang besteht und wenn das so ist, dann haben wir allen Grund zur Sorge.«

»Meinst du nicht, du siehst das ein bisschen zu Schwarz? Ich meine, sie ist doch eigentlich ein liebes Mädchen. Geht ordentlich jeden Tag zu Schule, macht ihre Hausaufgaben, ist schon eine ganze Weile mit ihrem Freund Arne zusammen. Also, für mich klingt das nicht nach einer Revoluzzerin.«

»Ob sie überhaupt noch mit Arne zusammen ist, wissen wir nicht, und Revolutionen kann man auch im Stillen planen. Nun, ich will den Teufel nicht an die Wand malen und wäre froh, ich würde mich irren, aber ... irgendwas sagt mir, dass da noch was kommt.«

»Warten wir´s ab. Ich vertraue da auf den Herrn Ruttig, der kann doch gut mit Kindern umgehen, hat ja selbst zwei. Vielleicht gelingt es ihm, Lara davon zu überzeugen, dass es keine Bedrohung für sie ist, wenn Sarah und er ein Paar werden.«

»Möglich, und bis dahin können wir nur abwarten und

die Augen offenhalten. Ich will nicht, dass dem Mädchen was passiert.«

»Na, das will ja wohl keiner. So, wir sind da, holst du schon mal den Einkaufswagen? Ich laufe schnell auf die Toilette, ich habe zu viel Kaffee getrunken und muss schon wieder für kleine Mädchen.«

-17-

»Nerv mich nicht, dummes Kind, ich habe Erwachsenenkram zu erledigen und wehe, du petzt, dann bist du tot.« Lara zeigt ihrem Bruder die geballte Faust, der daraufhin den Mittelfinger hochstreckt.

»Und was soll ich Jonathan sagen, der wartet schließlich auf dich.«

»Keine Ahnung, lass dir was einfallen, oder warte, sag ihm, Vorbereitungen für die Projektwoche, habe länger. Und jetzt hau ab, bevor der dich noch suchen kommt.«

»Du schuldest mir was«, ruft Lars über seine Schulter und rennt schnell über den Schulhof auf Jonathans Wagen zu.

Lara wartet, ungeduldig an ihren Nägeln knabbernd, noch ein paar Minuten ab, bevor sie sich auf den Weg zum Stadtbrunnen macht. Suchend schaut sie sich um, aber von Luca ist nichts zu sehen, auch auf dem Handy ist keine Nachricht von ihm. Innerlich fluchend umrundet sie den Brunnen, der um diese Jahreszeit leer ist und irgendwie unheimlich aussieht. Es sind nicht viele Menschen unterwegs, das feuchtkalte Novemberwetter lockt offenbar weder zu Spaziergängen noch zu einem Einkaufsbummel durch die Läden. Nach der dritten Runde sieht sie erleichtert, dass Luca gerade aus einem Kaufhaus kommt und Kurs auf den Brunnen nimmt. Sie winkt und läuft ihm entgegen.

»Hey, ich dachte schon, du kommst nicht«, sagt sie anstelle einer Begrüßung. Luca zuckt die Schultern.

»Chill doch mal, alles cool, mein Kumpel weiß, dass du kommst, der läuft schon nicht weg. Also komm, hast du die Unterschrift?«

»Klar, habe ich doch gesagt.«

»Und, weißt du, was du haben willst?«

»Was ich haben will? Wie meinst du das denn?«

»Na, welches Motiv und wohin? Hast du darüber etwa noch nicht nachgedacht?«

Missbilligend sieht Luca sie von der Seite an.

»Ach so, das meinst du«, sagt Lara schnell, »doch natürlich, ich will eine Feder auf meiner linken Schulter.«

»Eine Feder?« Luca sieht geradezu entsetzt aus. »Weird! Aber, okay, mir egal, ist dein Body.«

Lara ballt die Fäuste in der Tasche und ärgert sich sehr über sich selbst. Ihr ist einfach auf die Schnelle nichts anderes eingefallen. Eine Feder! Wie blöd kann man sein? Einen Adler hätte sie sagen sollen oder eine Schlange, irgendwas Cooles, aber nein, sie sagt Feder. Jetzt hat sie ein für alle Mal bei Luca verschissen, das steht so was von fest. Schweigend laufen sie nebeneinanderher, bis sie am Tattoostudio angekommen sind. Abgestandene, warme Luft und ein Gemisch nach Gerüchen aller Art schlägt ihr entgegen, als sie die Tür öffnet und den kleinen Laden betritt. Ein Typ, undefinierbaren Alters steht im hinteren Teil und blättert in einem Katalog. Alles, was man von ihm sehen kann, ist tätowiert, kein freies Fleckchen Haut ist zu erkennen, selbst die Glatze ist farbig verschönt. Unter der Maske wächst ein dünner, rötlich-blonder Bart hervor und auch seine Augenbrauen lassen darauf schließen, dass er früher einmal rote Haare gehabt haben muss. Luca und er stoßen die Fäuste zusammen, Lara bekommt nur ein Nicken, bevor er sagt: »Aha, du willst also ein Tattoo? Hast du die Erlaubnis eines Erziehungsberechtigten? Sonst wird das hier nämlich nichts. Ach so, und natürlich die Frage nach deiner Impfung.«

»Klar«, sagt Lara, bemüht, sich ihre Unsicherheit nicht anmerken zu lassen. Sie zieht das Handy aus der Tasche und streckt ihm die Corona Warnapp entgegen. Paul wirft nur einen uninteressierten Blick darauf und nickt. »Und die Unterschrift?«

»Warte, ah, hier ist sie.«

»Ist das die Unterschrift deiner Mutter?«

»Muss sie wohl sein, sonst stünde da ja nicht, ›Sarah Hellwig‹«.

»Das könnte auch deine Schwester sein, du kleiner Schlauberger,« grinst der Typ und zeigt auf einen Stuhl. »Kannst dich schon mal da hinsetzen. Willst du einen Katalog oder haste was mitgebracht?«

»Was meinen Sie?«, fragt Lara verblüfft und ärgert sich darüber, dass sie den Typ gesiezt hat.

»Was wohl? Du willst doch ein Tattoo, und da ich nicht hellsehen kann, brauche ich eine Vorlage, ein Bild, kapiert?«

»Ach so, ja klar, nee, ein Bild habe ich nicht. Ich will aber eine Feder, eine schwarze, so eine Rabenfeder.«

»Eine Rabenfeder, aha und wo willst du die hinhaben?«

»Auf meine linke Schulter. Da.« Lara zeigt mit ihrer Rechten auf ihr linkes Schulterblatt. »Genau in die Mitte.«

»Okay, du bist der Boss, ich mache, was du sagst. Dann mach mal die Schulter frei, durch deine Jacke wird das nichts.« Der Bart zuckt und wackelt unter dem Gelächter des Mannes und Lara würde am liebsten flüchten. Irgendwie hat sie sich das alles ganz anders vorgestellt. Luca bemerkt ihr Zögern und gibt ihr einen leichten Stoß. »Nun mach schon, wir haben doch nicht ewig Zeit. Du kannst meinem Bro vertrauen, der macht das nicht zum ersten Mal.«

»Ist ja schon gut, ich mach ja«, sagt sie und schält sich aus ihren Klamotten. Sie würde gern fragen, ob es wehtun wird, aber sie fürchtet das alberne Gelächter von dem Typ und darum schweigt sie lieber.

Er sprüht und wischt eine Weile auf ihrem Schulterblatt herum, dann spürt sie den ersten Stich und zuckt unwillkürlich zusammen.

»He, du musst schon stillhalten, sonst wird das hier nichts, rumzappeln kann ich nicht gebrauchen.«

»Sorry, war nur erschrocken, kommt nicht wieder vor«, nuschelt Lara durch die zusammengebissenen Zähne. Sie ahnt, dass das hier kein Vergnügen werden wird.

»Schulter ist doch ein Spaziergang«, amüsiert sich Luca, »da gibt es ganz andere Stellen.«

Lara reagiert nicht, sie hat die Augen fest zusammengekniffen, weil sie Angst hat, heulen zu müssen, wenn sie sie öffnet.

Nach fast eineinhalb Stunden ist es überstanden, der Typ hält ihr einen Handspiegel hin und zeigt auf einen größeren an einer Säule.

»Da, bewundere mein Werk, ist jetzt noch etwas wund und gerötet, aber das gibt sich in ein paar Tagen. Ich gebe dir eine Creme mit, damit schmierst du es morgens und abends gut ein. Nicht vergessen und heute und morgen nicht duschen. Das war's, macht 150.- Flocken.«

»Was??« Lara lässt erschrocken den Spiegel fallen. »Das

wusste ich nicht, ich meine, so viel Geld habe ich überhaupt nicht, ich müsste …«

Wieder zuckt der Bart, als der Typ zu lachen beginnt. »Chill mal, Mädchen, war doch ein Witz, alles cool. Mein Bro hatte was gut bei mir. Also komm wieder runter und heb meinen Spiegel auf. Dein Glück, dass der heile geblieben ist, sonst hättste jetzt sieben Jahre Pech. Du kannst dich dann auch wieder anziehen.«

Lara grinst ein bisschen schief und beeilt sich, den Spiegel aufzuheben und dann in ihre Klamotten zu schlüpfen. Sie verstaut die Creme in ihrem Rucksack, zuckt die Achseln und sagt: »Okay, also danke, ich gehe dann mal.« Erst als sie bereits die Tür erreicht hat, ruft Luca ihr nach: »Bist jetzt in meiner Crew. Man sieht sich.«

Das war der Satz auf den sie lange gewartet, für den sie viel riskiert und auf sich genommen hat, aber jetzt löst er weder Freude noch Erleichterung in ihr aus, sondern nur Leere und ein diffuses Gefühl von Trauer. Lange hat sie gehofft, Luca wäre stolz auf sie, würde sie nicht mehr für ein dummes Kind halten, wenn sie alle seine Forderungen erfüllt. Und ausgerechnet heute hat sie verstanden, dass ihm das am Arsch vorbeigeht. Er hat nur ein Spiel mit ihr gespielt, ohne ihr die Regeln zu erklären und jetzt ist es für ihn langweilig geworden.

»Pah, ›man sieht sich‹, darauf kannst du lange warten«, sagt sie laut und hält sich erschrocken die Hand vor den Mund. Selbstgespräche in aller Öffentlichkeit, so weit ist es mit mir schon gekommen, denkt sie, ich muss besser aufpassen, sonst lande ich noch in der Klapse.

Sie hat Glück, als sie zu Hause eintrifft, ist nur Else da, alle anderen sind ausgeflogen.

»Deine Mama ist beim Friseur, die anderen sind mit

Georg unterwegs. Du kommst spät heute, hast du schon etwas gegessen?«

»Projektwoche«, murmelt Lara, ohne Else anzusehen. »Nee, habe voll Hunger, was gibt's denn?«

»Was gab's denn, müsste das heißen, denn das Mittagessen ist lange vorbei.« Als sie Laras enttäuschten Gesichtsausdruck sieht, winkt Else ab, dreht sich zum Kühlschrank um und entnimmt ihm einen gefüllten Teller, der mit Klarsichtfolie abgedeckt ist.

»Fünf Minuten in der Mikrowelle machen daraus wieder die besten Kohlrouladen der Welt. Genau das richtige bei diesem fiesen Wetter. Soll ich dir in der Zwischenzeit einen Kakao kochen, der wärmt zusätzlich von innen, wenn man traurig ist.«

Lara wirft Else einen misstrauischen Blick zu, aber die ist schon dabei, Milch in einen Topf zu gießen und kümmert sich nicht weiter um sie. Ihr wird warm ums Herz, die liebevolle Fürsorge der Frau, die diese häufig hinter einer etwas rauen Schale versteckt, tut ihr gerade heute gut. Sie nickt daher begeistert und sagt: »Das wäre mega, ich liebe Kakao.«

»Na, dann setz dich schon mal hin, dauert nicht lange.«

Zwei Minuten später stellt Else den Teller vor ihr ab und legt ihr eine Hand auf die Schulter. Lara zuckt zusammen, als hätte sie was gebissen und verkneift sich nur mühsam einen Schmerzensschrei.

»Was ist los? Was hast du, ich habe dich doch kaum berührt. Bist du verletzt?«

»Nein, alles okay«, sagt Lara, pustet übertrieben heftig auf ihre Gabel, und hofft, dass sie überzeugend klingt.

»Erzähl keine Märchen, du hast eindeutig Schmerzen in der Schulter, also spuck's aus, was ist da los?«

»Gar nichts, echt nicht ... ach ja, doch, jetzt fällt´s mir

ein, ich habe im Sportunterricht einen Ball abgekriegt. Ist bestimmt ein bisschen geprellt, mehr nicht.«

»Aha, einen Ball, im Sportunterricht, vermutlich habt ihr Prellball gespielt?«

»Ja, genau«, beeilt sich Lara, zu versichern, auch wenn sie keine Ahnung hat, was das für ein Spiel sein soll.

»Du hältst mich wohl für komplett bescheuert, oder? Aber okay, behalt's für dich, wenn's so ein großes Geheimnis ist. Ich wollte nur helfen.«

»Schwörst du, dass du niemandem ein Sterbenswörtchen sagst? Nicht Mama, nicht Oma und schon gar nicht meinem dummen Bruder, diesem Plappermaul?«

»Sicher, wenn du es nicht möchtest …«

»Möchte ich safe nicht, gäbe echt den totalen Aufstand hier.«

Lara zieht ihren Pulloverärmel runter und gewährt Else einen Blick auf ihr neues Tattoo.

»Ach, du lieber Himmel, Lara, wie bist du denn auf die Idee gekommen? Wer hat das erlaubt? Ich meine, du bist erst 14, da brauchst du doch eine Einwilligung.«

»Mein Dad hat unterschrieben, der fand das cool. Ist eben nicht jeder so spießig wie meine Mutter.«

»Na, da bin ich aber mal gespannt, ob er das überlebt, wenn deine Mutter es erfährt. Findest du es wirklich gut, die beiden so gegeneinander auszuspielen?«

Lara zuckt die Schultern, verzieht schmerzlich das Gesicht und gibt keine Antwort.

»Gut, ich habe dir versprochen, nichts zu sagen und das werde ich natürlich halten, aber ich sage dir ganz offen, dass ich das ziemlich feige von dir finde und für einen Feigling habe ich dich bisher eigentlich nicht gehalten.«

»Stimmt doch gar nicht, ich bin nicht feige, aber die Mama behandelt mich immer, als wäre ich noch ein Baby.

Tu dies nicht, tu das nicht, dazu bist du zu jung, frag mich noch mal, wenn du 16 bist … immer der gleiche Shice. Der Papa macht das nicht, der hat eher verstanden, dass ich erwachsen bin.«

»Oder er hat verstanden, wie er deiner Mutter das Leben schwer machen kann«. Else schüttelt missbilligend den Kopf.

»Sie muss es doch gar nicht erfahren. Du hast geschworen, es ihr nicht zu sagen, und ich werde es ganz sicher auch nicht tun. Also, wo ist das Problem?«

»Ich denke, du bist das Problem. Vielleicht siehst du das jetzt noch nicht, aber es ist so. Ich kann nur für dich hoffen, dass das auf Dauer gut geht.«

»Heilige Mutter Maria, jetzt fängst du auch noch an mich vollzusülzen, dabei dachte ich, du wärst cool.« Lara schiebt wütend ihren Teller von sich, springt auf, schnappt ihren Rucksack und rennt aus der Küche.

-18-

»Hallo, ich bin´s, Sarah. Ja, es geht mir gut und dir? Alles in Ordnung bei euch? Maren und die Kinder? Alles im grünen Bereich? Das ist toll. Ja, ja, hier auch, Lara ist nicht ganz einfach, aber welches Mädchen in dem Alter ist das schon? Ha-ha. Hör mal, Sven, warum ich anrufe. Wie du ja sicherlich weißt, werde ich am kommenden Samstag 40, und da ich mich ein bisschen wie neugeboren fühle oder dem ›Teufel von der Schippe gesprungen‹, habe ich beschlossen, diesen Tag etwas größer zu feiern als üblich. Also, langer Rede kurzer Sinn: Ich gebe eine Party und hätte ich dich und deine Familie gern dabei. Nur, wenn ihr Zeit habt, natürlich.« Sarah hält die Luft an, während sie auf eine Antwort ihres Bruders wartet. Es hat sie Überwindung gekostet, ihn anzurufen, schließlich erinnert sie sich gut an ihre letzten Telefongespräche, die nicht gerade freundlich verlaufen sind.

»Du bist also wirklich wieder fit? So fit, dass du eine Party schmeißen kannst? Das ist toll und freut mich, zu hören. Ich habe mir ganz schön Sorgen um dich gemacht in letzter Zeit. Mama hat mich ja auf dem Laufenden gehalten, aber du weißt ja, wie sie ist, bei ihr ist jedes Glas immer halb voll. Darum war ich mir nie sicher, ob bei ihren Erzählungen nicht der Wunsch der Vater des Gedanken war.«

»Nein, nein, es geht mir wirklich gut und … Sven, noch was. Ich weiß, ich war in den Monaten vor meiner Operation echt schwierig …«

»Schwierig? Na, du kannst vielleicht untertreiben. Du warst ein Riesenarschloch, absolut unerträglich.«

»Danke, Brüderchen, vielen Dank, das wollte ich hören, jetzt geht es mir gleich besser, vielen Dank.« Sarah bemüht sich, ernst zu bleiben, denn sie weiß, dass ihr Bruder sie auf den Arm nimmt.

»Freut mich, wenn ich dir einen Gefallen tun konnte«, lacht Sven. »Samstag also? Wann sollen wir da sein und was wünscht du dir?«

»Um 19 Uhr beginnen wir mit einem Sektempfang, um 19.30 eröffnen wir das Büfett. Wir wollen wegen der Kids nicht zu spät anfangen. Ach so, ich weiß ja nicht, ob du weißt, also, ob Mama dir was erzählt hat, aber ich … also, wie sagt man das denn heute? Ich habe eine neue Beziehung. Er heißt Stefan, ist Kriminalhauptkommissar, verwitwet und Vater von zwei Mädchen, 10 und 12. Wir haben uns zufällig kennengelernt, damals als Lara über Nacht nicht nach Hause gekommen ist, außerdem ist er ein alter Freund von Jonathan. Den habe ich übrigens völlig falsch eingeschätzt, er ist ein echt netter Mann und tut Mama wirklich gut.«

»Meine Güte, hast du immer schon so viel geredet oder ist das neu? Pass auf, ich muss wieder an die Arbeit, werde heute Abend Maren fragen, und wenn sie noch nichts anderes geplant hat, kommen wir gern am Samstag. Ob mit oder ohne die Kinder, kann ich dir nicht sagen, die haben langsam ihren eigenen Kopf.«

»Willkommen im Club«, lacht Sarah, »davon kann ich ein Lied singen. Ist egal, wenn sie mitkommen, ist es gut, wenn nicht, ist es auch recht. Sag ihnen, dass sie bestimmt Spaß hätten und das Buffet der Renner sein soll. Ein angesagter Italiener kocht für uns, das habe ich von Mama und Jonathan als Geburtstagsgeschenk bekommen, hätte ich mir nie leisten können.«

»Klingt wunderbar, ich freue mich also ab jetzt schon mal auf Samstag. Mach es gut, kleine Schwester, bis bald.«

Sarah lächelt glücklich. Wann hat Sven das letzte Mal »kleine Schwester« zu ihr gesagt? Vor einer Ewigkeit. Als sie noch klein war, hat es sie geärgert, später ist sie stolz darauf gewesen, einen großen Bruder zu haben und irgendwann hatten sie sich dann gänzlich verloren. Irgendwie war das Leben dazwischengekommen, ihre Heirat, die Kinder, der Tod des Vaters, ihre Krankheit ... und jetzt war es wieder wie früher gewesen. Ein normales Gespräch, eine Einladung und dieses »kleine Schwester« haben ein warmes, sicheres Gefühl in ihr zurückgelassen. Sie hat einen großen Bruder, was kann ihr passieren im Leben?

Erneut wählt sie eine Nummer und Ruttig meldet sich sofort. »Hallo, schöne Frau, wie geht es dir?«

»Wunderbar, ich habe gerade mit meinem Bruder telefoniert und ihn für Samstag eingeladen. Er kommt gerne und außerdem hat er wieder ›kleine Schwester‹ zu mir gesagt. Darüber freue ich mich derart, dass ich fast heule. Blöd, oder?«

»Nein, nicht blöd, rührend. Zeigt doch, dass ihr euch wieder versöhnt habt und das ist schön. Geschwister sollten sich nicht streiten, jedenfalls nicht mehr, wenn sie erwachsen sind. Ich bin wirklich dankbar, dass ich mit meiner Schwester ein so gutes Verhältnis habe. Ich weiß nicht, was ich ohne sie gemacht hätte – nach dem Tod meiner Frau.«

»Das war bestimmt eine schreckliche Zeit, das kann ich mir gut vorstellen. Ich würde mich so freuen, Stefanie kennenzulernen, ich hoffe sehr, dass sie am Samstag mitkommt.«

»Ja, ich denke schon, sie hat jedenfalls nichts Gegenteiliges gesagt. Jetzt ist aber mal genug von Brüdern und Schwestern. Weißt du eigentlich, dass du morgens beim Aufwachen mein erster und abends beim Einschlafen mein letzter Gedanke bist?«

»So geht es mir auch und außerdem habe ich das Gefühl, dich schon immer gekannt zu haben.«

»Wer weiß, vielleicht waren wir in einem früheren Leben Cäsar und Kleopatra oder Romeo und Julia?«

»Nee, danke, dann würde das ja schrecklich enden, das will ich aber nicht. Außerdem war Julia gerade 14 oder so. Nein, dann schon eher Philemon und Baucis, denen die Götter gewährten, nach einem langen, gemeinsamen Leben, zur gleichen Stunde zu sterben, damit nicht einer ohne den anderen sein musste.«

»Das klingt gut, dann haben wir eine glückliche Zukunft vor uns. Was machst du heute? Ich würde dich schrecklich gern sehen, ich weiß kaum noch, wie du aussiehst.«

»Soll ich dir vielleicht ein Foto schicken«, neckt Sarah ihn, bevor sie ernst wird und sagt: »Heute geht es nicht, wie wäre es mit morgen?«

»Ich weiß nicht, ob ich es so lange aushalte, du grausame Frau, aber bitte, wenn es gar nicht anders geht.«

»Nein, ich muss einfach mal einen Abend etwas mit den Kindern unternehmen, ein Spiel spielen oder zusammen einen Film gucken. Ich habe ein ganz schlechtes

Gewissen, die beiden sind in den letzten Monaten viel zu kurz gekommen.«

»Bist du sicher, dass sie das auch so sehen? Also, zumindest meine Anna guckt mich immer sehr merkwürdig an, wenn ich einen Vater-Tochter-Abend vorschlage.«

»Das kann mir zwar auch passieren, aber der gute Wille zählt, also werde ich es versuchen. Und sollten die zwei mir einen Korb geben, dann gehe ich mal früh ins Bett und schlafe mich richtig aus. Was ich dich immer noch fragen wollte, hat eigentlich Leonie noch etwas erzählt, wie die Übernachtung bei Lara war?«

»Nein, sie war ungewohnt wortkarg, hat nur gemeint, Lara sei cool und sie wolle demnächst wieder bei ihr übernachten.«

»Hm, dann scheint ja alles in Ordnung gewesen zu sein. Ich hatte ein bisschen Sorgen, dass Lara sie zu irgendeinem Blödsinn verführen könnte.«

»Nein, alles gut, sie haben wohl lange gequatscht, aber das ist ja normal.«

»Ja klar, das kenne ich noch von mir selbst, als ich etwa im gleichen Alter war. Ganz im Gegensatz zu Lars, dem muss man buchstäblich jedes Wort aus der Nase ziehen. Ansonsten reicht es ihm, wenn es Pizza oder Pasta gibt, um ihn glücklich zu machen.«

»Wir Männer sind eben einfach gestrickt, da macht dein Lars keine Ausnahme. Im Übrigen ist er ein sehr netter Junge, höflich und gut erzogen.«

»Danke, er kann aber auch anders, glaub mir. Im Augenblick ist er aber wirklich ungewöhnlich gut drauf, das liegt an Georg, den liebt er heiß und innig. Ich sehe schwere Zeiten auf mich zukommen, wenn wir wieder in unser Haus zurückziehen.«

»Dann muss er ihn sich eben öfter mal ausleihen, Inge und Jonathan haben doch bestimmt nichts dagegen.«

»Die wohl nicht, aber vielleicht der Hund. Der klebt an meiner Mutter und lässt sie kaum mal aus den Augen und sie ihn auch nicht. Jonathan hat sich schon beklagt, dass er viel zu kurz käme.«

»Der scheint zu wissen, dass sie diejenige war, die ihn aus dem Tierheim befreit hat und dafür liebt er sie.«

»Das kann sein. So, mein Lieber, machen wir Schluss für heute. Vielleicht sehen wir uns morgen. Träum was Schönes, am besten von mir.«

»Das mache ich, bis morgen. Ich rufe dich an.«

Weder Lara noch Lars zeigen einen Funken Begeisterung, als Sarah mit ihrem Vorschlag von einem Spieleabend kommt. Lars spielt mit Schulfreunden irgendwas, was Sarah nicht versteht und Lara muss angeblich unbedingt für eine Mathearbeit lernen. Inge und Jonathan sind zu einem Abendspaziergang mit Georg aufgebrochen und so steht sie nun allein in der großen Küche und kommt sich plötzlich ziemlich verlassen vor. Einen Augenblick zögert sie, dann zieht sie entschlossen ihr Handy aus der Jeanstasche. »Alle haben mir einem Korb gegeben, keiner will mit mir spielen und meine Mama ist auch nicht zu Hause,« jammert sie mit kindlicher Stimme ins Telefon.

»Ach, du armes Hascherl«, geht Ruttig auf das Spiel ein. »Was können wir denn da machen, soll ich dich vielleicht trösten kommen!«

»Ja, das wäre toll, du kriegst auch eine Pizza, ich habe welche in der Truhe gesehen.«

»Wenn das kein Argument ist ... ich muss aber Stefanie fragen, ob sie Zeit hat, rüberzukommen, um auf die Mädchen aufzupassen, ok?«

»Klar, aber wenn nicht, komme ich auch zu dir, kein Problem.«

»Das wäre vielleicht die bessere Idee, dann muss ich meine Schwester nicht schon wieder bemühen. Wenn's dir also nichts ausmacht ...«

»Nein, natürlich nicht, soll ich die Pizza mitbringen?«

»Was hältst du von mir? In meiner Truhe sind auch Pizzen, bring nur dich mit, das reicht.«

»Gut, ich warte noch, bis meine Mutter und Jonathan zurückkommen, dann fahre ich los. Kann nicht mehr lange dauern. Bis gleich.«

Zögernd steht Sarah kurze Zeit später vor ihrem Auto. Sie ist lange nicht mehr gefahren und wenn sie´s genau nimmt, darf sie immer noch nicht fahren, weil noch kein halbes Jahr vergangen ist seit ihrer Operation. »Wird schon schiefgehen«, macht sie sich selbst Mut, »ist ja nicht weit.« Sie setzt sich hinter das Steuer und lässt den Wagen an, der prompt direkt anspringt. Sie überlegt noch, ob das normal ist, nach der langen Zeit, die er nur im Carport gestanden hat, da fällt ihr Blick auf die Benzinuhr, deren Nadel zitternd ganz am unteren Ende steht. Gleichzeitig leuchtet ein rotes Warnlämpchen auf. Erschrocken schaut sie hoch, als jemand an die Scheibe klopft.

»Willst du wirklich selbst fahren, Sarah? Du weißt, wenn du erwischt wirst, bist du deinen Führerschein los. Wo willst du denn hin? Ich kann dich gern fahren oder dir ein Taxi rufen.« Jonathan sieht besorgt auf sie hinunter.

»Tja, eigentlich weiß ich das ja alles, habe mir aber eingeredet, dass auf dem kurzen Stück schon nichts passieren wird«, antwortet sie und stellt den Motor wieder aus. »Sag mal, ist zwischenzeitlich jemand mit dem Wagen gefahren? Ich meine nur, weil der Tank komplett leer ist und ich bin sicher, er war fast voll, als ihr ihn hergeholt habt.«

»Ich nicht und soweit ich weiß, auch sonst keiner. Merkwürdig. Ich kann mir auch nicht vorstellen, dass hier in der Gegend Benzin geklaut wird. Bist du sicher, dass der Tank voll war?«

»Ja, eigentlich schon. Na egal, ich wollte zu Stefan … genauer gesagt, will ich das immer noch. Rufst du mir ein Taxi?«

»Ich kann dich doch schnell fahren, mache ich gern und zurück bringt dich dann Stefan. Besser so, glaub mir.«

»Gut, vielen Dank, nett von dir.«

»Kein Ding, ich hole nur schnell die Autoschlüssel und sage Inge Bescheid, dauert nicht lange.«

Als sie kurz darauf neben ihm sitzt, sagt sie: »Ich habe noch mal darüber nachgedacht und weiß genau, wann ich zuletzt getankt habe. Das werde ich morgen mal auf meinem Konto überprüfen. Ich bin danach kaum noch gefahren. Könnte höchstens Axel gewesen sein, aber wieso? Der hat schließlich ein eigenes Auto. Alles sehr seltsam, findest du nicht auch?«

»Doch, aber lass dir davon nicht den Abend verderben, es wird sich schon aufklären.« Jonathan bemüht sich, überzeugend zu klingen, aber er hat bereits einen ganz bestimmten Verdacht und nimmt sich vor, über den Morgen mit seinem Freund Ruttig zu sprechen.

»Hat Jonathan dich hergebracht?« Ruttig schaut dem davonfahrenden Wagen nach, nachdem er Sarah die Tür geöffnet hat.

»Ja, mein Tank war leer, was mehr als seltsam ist, denn ich bin sicher, er war voll, als wir das Auto geholt haben. Na, egal, lassen wir uns davon nicht den Abend verderben, ich habe einen Mordshunger.«

»Trifft sich gut, ich auch und die Pizza müsste jeden Augenblick fertig sein. Die Mädchen sind übrigens nicht da, sie übernachten kurzfristig heute bei Stefanie.«

»Ach, wieso das denn? Du hast doch nicht etwa für sturmfreie Bude gesorgt? Erst Pizza, dazu Rotwein, viel Rotwein und dann ...?«

»Falle ich natürlich über dich her, wie das Bösewichte in drittklassigen Filmen oder Romanen eben so tun«, lacht Ruttig und Sarah starrt verliebt auf sein Grübchen.

»Vielleicht wird umgekehrt ein Schuh draus, ich falle über dich her? Wäre doch mal was anderes, aber das verschiebe ich auf später, zuerst muss ich was essen.«

»Na, dann komm mit, du armes, ausgehungertes Wesen, ich hoffe, ich kriege dich satt.«

Eine halbe Stunde später schiebt Sarah stöhnend den Teller von sich. »Boh, das war so was von lecker. Ich habe bei Pizza in der Truhe nicht im Entferntesten an so etwas gedacht. Du bist wirklich ein Überraschungsei.«

»Nur ein guter Pizzabäcker, mein Schatz, und wenn ich mal dabei bin, mache ich immer zwei Bleche und eins wird eingefroren. Ich freue mich, wenn es dir geschmeckt hat.«

»Geschmeckt ist gar kein Ausdruck, es war ›saulecker‹, würde zumindest Lara sagen. Bekomme ich noch ein Glas Wein?«

»Nur, wenn ich jetzt mal einen vernünftigen Kuss von dir bekomme.«

Sarah schaut Ruttig an, der wartend dasteht und sie anlächelt, steht auf und lässt sich von ihm in die Arme schließen. Später, sehr viel später, als sie nebeneinander im Bett liegen, sagt sie: »Was war jetzt eigentlich mit meinem Wein, den habe ich überhaupt nicht bekommen.«

»Kriegst du jetzt, mein Herz, einen Moment.«

Er gießt zwei Gläser ein und reicht ihr eins. »Trinken

wir auf den heutigen Abend, darauf, dass noch viele, viele dieser Art folgen mögen.«

»Ja, darauf trinke ich gern, es war wunderbar«, antwortet Sarah und küsst ihn schnell noch einmal, bevor sie ihr Glas erhebt.

»Nun weiß ich, dass du nicht nur ein großartiger Pizzabäcker bist, sondern ein noch besserer Liebhaber«, lächelt sie und kuschelt sich zurück in seine Arme.

»Ein Kompliment, das ich gern zurückgebe. Es war wunderschön mit dir, wir passen auch da perfekt zusammen.«

»Ein Glück, ich habe ja schon fast nicht mehr gewusst, wie das überhaupt geht, so lange ist es her«, kichert Sarah.

»Ach, ich glaube, das ist wie Fahrradfahren, das verlernt man nicht.« Ruttig nimmt einen großen Schluck aus seinem Weinglas und wendet sich ihr erneut zu.

»Musst du wirklich heute noch nach Hause, reicht es nicht, wenn ich dich morgen früh, also ganz früh, bevor deine Kinder wach sind, heimbringe? Bitte, sag ja und bleib diese Nacht bei mir. Lass uns zusammen einschlafen und zusammen wieder aufwachen. Was hältst du davon?«

»Was ich davon halte? Nichts, was ich lieber täte, aber ...«

»Nein, bitte kein Aber. Jonathan weiß, wo du bist und er ist ja nicht von gestern. Sollte er also bemerken, dass du nicht da bist, was ich mir aber nicht vorstellen kann, wird es sich nicht sorgen, sondern sich für uns freuen. Ganz sicher. Ich verspreche hoch und heilig, du bist spätestens um sechs Uhr in deinem Bett. Komm, sag ja!«

»Ja!«, flüstert Sarah und Ruttig hält sein Versprechen, kurz nach sechs Uhr liegt sie glücklich und sehr zufrieden in ihrem eigenen Bett.

-19-

»Nimm´s ihm nicht übel, der arme Kerl ist vollkommen durchweicht. Komm her, Georg, ich rubbel dich ein bisschen trocken.« Jonathan hat ein großes Handtuch geholt, bei dessen Anblick sich der Hund unter den Esstisch flüchtet.

»Nun komm schon her, das tut nicht weh, ich will dich nur ein bisschen abtrocknen, damit du dich nicht erkältest. Los, Georg, komm her zu mir!«

Georg schaltet auf schwerhörig, legt den Kopf auf die Pfoten und schließt die Augen. Aber als Else sich bückt, um ihn am Halsband hervorzuziehen, lässt er ein drohendes Knurren hören.

»Hey, was soll das? Warum knurrst du mich an? Du kriegst noch mal Wienerle von mir, in diesem Leben nicht.«

»Nimm's nicht persönlich, Else, er ist ein Hund, sprechen kann er nicht, was soll er also anderes tun als knurren, wenn ihm etwas nicht geheuer ist?«

»Mein Vater hat immer gesagt, ein Hund hat seinen Menschen nicht anzuknurren, das ist ein Zeichen von schlechtem Charakter.«

»Ach was, ganz im Gegenteil. Heutzutage weiß man mehr über die Kommunikation von Hunden. Knurren kann vieles heißen, hau ab, komm mir nicht zu nahe, ich mag das jetzt nicht, ich habe Angst, Schmerzen, schlechte Laune und vieles mehr. Hunden, denen man das Knurren verbietet, beißen dann vielleicht. Ich glaube, er hat dir gerade gesagt: Komm bitte nicht näher, ich möchte auf keinen Fall abgetrocknet werden.«

»Du nimmst mich auf den Arm, oder?«

»Warum sollte ich? Nein, ich meine das völlig ernst. Lass ihn in Ruhe und hol ihn nicht mit Gewalt hervor.«

»Und wenn er jetzt da etwas hätte, was gefährlich für ihn ist, oder er verletzt wäre, was dann? Soll ich dann vielleicht auch abwarten, bis er tot ist, oder wie?«

»Natürlich nicht, dann müsste dein überragender menschlicher Verstand wieder ein Wienerle zum Einsatz bringen, dem könnte er bestimmt nicht widerstehen.«

»Das probiere ich aus, warte.«

Else öffnet den Kühlschrank, Georg ein Auge. Als das Würstchenglas sichtbar wird, auch das zweite. Das Klacken des Deckels bringt ihn dazu, sich in eine sitzende Position zu bringen und als Else ein Wienerle herausholt, schießt er wie von der Sehne geschnellt unter dem Tisch hervor. Ein Sprung, ein Happs, ein empörter Aufschrei und Georg ist mit seiner Beute wieder unter dem Tisch.

Else sieht derart verblüfft aus, dass Jonathan in lautes Gelächter ausbricht.

»Eins zu Null für den Hund«, keucht er und zeigt auf Georg, der sich genüsslich den Bart leckt. »Else, du musst eindeutig schneller werden, so wird das nichts.«

»Sehr lustig, ja wirklich, und ich darf dann wieder die Küche putzen. Also bitte, wenn du das nächste Mal mit diesem Ungeheuer bei Regen spazieren gehen möchtest, trockne ihn vor der Haustür ab oder nimm ihn direkt mit in dein Zimmer. Ich bin gespannt, was Inge dazu sagen wird.«

»Ach komm, sei nicht sauer. Ich entschuldige mich auch. Es sah nur so komisch aus, wie du dagestanden hast, mit dem Würstchen in der Hand und der Georg …« Erneut beginnt Jonathan zu prusten und Else wendet sich empört ab.

»Männer«, brummelt sie, »dass die einfach nie erwachsen werden.«

»Wo lassen wir den Kerl bloß, wenn das Büfett aufgebaut ist? Den können wir auf keinen Fall damit allein lassen, keine Minute. Der würde in Sekundenschnelle ein Chaos veranstalten, das müssen wir verhindern.«

»Der liegt doch offenbar so gern unter dem Tisch, wir könnten ihn dort anbinden«, schlägt Else süffisant vor.

»Keine gute Idee, ich fürchte, der würde mit dem ganzen Tisch umherziehen, der Kerl hat ja ordentlich Kraft.«

»Dann sperr ihn in die Garage.«

»Und schlafe für den Rest meines Lebens auf der Wohnzimmercouch, wenn Inge dahinterkommt? Nee, lass mal.«

»Dann weiß ich es auch nicht, aber was spricht dagegen, ihn einfach in eurem Zimmer zu lassen? Das kennt er, da steht sein Korb, es ist warm und trocken. Schick die Kinder noch mal mit ihm raus, sie sollen ihn richtig müde machen, dann fütter ihn ordentlich und gut ist. Meine Güte, was für ein Theater um diesen Hund.«

»Na ja, so viele Leute im Haus kennt er doch nicht, da muss man schon mal überlegen. Gut, machen wir es so, das ist eine gute Idee, damit wird auch Inge einverstanden sein. Wo ist sie eigentlich?«

»Na, beim Friseur, hat sie doch gestern laut und deutlich gesagt. Zusammen mit ihrer Tochter, die wollte sich nur noch mal frisieren lassen.«

»So früh? Ich dachte, wir machen ein gemütliches Geburtstagsfrühstück mit allem Pipapo. Habe extra Brötchen mitgebracht.«

»Ach Jonathan, nun bist du schon so alt geworden und kennst die Frauen immer noch nicht. Sarah ist heute 40, ein gefährlicher Tag für sie. 40 – keine Frau kann sich mit 20 oder 30 vorstellen, jemals 40 zu werden – bis man es dann plötzlich ist. Unwiderruflich, nicht zu ändern und nichts mehr dran zu rütteln. Ich gehe jede Wette ein, sie hat heute Morgen sehr lange und sehr kritisch in den Spiegel geschaut und nach Spuren beginnenden Alters gesucht. Graue Haare an den Schläfen, erste Fältchen um die Augen, die Kinnpartie, nicht mehr ganz so straff wie mit 30. Ja, sie hat harte fünf Minuten verbracht, bevor sie sich einen Ruck gegeben und sich zugelächelt hat. Sie ist schließlich verliebt, da ist die Welt rosarot, mit oder ohne Fältchen. Und nun ist sie beim Friseur, angeblich nur, um sich frisieren zu lassen, aber es würde mich überhaupt nicht wundern, käme sie komplett verändert nach Hause. Du verstehst? Neue Farbe, neuer Schnitt, zack: 10 Jahre jünger.«

Jonathan hat Elses Ausführungen verständnislos zugehört und schüttelt nun den Kopf. »Vierzig ist doch kein Alter, da muss sie sich doch noch keine Sorgen um Falten machen. Du lieber Himmel, was wird sie tun, wenn sie erst in mein Alter kommt? Außerdem, war sie nicht erst gestern oder vorgestern beim Friseur? Ich meine, Inge hätte so etwas erwähnt, ich hätte es nicht bemerkt. Also, ich meine, sie kam mir nicht besonders verändert vor. Dann kann ich ja heute nur hoffen, dass Inge sich nicht anstecken lässt und auch total verändert nach Hause kommt. Sie gefällt mir nämlich so, wie sie ist.«

»Egal, wie die beiden aussehen, wenn sie kommen, gib dich total überrascht und versichere überzeugend, dass sie einfach wundervoll aussehen. Alles andere könnte unübersehbare Folgen für dich haben.«

»Na gut, wenn du meinst, aber …«

»Das ›Aber‹ streichst du heute bitte aus deinem Wortschatz, wenn du einen schönen Abend erleben willst, lebend erleben, meine ich.«

»Else, jetzt mal den Teufel nicht an die Wand. Was haben die zwei vor, weißt du etwas?«

»Ich weiß, was alle Frauen wissen, die schon mal vierzig geworden sind«, antwortet Else düster, bevor sie in lautes Lachen ausbricht. »Ach komm, mach nicht so ein verzweifeltes Gesicht, ich mache doch nur Spaß. Möchtest du frühstücken? Bis die Frauen zurückkommen, vergehen locker zwei, drei Stunden und die Kinder schlafen noch.«

»Ja, gerne und was meinst du, sollen wir für heute Abend den Kamin vorbereiten oder wird das zu warm?«

»Bloß nicht, wir wollen doch tanzen, da ist Kamin nicht angebracht. Die Heizung kann man zur Not runterdrehen. Ich würde aber den großen Teppich im Wohnzimmer einrollen und zur Seite schaffen, auf Parkett rutscht man besser.«

»Das ist eine gute Idee, das mache ich nachher mit Lars zusammen. Und da es heute Mittag höchstens ein Brötchen gibt, kannst du eigentlich jetzt Feierabend machen und kommst erst heute Abend zum Feiern zurück.«

»Das hättest du mir gern schon gestern sagen können, dann wäre ich heute gar nicht erst gekommen.«

»Stimmt, hätte ich können, hab's aber vergessen, entschuldige bitte. Dann geh jetzt schnell, wir sehen uns heute Abend.«

»Und wenn Inge heute Mittag doch etwas essen will, oder vielleicht die Kinder ...«

»Else! Ab durch die Mitte mit dir, wir werden ein paar Stunden ohne dich überleben.«

Else zögert noch einen Augenblick, bindet dann schulterzuckend ihre Schürze ab und verlässt die Küche. Jonathan schaut ihr hinterher und wundert sich ein bisschen über ihr Verhalten. Er nimmt sich vor, später mit Inge darüber zu reden, ob sie am Ende die Frau zu sehr für sich vereinnahmen. Natürlich wird sie bezahlt, aber irgendwie scheint sie einfach immer da zu sein, keine Zeit mehr für sich und ihre eigene Familie zu haben.

Es ist tatsächlich fast Mittag, als sich die Tür öffnet und Inge und Sarah ins Wohnzimmer kommen, wohin Jonathan sich mit seiner Zeitung zurückgezogen hat. Gespannt schaut er den beiden Frauen entgegen, die ihm nicht wesentlich verändert erscheinen, erinnert sich aber an Elses mahnende Worte und ruft enthusiastisch: »Ihr seht wundervoll aus, wirklich, ganz wundervoll, 10 Jahre jünger, mindestens.«

Die beiden gucken sich an, und Inge beginnt zu lachen. »Sag mal, mein Bester, wurdest du vielleicht von Außerirdischen entführt? Seit wann bemerkst du, wenn ich vom Friseur komme, ohne dass ich dich darauf hinweisen muss?«

»Du tust mir Unrecht, ich bemerke es immer, aber du siehst eben immer ganz bezaubernd aus.«

»Na, da hast du ja die Kurve gerade noch mal gekriegt, dein Glück auch.«

»Setzt euch, jetzt wird erst mal angestoßen. Was ist denn das für ein Geburtstag, ich hatte noch nicht einmal die Möglichkeit zum Gratulieren. Also, meine liebe Sarah, ich gratuliere dir von Herzen zu deinem heutigen Geburtstag und wünsche dir alles Glück der Welt für dein weiteres Leben.«

»Danke, das ist nett von dir, aber bevor ich jetzt was trinke, muss ich etwas essen, ich habe einen Bärenhunger.«

»Else habe ich nach Hause geschickt, aber ich habe Brötchen geholt, das muss reichen.«

»Klar, ich muss mich schließlich heute Abend noch durch ein italienisches Büfett arbeiten«, antwortet Sarah. »Ich decke den Tisch in der Küche, schlafen die Kinder etwa immer noch?«

»Keine Ahnung, ich habe jedenfalls noch nichts von ihnen gehört oder gesehen.«

»Ich gehe hoch und wecke sie, irgendwann muss ja mal Schluss sein mit dem faulen Schlendrian, außerdem brauchen wir nachher die Küche fürs Büfett.« Inge nickt entschlossen und wendet sich zur Treppe.

Erst als sie um den Tisch sitzen, jeder ein Brötchen auf dem Teller, tauchen Lars und Lara auf.

»Wo ist das Mittagessen?«, sagt Lara anstelle einer Begrüßung und Lars lässt sich gähnend auf einen Stuhl fallen.

»Fällt aus, ihr kriegt ja heute Abend genug«, antwortet Sarah, »esst einfach ein Brötchen, damit ihr bis dahin nicht verhungert.«

»Wer weiß? Ich muss euch nämlich deutlich sagen, dass Kinder, die hier zur Mittagszeit auftauchen, weder ein ›guten Tag‹ für uns übrig haben noch den Anstand, ihrer Mutter freundlich zum Geburtstag zu gratulieren, von einem Blumenstrauß gar nicht erst zu reden, keinen Zugang zu diesem Büfett bekommen werden.«

»Äh, ach ja, herzlichen Glückwunsch, Mama, ganz vergessen«, murmelt Lars, läuft rot an und grinst verlegen.

»Shice, hätte ich schon noch gemacht, wenn du mich

nicht gleich so angemacht hättest, Mann. Oke, gratuliere und dein Geschenk kriegst du erst später«, antwortet Lara und wirft Jonathan einen ihrer tödlichen Blicke zu.

»Von anmachen kann keine Rede sein, ich erwarte wirklich nicht viel, nur ein Minimum an Anstand und wenn du das nicht aufbringen möchtest, möchte ich nicht mit dir zusammen feiern.«

»Chill mal, darauf habe ich sowieso keinen Bock und deine Scheißbrötchen kannst du schön allein essen.« Als die Tür hinter ihr ins Schloss knallt, zucken alle zusammen und sehen sich betroffen an.

»Na wunderbar, genau so wünscht man sich doch seinen Geburtstag. Musste das sein, Jonathan?«

»Ja, Sarah, das musste sein. Laras Benehmen ist inakzeptabel, sie ignoriert dich sogar an deinem Geburtstag und führt sich auf wie eine Prinzessin mit Dienerschar. Das geht hier nicht und das muss sie verstehen, wir tun ihr gewiss keinen Gefallen, wenn wir ihr das immer durchgehen lassen.«

»Kann ja sein, aber ausgerechnet heute, ich habe mich so sehr auf diesen Tag gefreut und nun ist er verdorben.«

»Wieso? Nur weil deine Tochter einen schweren Anfall von Pubertät hat? Lass das nicht zu, dass sie eine solche Macht damit bekommt. Wir feiern, lass sie halt in ihrem Zimmer sitzen und schmollen. Ich bin sicher, ihr Vorrat an Schokolade und Keksen wird sie vor dem Hungertod bewahren.«

»Ich weiß nicht, Jonathan, meinst du nicht, du warst ein bisschen zu streng zu ihr, sie ist doch noch ein Kind …«

»Ja, nimm du sie nur auch in Schutz. Was habe ich ihr denn groß getan? Habe ich sie etwa geprügelt, beleidigt, an den Haaren gezogen? Nein, habe ich nicht, ich habe sie nur verbal auf ihr äußerst schlechtes Benehmen uns allen, und besonders ihrer Mutter gegenüber, hingewiesen und dazu stehe ich. Wenn ihr das in Ordnung findet, dass sie dafür auch noch mit einer Party belohnt werden sollte, bitte sehr, dann wird die aber ohne mich stattfinden.«

»Um Himmels Willen, jetzt fangt ihr nicht auch noch an, euch zu streiten. Mama, bitte, ich komme schon klar. Jonathan hat ja nicht Unrecht, Lara benimmt sich unmöglich, so habe ich sie nicht erzogen und alles kann man auch nicht mit Pubertät entschuldigen. Ich weiß übrigens noch immer nicht, was sie in der Nacht getan hat, als ihr sie erwischt habt, sie schweigt sich nach wie vor aus. Lars, weißt du vielleicht irgendwas darüber?«

»Was? Worüber?«

»Schon gut, nicht so wichtig, lass gut sein und iss dein Brötchen. Jonathan? Hattest du uns nicht was zu trinken versprochen?«

»Aber ja, kommt sofort, einen Augenblick, die Damen.«

»Darf ich auch mit euch anstoßen? Bitte, nur heute, weil du doch Geburtstag hast, Mama.«

»Na gut, einen kleinen Schluck darfst du, ausnahmsweise, danach gibt's Orangensaft für dich.«

Vier Gläser klingen aneinander. »Ich danke euch, dass wir alle hier sein dürfen, für den heutigen Tag und überhaupt ... ach, einfach dafür, dass es euch gibt.«

Sarah ist ein bisschen rot geworden, emotionale Trinksprüche sind nicht eben ihre Stärke.

»Wir danken dir, dass du Leben in unseren tristen Alltag gebracht hast«, lacht Jonathan und Inge streicht ihr nur zärtlich mit der Hand über die Wange und lächelt sie an.

»Wann kommt denn unser gemeinsamer Freund Ruttig?«, will Jonathan wissen.

»Zur Party, also um 19.00 Uhr, warum fragst du?«

»Nur so, bringt er seine Kinder mit?«

»Ja und ich hoffe, auch seine Schwester, ich würde sie sehr gern kennenlernen. Kennst du sie?«

»Ich habe sie ein oder zweimal gesehen, aber kennen wäre zu viel gesagt. Seine Frau kannte ich besser, sie war etwas ganz Besonderes und ihr früher Tod sehr tragisch. Stefan ist daran fast zerbrochen, wären da nicht die zwei Kinder gewesen und besagte Schwester, ich weiß nicht, ob er sich ohne ihre Hilfe überhaupt wieder gefangen hätte. Ich bin daher sehr froh, dass er jetzt mit dir wieder eine Zukunft hat.«

»Ich hoffe, er sieht das genauso«, lacht Sarah. »Wenn ich mir Lara und ihr Benehmen so angucke, kriege ich es schon mal mit der Angst zu tun.«

»Ach was, der kann was ab, mach dir darüber keine Sorgen, außerdem weiß er sich zu wehren. Genieß einfach den Umstand, dass ihr euch kennen und lieben gelernt habt.«

»Amen!«, sagt Inge respektlos. »Gib mir noch ein Glas Champagner, ich will auch noch auf das junge Glück anstoßen.«

»Gern, aber nicht, dass du gleich ins Bett fällst und heute Abend daher ausfällst«, zieht Jonathan sie auf.

»Von wegen, ich werde mich von links nach rechts und von rechts nach links durch das Büfett futtern. Ach, übrigens Büfett, wann kommt es eigentlich?«

»Gegen fünf trifft der Koch mit seinem Gehilfen ein. Dann bauen sie auf und so weiter. Näheres wurde mir auch nicht verraten, ich solle mich überraschen lassen, hat Giovanni gemeint.«

»Na gut, was haltet ihr davon, wenn wir jetzt ein Stündchen Mittagsschlaf machen und uns dann ausgeruht und munter zu einer Tasse Kaffee wiedertreffen? Ich jedenfalls brauche das jetzt.« Inge steht auf und streckt die Hand nach Jonathan aus.

»Komm, edler Ritter, geleite mich in unsere Kemenate.«

»Sogleich, schönes Fräulein, gestattet mir nur, diese Flasche kühl zu stellen.«

Lars guckt unsicher von einem zum anderen. Sarah streicht ihm durch die Haare, was er mit einer ungeduldigen Bewegung des Kopfes zu verhindern sucht. »Die machen nur Spaß, Lars, auch ältere Leute sind manchmal etwas albern.«

»Junge Maid, möge Ihnen selbst das Alter ebenfalls ein paar Albernheiten bescheren«, lacht Jonathan, bevor er Hand in Hand mit Inge die Küche verlässt.

»Darf ich heute Abend noch mal Sekt trinken?«, will Lars wissen, aber Sarah schüttelt den Kopf. »Nein, mein Sohn, ganz sicher nicht. Der Schluck war vorläufig noch eine Ausnahme. Alkohol ist nichts für Kinder in deinem Alter, eigentlich ist Alkohol für niemanden etwas, aber darüber möchte ich nicht ausgerechnet heute nachdenken. Ich gehe jetzt mal zu Lara und schaue, ob ich sie etwas beruhigen kann.«

»Kannste echt vergessen, die ist total krass drauf. Lass sie doch einfach in Ruhe, wer braucht die schon?«

»Ich, ich brauche sie, immerhin ist sie meine Tochter und ich liebe sie, genau, wie ich dich liebe.« Wieder will sie ihm durch die Haare strubbeln, diesmal ist er schneller und ihre Hand greift ins Leere. »Mama, lass das doch, das ist voll blöd. Soll ich das mal bei dir machen, wie würdest du das finden?« Er macht Anstalten, mit beiden Händen in Sarahs Haare zu packen, und sie entzieht sich dem Vorhaben lachend. »Schon gut, schon gut, ich habe es verstanden und verspreche hoch und heilig, künftig meine Hände von deinem Kopf zu lassen.«

»Vergiss es nicht«, brummt Lars, bevor er sich auf den Weg zurück in sein Zimmer macht, um sich wieder an die Playstation zu setzen.

Unschlüssig verharrt Sarah einen Moment vor Laras Zimmer, dann strafft sie die Schultern und klopft. Da erwartungsgemäß keine Antwort kommt, drückt sie vorsichtig die Klinke herunter und betritt den Raum.

»Lara? Ich würde gern mit dir reden. Bitte, ich habe heute Geburtstag und wünsche mir einen schönen Tag ohne Streit. Meinst du, das kriegst du hin?«

»Was fragst du mich? Frag den beschissenen Jonathan, der hat mich doch voll dumm angemacht.«

»Das hat er nicht und das weißt du auch. Er hat nur gesagt, dass du dich schlecht benimmst, nicht grüßt und mir nicht einmal zum Geburtstag gratuliert hast. Mehr nicht.«

»Na und? Ist er mein Vater, oder was? Ich hätte dir schon noch gratuliert, habe ja sogar ein Geschenk für dich gekauft.«

»Wirklich? Das finde ich aber süß von dir, was ist es denn?«

Lara erhebt sich stöhnend aus der Bauchlage und stöbert in ihrem Rucksack. Nach einer Weile zieht sie eine Schachtel hervor, die mit einem bunten Blumenpapier umwickelt ist. »Hier, ich hoffe, es gefällt dir.«

Sarah entfernt das Papier und öffnet die Schachtel, in der ein brauner, glänzender Stein von der Größe einer Kirsche liegt.

»Du musst den immer am Körper tragen, auch nachts, sonst hilft er nicht.«

»Aha, was ist das denn, ein Bernstein?«

»Nee, Quatsch, kein Bernstein. Habe vergessen, wie der heißt, aber der Typ hat gesagt, wenn man ihn immer am Körper trägt, dann hilft er gegen Tumore.«

»Oh, also ist das ein Heilstein?«

»Klar, was sonst? Fass ihn mal an, der ist total glatt und irgendwie warm. Krass, oder? Ich dachte immer, Steine sind total kalt.«

Sarah nimmt den Stein in die Hand und lächelt Lara liebevoll an.

»Stimmt, er ist warm und schön anzusehen ist er auch. Was hältst du davon, wenn wir nächste Woche zusammen in die Stadt gehen. Vielleicht finden wir einen Juwelier, der ihn mir fasst, dann könnte ich ihn an einer Kette tragen.«

»Echt? Oke, cool, können wir machen. Wann denn?«

»Wann du möchtest, sag mir einfach Bescheid. Und bis dahin stecke ich ihn einfach hierhin, da geht er nicht verloren und nah am Körper ist er auch.« Sarah zieht ihren Pullover in die Höhe und lässt den Stein in ihrem BH verschwinden.

»Pass aber auf, wenn du dich heute Abend ausziehst, dass er nicht runterfällt«, mahnt Lara und Sarah nickt.

»Keine Sorge, ich passe gut auf ihn auf. Ich danke dir, das ist wirklich ein wunderschönes Geschenk, über das ich mich sehr freue.«

»Oke, bin ich damit aus dem Hungerknast wieder entlassen und kann mir endlich was zu essen holen oder immer noch nicht?«

Sarah seufzt und verdreht die Augen. »Na gut, aber es wäre wirklich sehr nett von dir, wenn du heute Abend meine Gäste ausnahmsweise mal nicht vor den Kopf stoßen würdest. Meinst du, du kriegst das hin?«

»Weiß nicht, mal sehen, vielleicht«, antwortet Lara grinsend, bevor sie durch die Tür verschwindet.

-20-

»Ich finde, du bist zu streng mit dem Mädchen. Du hast doch selbst gesagt, dass sie viel zu verkraften hatte in letzter Zeit.« Inge sitzt in ihrem Sessel am Fenster, während Jonathan es vorgezogen hat, sich aufs Bett zu legen. Er seufzt tief, bevor er sagt: »Eine schwere Zeit durchzumachen, ist doch kein Freibrief für schlechtes Benehmen. Überleg nur mal, in wenigen Jahren macht sie vielleicht eine Ausbildung, hat einen Chef, Kollegen, und immer, wenn sie grad mal schlecht drauf ist, lässt sie das an denen aus. Was glaubst du, wie lange die sich das gefallen lassen? Ich verlange doch nichts Unmögliches, nur ein Mindestmaß an Respekt ihren Mitmenschen gegenüber. Was ist so schwer daran, zu grüßen, wenn man einen Raum betritt oder der eigenen Mutter zum Geburtstag zu gratulieren.«

»Du hast ja recht, daran ist gar nichts schwer, aber so wie du sie …«

»Nein!« Jonathan setzt sich abrupt im Bett auf. »Nein, Inge, ich lasse nicht zu, dass du die Tatsachen einfach verdrehst. Ich habe getan, was jeder normale Mensch auch getan hätte: Mir ihr schlechtes Benehmen verbeten.

Offenbar haben das bisher alle versäumt. Ja, natürlich kannst du sagen, dass es nicht meine Aufgabe ist, das nachzuholen, was in ihrer Erziehung offensichtlich versäumt wurde, da sie weder meine Tochter noch meine Enkelin ist, aber sie wohnt mit mir zusammen und ich muss sie ertragen. Ich behandele sie höflich, also erwarte ich das gleiche auch von ihr.«

Inge starrt schweigend aus dem Fenster. Sie weiß, dass Jonathan recht hat, wollte aber ihre Enkelin schützen, erklären, dass das Mädchen es nicht böse meint und nur in einer schwierigen Phase ist. Nun hat sie deswegen auch noch Streit mit ihm bekommen, ausgerechnet heute, wo Sarah doch einen schönen Geburtstag feiern soll. Sie gibt sich einen Ruck, wendet sich Jonathan zu und sagt: »Entschuldige bitte, ich wollte dich nicht angreifen, aber Lara ist mein Enkelkind, und ich liebe sie sehr, auch wenn sie so krabitzig ist. Natürlich weiß ich auch, dass sie sich manchmal schlecht benimmt, aber wenn du oder Else sie dann kritisieren, muss ich sie reflexartig verteidigen. Ist vermutlich Omainstinkt oder wie man das nennt, ist genetisch verankert, dagegen kann ich nichts machen.«

»Das hast du doch gerade erfunden!« Jonathan prustet empört. »›Omainstinkt‹, was für ein Quatsch, sowas gibt es nicht. Ihr Frauen haltet einfach immer zusammen, das ist das ganze Geheimnis. Wir armen, ohnehin ständig unterdrückten Männer, haben gegen euch keine Chance und wer, wie ich, gleich drei Generationen von ihnen unter seinem Dach beherbergt, der kann nur verlieren.«

»Ich sehe es ein, du bist wirklich der Ärmste unter den Armen und du tust mir zutiefst leid«, höhnt Inge lachend. »Soll ich kommen und dich ein bisschen trösten?«

»Sofort und auf der Stelle, bitte. Ich brauche unbedingt

jede Menge Streicheleinheiten, weil ich so ein armer, geknechteter Mann bin.«

Vor der Tür bleibt Sarah kopfschüttelnd stehen, als sie das vergnügte Kichern ihrer Mutter hört.

Um halb vier wird Inge wach, schaut verwirrt umher und weiß für einen Moment nicht, wo sie ist. Dann fällt ihr Blick auf den Wecker an ihrem Bett und sie fährt erschrocken in die Höhe.

»Um Himmels Willen, Jonathan, wach sofort auf. Jonathan! Aufwachen, wir haben total verschlafen.«

Der so aus dem Schlaf Gerissene brummt unwillig, setzt sich aber dann auch auf und reibt sich über die Augen. »Was machst du für einen Lärm, ich habe gerade so schön geträumt.«

»Guck auf die Uhr, dann vergeht dir das Träumen. Wir haben noch eine Menge zu tun, bevor dein Koch mit dem Büfett anrückt. Wir müssen den Teppich zusammenrollen, Gläser und Besteck ... ach, du liebe Güte, was machen wir mit der Garderobe?«

»Was denn für eine Garderobe, wird das ein Kostümfest?«

»Unsinn, aber unsere Gäste werden bei dem Wetter doch wohl Mäntel oder zumindest Jacken anhaben, oder? Wo hängen wir die hin? Die Garderobe ist ohnehin schon viel zu voll, da kriegen wir nichts mehr unter.«

»Dann sollen Lars und Lara alles hier nach oben auf unser Bett bringen.«

»Auf unser Bett?« Inge klingt geradezu entsetzt. »Weißt du, was du da sagst? Die Sachen sind doch bestimmt nass, nein, also wirklich, das geht nicht. Aber, na ja, so schlecht ist die Idee im Grunde genommen gar nicht, ich habe nur eine klitzekleine Änderung. Wir lassen die Kinder die Sachen auf unser Bett bringen, die jetzt da hängen. Die sind zumindest trocken. Dann ist die Garderobe leer und hat bestimmt genügend Platz.«

»Dann wäre das ja geklärt. Teppich zusammenrollen sollten wir in fünf Minuten erledigt haben und Gläser, Geschirr und Besteck bringt Giovannis Crew mit. Habe ich schon mehrfach erwähnt. Wir haben also noch Zeit, in aller Ruhe einen Kaffee zu trinken, den brauche ich jetzt dringend, nachdem ich so abrupt aus dem Schlaf gerissen wurde.«

In der Küche treffen sie nur Sarah, sie sitzt am Tisch, vor sich eine Tasse Kaffee.

»Na, ihr Schlafmützen, ausgeschlafen? Ich habe Kaffee gekocht, wenn ihr welchen möchtet.«

»Und ob«, sagt Jonathan, »ohne Kaffee überstehe ich den heutigen Abend nicht, ich glaube, ich werde alt.«

»Vielleicht hättest du einen Mittagsschlaf machen sollen«, sagt Sarah in süffisantem Ton und Jonathan dreht sich erstaunt zu ihr um.

»Lauschst du neuerdings an Türen?«

»Nur, wenn ich zufällig daran vorbeikomme und meine Mutter wie einen Teenager kichern höre.«

Inge läuft rot an und schaut entsetzt zu Jonathan, der ihr beruhigend seinen Arm um die Schultern legt.

»Komm her zu mir, du kichernder Teenager, die ist doch nur neidisch. Außerdem sind wir erwachsen und du darfst kichern so viel und so laut du willst.«

»Natürlich, so war das doch auch nicht gemeint. Sorry, aber ich konnte mir den Satz nicht verkneifen.« Sarah lacht und sieht ihre Mutter amüsiert an. »Ich hätte so eine Situation eben eher mit Lara erwartet, nicht mit meiner Mutter. Also setzt euch endlich und trinkt mit mir noch in Ruhe einen Kaffee, bevor der Sturm hier losbricht. Ich habe übrigens mit Lara gesprochen, sie war recht einsichtig, und hat mir tatsächlich etwas sehr Schönes zum Geburtstag geschenkt. Guckt.« Sie fummelt unter ihrem Pullover herum und holt den Stein aus ihrem BH hervor. »Einen Heilstein gegen Tumore. Sie hat sich also wirklich Gedanken gemacht und ist doch nicht so oberflächlich und gleichgültig, wie sie oft tut. Sie hat auch versprochen, heute Abend freundlich zu sein.«

»Sehr schön«, sagt Inge und dreht das Schmuckstück hin und her. »Ich weiß zwar nicht, wie Steine Tumore heilen sollen, aber es gibt ja viele Dinge, die man sich nicht erklären kann …«

»Ist doch egal, vielleicht muss man dran glauben. Ich werde ihn von einem Juwelier fassen lassen und an einer Kette tragen. Schaden wird er mir ja auf keinen Fall.«

»Das ist eine gute Idee und wird Lara bestimmt gefallen. Wenn wir unseren Kaffee getrunken haben, können die beiden mal runterkommen und mit anfassen. Wir müssen die Garderobe für die Gäste leermachen. Also alles, was draufhängt, nach oben auf unser Bett bringen, dann muss der Teppich aufgerollt werden und dann wird es allerhöchste Zeit, dass wir uns in Schale schmeißen.«

»Okay, während ihr euch noch hübscher macht, als ihr schon seid, kann Lars mir bei dem Teppich helfen, während Lara die Sachen hochträgt. Und dann sollten beide die Regenpause nutzen, um Georg noch mal Gassi zu führen. Wenn möglich so, dass er richtig ausgepowert ist und heute Abend tief und fest schläft.«

Punkt 17 Uhr klingelt es Sturm an der Tür und Jonathan beeilt sich mit dem Öffnen.

»Buongiorno, meine Freund, ist das eine Überraschung, si? Ich weiß, meine Freund Jonathan feiert großes Fest, braucht beste Küche, die außerhalb von Italien möglich und voila: ›Giovanni kommt persönlich.‹« Der kleine Italiener breitet mit großer Geste beide Arme aus, um Jonathan zu umarmen, der dazu in die Knie gehen muss. Der liebenswürdige Besitzer eines der besten italienischen Restaurants weit und breit ist ungefähr so breit wie hoch und bewegt sich, als habe er Rollen statt Füße. Er pflegt sein Image, indem er seinen Akzent überdeutlich betont, obwohl er durchaus vernünftig Deutsch sprechen kann. Dazu küsst er bei jeder Gelegenheit enthusiastisch seine Fingerspitzen. Ein Italiener wie einer Verdioper entsprungen. Nur, was seine Kochkunst angeht, übertreibt er nicht, er ist ein Gott am Herd. Jetzt verwandelt er innerhalb von Minuten die große Diele in eine Restaurantküche, scheucht drei Mitarbeiter hin und her, die keuchend Geräte, Platten, Kisten und Induktionsplatten herbeischleppen. »Attenzione, cautela, die Vino nicht schütteln, du Dummkopf, mio Dio, wie kann man sein so ungeschickt. Jonathan, mein Freund, bitte komm und rette diese Wein. Eine Kostbarkeit, ein Wein für Götter gemacht. Bringen wir ihn an eine sichere Ort.« Giovanni zeigt mit großer Geste auf eine Holzkiste und Jonathan hebt sie vorsichtig auf und geht damit in die Küche.

»Vielleicht hier? Da sollte das himmlische Tröpfchen einigermaßen sicher sein.«

Giovanni schaut sich so misstrauisch um, als würden in den Schränken versteckt Weinräuber lauern, dann nickt er immerhin zustimmend. »Va bene, aber wir müssen kosten, nur du und ich.« Aus den Tiefen seiner Hosentasche zaubert er einen Korkenzieher hervor, entnimmt der Kiste vorsichtig eine der staubigen Flaschen und öffnet sie geschickt. Jonathan hat derweilen zwei Rotweingläser geholt, auch die werden vom Meister erst einmal gegen das

Licht gehalten, bevor er sie zwei Fingerbreit mit der kostbaren, rubinroten Flüssigkeit füllt.

»Saluti, amico mio, per una serata di successo.«

»Ja, mein Freund, meine Italienischkenntnisse sind zwar etwas eingerostet, aber auf einen schönen Abend trinke ich auch. Zum Wohl.«

Aus der Diele ertönt ein Klirren, Giovanni erstarrt mitten in der Bewegung, stellt hastig das Glas ab, wirft in einer Geste der Verzweiflung beide Arme in die Luft und rollt eilig davon. Jonathan hört ihn auf Italienisch fluchen und hofft, dass außer seinen Angestellten niemand seine Worte versteht. Die Küchentür wird aufgestoßen und ein sehr nasser, sehr stinkender Georg kommt hereingeschossen und verschwindet zielsicher erneut unter dem Esstisch. Kichernd, sich gegenseitig schubsend, folgen Lars und Lara dem Hund.

»Upps, ich wollte ihn nach oben bringen, aber er hat sich losgerissen und ist hier reingerannt.« Lars grinst und zuckt die Schultern.

»Der Hirni kann nicht mal den Hund festhalten, habe ich ihm gleich gesagt, aber er hat nicht auf mich gehört. Was jetzt? Hier kann er schlecht bleiben, oder?«

»Eher nicht, hol mal die Wienerle aus dem Kühlschrank. Halte ihm eins hin, pass aber auf, dass er es nicht erwischt. Dann lock ihn die Treppe hoch in unser Schlafzimmer. Meinst du, dass du das hinkriegst?«

»Klar, kein Problem, warte einen Moment.« Drei Würstchen später liegt Georg noch immer, oder besser gesagt, erneut unter dem Tisch und leckt sich den Bart. Jonathan bildet sich ein, ihn grinsen zu sehen. »So wird das nichts«, sagt er kopfschüttelnd zu Lara, »pass auf, er hat ja zum Glück noch seine Leine um, die versuche ich zu erwischen, während du ihm das Würstchen zeigst. Nur zeigst, nicht fressen lässt. Bitte, es ist das letzte, es muss jetzt einfach klappen.«

»Okay, auf drei«, nickt Lara und hält das Wienerle hoch über ihren Kopf. Entweder ist Georg satt oder er hat die Unterhaltung verstanden, auf alle Fälle rührt er sich nicht, sondern legt den Kopf auf die großen Pfoten und schließt die Augen.

»Was ist denn hier los?« Inge steht in der Tür und sieht verwundert von einem zum anderen.

»Ach Oma, wir kriegen den dummen Hund nicht unter dem Tisch hervor, dabei wollten wir ihn doch nach oben in dein Zimmer locken. Der hat schon drei Würstchen gefressen, weil die Lara zu dumm war und jetzt ist er wohl satt.«

»Du dummes Kind, was erzählst du wieder für einen Müll? Hättest du ihn nicht hier reinrennen lassen, wäre er längst da, wo er hin soll.«

»Nicht streiten bitte, Lara, gib mir das Wienerle und geht alle aus dem Weg.«

»Georg, schau, was Frauchen hat, ja, so ist brav, komm, mein Hund, wir gehen jetzt schön zusammen die Treppe rauf.« Ohne einen Blick auf die drei verblüfften Zuschauer zu werfen, erhebt sich Georg gemächlich und folgt Inge aus dem Raum.

»Sie ist eine Hundeflüsterin, entweder man hat´s oder man hat´s nicht«, seufzt Jonathan, gießt die Flüssigkeit aus dem leeren Würstchenglas in den Abfluss und genehmigt sich den letzten Schluck vom himmlischen Tröpfchen.

»So, ihr zwei, da ihr verantwortlich seid für die Sauerei hier«, er zeigt auf die großen, schwarzen Pfotenspuren und eine feuchte Lache unter dem Tisch, »könnt ihr das auch saubermachen. Danach hilft Lars mir, den Teppich im Wohnzimmer aufzurollen und du, Lara, bringst bitte alle Sachen, die an der Garderobe hängen, nach oben in unser

Zimmer. Ich muss mich jetzt schnell noch dort umziehen, sonst sehe ich neben Inge aus wie ein Clochard.« Skeptisch schaut Jonathan an sich und seiner sehr ausgebeulten Jogginghose runter zu seinen karierten Pantoffeln. »Also, macht euch nützlich, ich bin dann mal weg.«

Pünktlich um 19 Uhr klingelt es zum ersten Mal. In der Diele steht Giovanni und trägt tatsächlich eine hohe Kochmütze, ebenso seine beiden Beiköche. Das Büfett hinter ihnen sieht vielversprechend aus, zumindest das, was davon zu sehen ist, denn das meiste ist unter glänzenden Chromdeckeln verborgen.

Jonathan überlässt es Sarah, die Tür zu öffnen und die ersten Gäste zu begrüßen. Es ist ihr Bruder Sven mit seiner Frau Maren. Lara übernimmt es tatsächlich, den beiden ihre Garderobe abzunehmen und aufzuhängen. Am Büfett erhalten sie einen Aperitif und dann werden sie von Inge und Jonathan weiter ins Wohnzimmer geführt. Ruttig kommt kurz darauf, einen riesigen Rosenstrauß in der Hand, begleitet von seinen Töchtern und seiner Schwester Stefanie. Etwas unsicher begrüßt Sarah ihn, aber er lacht nur, zieht sie in seine Arme und sagt: »Ich gratuliere herzlich zum Geburtstag und wünsche dir eine wundervolle Zukunft, von der ich gern ein Hauptteil sein möchte. Vierzig rote Rosen, für jedes Lebensjahr eine und dies hier, das ist auch für dich. Und bevor du es aufmachst, möchte ich dir gern meine Schwester Stefanie vorstellen, bevor sie vor Neugierde auf dich einen Herzkasper bekommt.«

Die beiden Frauen mustern sich eine Zehntelsekunde lächelnd, dann hat jede gesehen, was sie sehen wollte, und nicken sich zu.

»Herzlich willkommen, ich freue mich wirklich sehr, Sie kennenzulernen. Umarmungen sind ja leider nicht angesagt, Corona sei Dank.«

»Ich freue mich auch, aber siezen müssen wir uns doch nicht, oder? Ich bin Stefanie, aber das weißt du ja schon.«

»Sarah, ja, das weiß ich, ich habe schon sehr viel über dich gehört, Stefan schwärmt geradezu von dir.«

»Der übertreibt nur so, damit ich auf seine Kinder aufpasse, lass dir nichts vormachen«, lacht Stefanie und zeigt dabei das gleiche Grübchen, das Sarah bei Stefan so fasziniert. Auch sie übergibt ein hübsch verpacktes Geschenk, Leonie und Anna haben jeweils ein Bild gemalt.

Da nunmehr alle Gäste da sind, gibt Jonathan Giovanni einen Wink und der holt tatsächlich eine Glocke hervor, um das Büfett für eröffnet zu erklären. Jonathan bittet noch um einen Moment Geduld, um den Gästen zu erzählen, wer sie heute Abend verwöhnen wird. Alle klatschen begeistert und Giovanni verbeugt sich zufrieden. Danach hebt er synchron mit seinen beiden Helfern die Deckel von den Antipasti und präsentiert stolz seine Kreationen. Dramatisch legt er seine Rechte aufs Herz, um gleich darauf abermals seine Fingerspitzen zu küssen und zu verkünden: Er würde sich glücklich schätzen, wenn er mit seinen bescheidenen Künsten etwas zum Gelingen dieses Abends beitragen dürfe.

»Das ist ja wohl die Übertreibung des Jahres«, flüstert Jonathan Inge zu. »Bescheidene Künste, dass ich nicht lache. Was ist mit dem los? Zu Bescheidenheit neigt Giovanni nun wirklich nicht.«

»Du wirst sehen, das ist Taktik; er gibt sich bescheiden, um umso mehr Lob einzuheimsen.«

Genau so kommt es auch. Alle fragen, probieren, versichern, wie wunderbar alles aussieht und natürlich auch schmeckt, Giovanni ist in seinem Element, rollt durch die Diele, strahlt, verteilt Komplimente und küsst Fingerspitzen. Als die Hauptspeisen gelüftet werden, gibt es zur

Begeisterung der Kinder extra für sie Spaghetti aus dem Parmesanlaib. Lars hüpft vor Glück und kriegt sich gar nicht mehr ein, weil das neben Pizza sein absolutes Lieblingsessen ist. Er erklärt Leonie, die es nicht kennt, gönnerhaft, was das ist und wie es gemacht wird.

»Ich möchte davon auch, oder ist das nur für Kinder?«, will Sarah wissen und Giovanni kümmert sich persönlich um sie. »Per una donna cosi bella wurde diese Köstlichkeit kreiert. Für Frauen, die sie zu schätzen wissen, nicht für die, die immer nur an Salatblättern knabbern. Oh, ich liebe diese Essen selbst, es ist wie eine Arie, voller Sinnlichkeit und Leidenschaft. Und dazu eine Glas von meinem besten Rotwein. Uno momento, ich komme gleich zurück.« Er rollt hastig in die Küche und kommt gleich darauf mit einer seiner staubigen Flaschen zurück, die mittlerweile alle korkenlos an der Luft reifen durften. Daran hat der kleine, dicke Koch tatsächlich bei all dem Stress noch gedacht.

Er füllt ein Glas und reicht es Sarah, zusammen mit einem Teller seiner Köstlichkeit. Die bedankt sich mit einem strahlenden Lächeln, für das Giovanni diesmal sogar beide Hände gegen sein Herz presst.

Als alle, einen gut gefüllten Teller in der Hand, im Wohnzimmer versammelt sind, klopft Sarah an ihr Glas und sagt etwas verlegen: »Ich möchte mich gern bei euch allen bedanken. Dafür, dass ihr gekommen seid, für eure Geschenke, die Glückwünsche, dieses wundervolle Essen und den bestimmt unverschämt teuren Wein.« Sie wirft Jonathan eine Kusshand zu, die dieser mit freundlichem Nicken entgegennimmt. »Na ja und dann möchte ich noch sagen, dass es mir leidtut, wenn ich den einen oder anderen von euch in der Vergangenheit gekränkt habe. Ich war nicht Herr meiner Sinne, denn, wie ihr wisst, hatte ich einen Tumor im Kopf, der ein Eigenleben geführt hat. Diese

Entschuldigung habe ich nun nicht mehr, sollte ich also wieder einmal unangenehm auffallen, bin ich das.« Sie lacht und hebt ihr Glas. »Stoßt mit mir an, auf die Familie, auf gute Freunde und auf ... die Liebe.«

Der Abend endet, wie er begonnen hat, harmonisch. Den »Dolce«, mit denen Giovanni sich selbst übertroffen hat, kann keiner widerstehen und nun jammern alle, viel zu viel gegessen zu haben. Darum brauchen auch alle, bis auf die Kinder, Grappa, den Giovanni natürlich ebenfalls mitgebracht hat. Da das Büfett nicht einmal zur Hälfte geleert ist, schlägt die praktische Inge vor, dass jeder sich etwas einpacken lassen soll. »Keine Widerrede, das muss heutzutage doch keinem mehr peinlich sein. Ihr müsst auch nicht mehr schamhaft ›für den Hund‹ sagen«, lacht sie. »Es wäre ein Verbrechen, würde ein solches Essen im Müll landen, und das würde es ohne euch ganz sicher, also los.« Else steht schon auf, um in der Küche nach Dosen zu suchen, aber das ist nicht nötig, Giovanni und seine Helfer haben bereits alles in gut verschließbare Behälter gepackt, jedes mit einem Schildchen versehen, das Auskunft über den Inhalt gibt.

»Giovanni, Sie sind wirklich ein Zauberer, Sie haben diesen Abend zu einem unvergesslichen Ereignis gemacht.«, lobt Inge und der kleine Koch nickt ihr dankend zu.

»Gracie, mille gracie, trinken Sie noch einen von diesem köstlichen Grappa auf mein Wohl und das meiner Köche.«

»Das tun wir gern, aber nicht allein, Sie und Ihre Köche müssen ebenfalls mit uns anstoßen.«

Es ist nach 02.00 Uhr, alle Gäste sind gegangen, Giovanni hat mit allen Kisten und Kästen das Haus verlassen und nur Inge, Jonathan und Sarah sitzen noch bei einem letzten Schluck Wein zusammen.

»Also«, beginnt Sarah zögernd, »ich weiß, ihr habt mir das Catering zum Geburtstag geschenkt, aber ich habe mit ein paar kalten Platten gerechnet und nicht mit einer derartigen kulinarischen Offenbarung. Ich meine, das muss doch ein Vermögen gekostet haben. Allein dieser Wein und ... na ja und alles. Was ich sagen will, ich kann das nicht annehmen und darum möchte ich mich gern an den Kosten beteiligen.«

»Danke«, sagt Jonathan freundlich, »aber nein danke. Wie du schon richtig gesagt hast, war dieses Büfett unser Geschenk von Inge und mir zu deinem heutigen, ach nein, gestrigen Geburtstag. Wir freuen uns sehr, wenn es dir gefallen hat, dann hat es seinen Sinn erfüllt. Mehr gibt es dazu aber nun auch nicht zu sagen. Erzähl uns lieber, was du Schönes von Stefan bekommen hast, abgesehen von diesem überdimensionalen Rosenstrauß, der nur in einen Eimer, aber nicht in eine Vase gepasst hat.«

Sarah zögert einen Moment, dann zuckt sie die Schultern und sagt: »Gut, wie ihr wollt, dann kann ich mich nur noch einmal von ganzem Herzen bedanken, es war ein unglaubliches Geschenk. Von Stefan? Stimmt, jetzt, wo du es sagst, fällt es mir auch ein, ich habe den Umschlag gar nicht geöffnet, ich dachte, es ist eine Glückwunschkarte. Moment, hier liegt er.« Sarah zieht den Umschlag unter einigen anderen hervor und liest den Inhalt. »Ach, du lieber Himmel, das ist mal wieder so typisch für mich. Der Mann macht mir ein wunderbares Geschenk und ich gucke nicht mal rein. Ein Wellnesswochenende mit Candlelight-Dinner. Ach, wie schön, so was habe ich mir immer schon gewünscht. Ich glaube, er ist Hellseher. Puh, das ist ja schon nächstes Wochenende, und ich habe überhaupt nichts anzuziehen.«

Jonathan lacht laut. »Wenn das nicht typisch Frau ist,

was dann? Sie kriegt ein tolles Geschenk und das Einzige, was ihr einfällt, ist: Ich habe nichts anzuziehen. Dann fahr in die Stadt und kauf dir was Schönes.«

»Du wolltest doch ohnehin mit Lara in die Stadt, um dir den Stein fassen zu lassen«, wirft Inge ein. »Eine gute Gelegenheit, dir gleich ein schönes neues Outfit zu besorgen. Alles, was in deinem Schrank hängt, ist entweder viel zu bieder für dich oder zu weit. Du hast eine Menge Gewicht verloren, mein Kind.«

»Stimmt allerdings. Okay, fahre ich eben einkaufen und ... oh, das ist von Stefanie, schaut mal, ist das nicht schön? Ein Seidentuch, da kann ich gleich was farblich Passendes zu kaufen. Die Frau hat Geschmack, muss ich ihr lassen.«

»Was hast du denn von deinem Bruder und Maren bekommen? Übrigens schade, dass die Kinder nicht dabei waren, ich habe sie schon so lange nicht mehr gesehen.«

»Einen Gutschein für eine Kosmetikbehandlung inclusive Friseur. Wow, ich glaube, alle machen sich Sorgen um mein Aussehen. Ist das so schlimm?«

»Unsinn, du musst nicht immer alles negativ sehen. Was soll man einer Frau schenken, die man nicht gut genug kennt, um zu wissen, was sie hat, was sie mag und was nicht. Ich finde, das ist ein tolles Geschenk, aber, wenn du es nicht haben willst ... ich nehme es gern.«

»So weit kommt´s ja noch. Nee Mama, das behalte ich schön selbst. Ich meine ja nur, Wellness, Kosmetik, Friseur, neues Outfit, am Ende der Woche erkennt ihr mich nicht wieder. Von Lars habe ich übrigens ein Duschgel bekommen, kann doch alles kein Zufall mehr sein.«

»Hat denn Axel was von sich hören lassen, zumindest mal gratuliert?«

»Nein, habe ich auch nicht erwartet. Geburtstage, Hochzeitstage, das war alles meine Sache, daran zu denken.

Ich glaube, ohne meine Erinnerung hätte der selbst Weihnachten vergessen.« Sarah lacht, gähnt dann herzhaft, steht auf und sagt: »Ihr könnt ja gern noch weiter hier sitzen, aber ich muss ins Bett, schließlich bin ich jetzt 40, also nicht mehr die Jüngste.«

»Ich bin auch hundemüde«, antwortet Inge, um sich gleich darauf erschrocken die Hand vor den Mund zu halten: »Ach du lieber Himmel, auf unserem Bett liegen ja noch die ganzen Sachen von der Garderobe, da können wir überhaupt nicht rein. Helft ihr mir schnell, die runterzubringen?«

»Das mache ich allein«, antwortet Jonathan, »das geht doch schnell.«

Zu dritt gehen sie die Treppe rauf. Sarah verschwindet in ihrem Zimmer und Inge öffnet die Tür zu ihrem. Sie macht das Licht an und steht wie vom Donner gerührt regungslos da.

»Was ist los, geh weiter, sonst kann ich die Sachen nicht einsammeln«, fordert Jonathan, der hinter ihr steht.

Inge dreht sich zu ihm um, sie ist etwas blass um die Nase. »Passen wir zusammen auf die Couch im Wohnzimmer, was meinst du?«

»Wie meinst du das, was ist los, lass mich vorbei!«

Dann stehen sie zusammen vor ihrem Bett und können den Anblick nicht fassen, der sich ihnen bietet.

Die eine Hälfte ist mit Erbrochenem bedeckt, in dem man deutlich große Stücke Wiener Würstchen ausmachen kann, auf der anderen liegt Georg und schnarcht. Einen Großteil der Garderobe hat er unter sich geschart, so dass alles gleichmäßig nass und dreckig ist.

»Georg!« Alle Fassungslosigkeit, die Inge im Moment empfindet, drückt sich in diesem einen Wort aus. »Georg!« Der so Angesprochene reagiert, indem er zweimal mit der

Rute klopft, das Maul weit aufreißt und herzhaft gähnt, bevor er wieder zu Schnarchen beginnt.

»Das geht zu weit, raus aus dem Bett, aber ein bisschen plötzlich!« Jonathan packt die Sachen, die Georg unter sich vergraben hat und zerrt heftig daran. »Raus, aber sofort!«, wiederholt er und Georg sieht offenbar ein, dass er verloren hat. Mit einem Blick, der schwächere Gemüter als Jonathan tief getroffen hätte, erhebt er sich, springt vom Bett, begibt sich in seinen Korb und ist 10 Sekunden später wieder eingeschlafen.

»Der Hund kann doch nichts dafür«, ergreift Inge Partei für ihren Liebling. »Wer hat ihm denn diese ganzen Würstchen gegeben? Die sind viel zu salzig für ihn gewesen, kein Wunder, dass er sich übergeben musste.«

»Klar doch, jetzt bin ich auch noch schuld an der Sauerei«, schimpft Jonathan. »Warum muss der ausgerechnet auf mein Bett kotzen, hätte er das nicht am Boden machen können? Und guck dir nur die Sachen an, die kann so keiner mehr anziehen. Die müssen alle erst in die Waschmaschine, vorausgesetzt, sie sind noch heile.«

»Natürlich sind die noch heile, er hat sich die nur geholt, weil er sich allein gefühlt hat. Die riechen nach uns, darum. Das arme Tier war schließlich den ganzen Abend völlig allein hier oben. Wir können noch froh sein, dass er sein Geschäft nicht auch noch hier verrichtet hat. Wir sind keine guten Hundehalter, wir haben ihn einfach vergessen und eine Party gefeiert. Das verzeihe ich mir nie.«

»Ja, das sehe ich ein, er hat Schaden an Leib und Seele genommen. Sieh ihn dir an, wie er leidet,« sagt Jonathan ironisch und zeigt auf den tief schlafenden Georg. »Also ehrlich, der Hund war lange draußen, hat dort alles erledigt, was ein Hund draußen erledigen sollte, wurde dann mehr als reichlich gefüttert, unter anderem mit einem Glas

Wiener Würstchen. Woran besteht also unsere vermeintliche Tierquälerei? Etwa darin, dass wir ihn für einige Stunden allein gelassen haben? Nicht im Keller, nicht auf kaltem Beton, nein, in unserem Bett, warm und sicher. Ich hoffe, du siehst ein, dass du Unsinn redest.«

Inge wirft Jonathan einen bösen Blick zu und beginnt damit, ihr Bett freizuräumen. »Wirf alles in die Badewanne, wir sortieren das morgen früh, jetzt bin ich zu müde.«

»Die Reste der Wiener Würstchen haben Sarahs Daunenjacke getroffen, die wird morgen nicht begeistert sein,« orakelt Jonathan, der angeekelt auf die Bescherung starrt.

»Geh aus dem Weg, ich mache das«, sagt Inge energisch. Packt die Jacke samt Inhalt und bringt sie ins Bad, gleich darauf geht die Klospülung.

»Kein Drama, die Jacke kann man waschen und dann in den Trockner stecken. Wenn du es nicht verrätst, merkt sie das gar nicht. Ich mache das gleich morgen früh. Jetzt hör auf rumzubrummen und geh endlich ins Bett.«

»Da rein etwa?« Jonathan zeigt entsetzt auf die zerwühlte Schlafstatt. »Sicher, warum denn nicht? Dein Bett hat doch gar nichts abgekriegt, aber wenn´s dich beruhigt, da in der Kommode ist frische Bettwäsche. Ich gehe jetzt schlafen. Gute Nacht.«

Während Jonathan noch mit sich ringt, ob er nicht lieber auf die Couch im Wohnzimmer umziehen soll, ist Inge bereits im Bett und hat das Licht ausgemacht.

»Na gut, wenn es dir nichts ausmacht, dass ich mir hier vielleicht die Pest oder Schlimmeres hole - bitte, gehe ich eben auch ins Bett, mach mir dann aber bitte keine Vorwürfe.«

-21-

Lara wacht auf, obwohl es draußen noch stockdunkel ist. Verwundert will sie nach ihrem Handy greifen, zuckt aber zurück, weil ein heftiger Schmerz sie an ihr neues Tattoo auf der Schulter erinnert. Sie hat total vergessen, es einzucremen und nun fühlt es sich an, als habe sie eine üble Schürfwunde dort. Es spannt und brennt bei jeder Bewegung. Sie steht auf, um die Tube zu suchen und findet sie schließlich im Badezimmer neben dem Zahnputzbecher. Sie verrenkt sich eine Weile, aber es ist gar nicht so einfach, die eigene Schulter einzucremen. Erst als ihr Blick auf die Zahnbürste fällt, kommt ihr die rettende Idee. Da es erst halb acht ist, geht sie zurück ins warme Bett und versucht, noch einmal einzuschlafen. Sie denkt an den vergangenen Abend und das riesige Büfett. Wow, das war echt saulecker gewesen, vor allen Dingen das Tiramisu, davon hat sie sich dreimal nachgeholt. Außerdem ist es ihr gelungen, heimlich ein Glas Sekt zu trinken, nur die blöde Anna hat es gesehen, aber zum Glück nichts gesagt. Überhaupt, die Leonie ist nur lästig, aber die Anna ist safe furchtbar. Sagt kaum mal ein Wort, guckt immer nur merkwürdig und klebt an ihrem Vater, als könnte sie nicht allein stehen oder er sich plötzlich in Luft auflösen. Als nächstes fällt ihr ein, dass ihre Mutter mit ihr in die Stadt fahren will und sie grübelt darüber nach, wie es ihr gelingen könnte, ihr eine neue Jeans aus dem Kreuz zu leiern. Vermutlich wird sie mit der immer gleichen Leier kommen, dass sie mehr als genug zum Anziehen hat, aber vielleicht, wenn sie noch mal auf das Thema Papa zurückkommt und wie enttäuscht sie gewesen ist, dass er gar keine Zeit für sie hat ... dann klappt das sicher. Mütter sind leicht zu manipulieren, Omas auch, nur bei diesem blöden Jonathan, da gelingt ihr das nicht. Als sie gerade im Einschlafen ist, kommt eine WhatsApp von Lisa. *Bist du wach? Wie war´s gestern? Was macht dein Tattoo?*

Ja, bin wach, fuck, das Ding tut scheiße weh. Gestern war ganz okay, geiles Essen und Sekt habe ich auch gesoffen.

Echt? Durftest du das?

Was? Sekt saufen? Nee, natürlich nicht, die halten mich hier doch für ein Baby, hat aber keiner gemerkt, die waren alle beschäftigt, haben auf hoch heilige Familie gemacht. Blablabla, alle haben sich wieder lieb, weißt, was ich meine?

Das ist doch aber gut oder nicht?

Keinen Plan. Ja, mit Onkel Sven ist das okay, aber das dieser Bulle mit seinen nervenden Kids ständig mit meiner Mutter rumhängt, das ist schon mega ätzend. Den braucht doch keiner.

Deine Mutter vielleicht?

Wozu? Sie hat einen Mann, meinen Vater.

Der ist doch ausgezogen und hat eine neue Freundin, hast du selbst gesagt. Außerdem wolltest du mit dem doch nie mehr was zu tun haben. Du weißt nicht, was du willst, ha-ha.

Immer noch besser der als dieser Bulle. Stell dir das doch bloß mal vor, dann hätte ich ständig diese zwei Kinder an der Backe, danke, aber nein danke.

Hast du eigentlich endlich mit Arne gesprochen?

Mit Arne?

Ja, mit Arne, das ist mein Bruder und dein Freund, falls du es vergessen haben solltest.

Quatsch, ja klar, ich habe mit ihm gesprochen, also irgendwie …

Irgendwie? Was heißt das denn?

Keine Ahnung, ich hatte keinen Bock ihn zu treffen und er war dann sauer, weiß auch nicht …

Oh, dann verstehe ich, warum der so scheiße drauf ist. Hättest mich mal warnen können, echt.

Habe ich vergessen, sorry.

Du vergisst verdammt viel in letzter Zeit. Wie geht's denn weiter mit dir und diesem … wie hieß der noch?

Luca? Keinen Plan, ist alles irgendwie weird, kann´s dir nicht erklären, hat sich nicht mehr gemeldet. Also, nach dem Tattoo, meine ich.

Vielleicht ist das besser so? Am Ende hättest du echt noch richtig Stress gekriegt.

Den kriege ich 100 pro, wenn meine Alte das Tattoo entdecken sollte … wird sie aber nicht, dafür sorge ich schon.

Schwimmbad ist dann aber nicht mehr, ha-ha

Scheiß drauf, wer geht denn mit seiner Mutter ins Schwimmbad?

Und, was machste heute noch?

Keinen Plan, warum fragst du?

Nur so, Sonntage sind ätzend.

Das stimmt. Vielleicht unternehme ich später was mit Georg.

Georg? Ah ja, das ist euer neuer Hund, oder?

Klar, der ist echt cool, komm doch mal mit.

Nee, keinen Bock, ich habe Angst vor Hunden, weißt du doch.

Okay, dann eben bis morgen. See you.

Sie legt das Handy weg und rollt sich wieder zur Seite. Der Gedanke an Luca lässt sie nicht los. Warum war der so weird? Erst sagt er, dass sie jetzt Mitglied in seiner Crew ist, und dann meldet er sich nicht mehr. Sie schmeißt die Bettdecke von sich, greift erneut zum Handy. *Hey, was geht, lange nichts gehört*, schreibt sie und löscht es gleich wieder. Voll blöd, so geht das nicht und überhaupt. Nein, auf keinen Fall, sie wird ihm nicht nachlaufen. Sie hat alles erfüllt, was er wollte, jetzt ist er mal an der Reihe. Vielleicht ist er ja krank, hat Corona oder so, kann ja sein, haben viele. Genervt schmeißt sie das Handy zur Seite und überlegt, was sie mit dem heutigen Tag anfangen könnte. Klar, mit Georg rausgehen ist voll cool, aber dann hängt ihr die ganze Zeit ihr dummer Bruder an den Hacken, außerdem dauert das kaum den ganzen Tag. Sonntage sind echt krass langweilig. Über diesem Gedanken schläft sie wieder ein und als sie das nächste Mal aufwacht, ist es immerhin bereits Mittag.

-22-

»Oh je, so lange habe ich seit einer Ewigkeit nicht mehr geschlafen.« Inge gähnt so heftig, dass sie sich fast den Kiefer ausrenkt.

»Und so laut auch nicht«, lacht Jonathan.

»Was? Habe ich etwa geschnarcht?«

»Guck mal aus dem Fenster, ob die Kastanie noch steht, ich glaube, sie ist weg.«

»Du nimmst mich auf den Arm, oder?«

»Nein, aber wenn du magst, in den Arm. Komm noch ein bisschen rüber zu mir, ich weiß kaum noch, wie du dich anfühlst.«

»Nix ist, hast du vergessen, dass ein Berg Wäsche auf uns wartet? Und der Hund muss bestimmt auch dringend raus.«

»Ja, ganz dringend, sieht man«, nickt Jonathan und zeigt auf den zu einem Kreis zusammengerollten, schlafenden Georg.

»Sobald der wach ist, muss der auch. Der war das letzte Mal draußen, als dein Operetten–Italiener mit dem Büfett gekommen ist. Das kennt er nicht, sonst gehen wir immer nach der Tagesschau noch mal mit ihm. Also komm, muffel nicht rum, zieh dich an und lass ihn raus. Ich kümmere mich dafür um die Wäsche, es sei denn, du möchtest gern tauschen.«

»Nein danke, das möchte ich nicht. Wäschewaschen gehört nicht zu meiner Kernkompetenz, damit kennst du dich besser aus. Soll ich Brötchen mitbringen?«

»Um Himmels Willen, nein, wir haben bestimmt noch ein halbes Dutzend Ciabatta, die können wir ja nicht wegschmeißen. Wenn die erste Maschine läuft, backe ich eins auf und koche auch Kaffee. Wenn du wiederkommst, frühstücken wir gemütlich zusammen, einverstanden?«

»Na gut, ist zwar nur ein bescheidener Ersatz, aber besser als nichts ... Moment mal, meine Jacken hingen doch auch an der Garderobe, und dürften daher ebenfalls diesem Fellmonster da zum Opfer gefallen sein, ob ich die überhaupt anziehen kann?«

»Finde ich raus, warte ...«

Eine Weile hört er Inge im Badezimmer leise schimpfen, dann kommt sie mit einem Hoody in der Hand zurück. »Tut mir leid, aber deine Sachen sehen wirklich schlimm aus, ich werde sie gleich als Erstes waschen. Das Teil hier hat nicht viel abbekommen, aber ob es dir passt?«

»Von wem ist das? Von Lars? Gibt mal her, ist mir bestimmt zu klein.«

»Ach, der trägt doch immer Sachen, die ihm viel zu groß sind, versuch´s einfach.«

Jonathan hat sich zwischenzeitlich einen Jogginganzug angezogen und probiert nun skeptisch den dunklen Hoody mit den undefinierbaren Schriftzügen auf Vorder- und Rückseite.

»Na ja, die Größe geht, aber alles andere…«

»Ach, das macht doch nichts, es ist Sonntag Morgen, und bei dem Wetter sind ohnehin kaum Leute unterwegs, es wird dich also keiner sehen. Du musst ja auch nicht weit laufen, nur, bis Georg seine Geschäfte erledigt hat.«

»Na dann, und du koch bitte viel und besonders starken Kaffee, wenn ich bitten darf. Und Eier, ich habe einen Mordshunger.«

»Verständlich, du hast ja auch um Mitternacht das letzte gegessen,« amüsiert sich Inge. »Wie kann man nach dem gestrigen Abend überhaupt jemals wieder etwas essen? Ich werde die nächsten drei Wochen um die Waage einen weiten Bogen schlagen und mich von Nudelsuppe ohne Nudeln ernähren müssen.«

»Ja, ich glaube, das musst du, ich bin mir sicher, auf jeder deiner Hüften zwei neue Kilos sitzen zu sehen ... Hilfe, Georg steh mir bei, die Frau ist gewalttätig.« Inge hat ihren Hausschuh gehoben und bedroht ihn damit lachend. Georg betrachtet das als Aufforderung zu einem tollen Spiel, springt mit einem Satz aufs Bett und beginnt laut zu bellen.

»Um Gottes Willen, Georg, halt die Klappe, du weckst das ganze Haus auf und die Nachbarschaft noch dazu. Schnell, Jonathan, mach dass du mit dem Untier rauskommst.«

Das Wetter ist so, wie man sich den November vorstellt, feucht und nasskalt. Immerhin macht der Dauerregen der letzten Woche eine Pause, und Jonathan stellt nach einem prüfenden Blick zum Himmel den Regenschirm wieder zurück. »Okay Georg, sei so nett und beeil dich heute mit deinen Geschäften und halt dich nicht ewig mit der Schnüffelei auf.« Der Angesprochene wedelt zustimmend, und vergräbt die Nase tief im nächsten Gebüsch. Eine Viertelstunde später hat er zwar gefühlte 100-mal das Bein gehoben, aber auf größere Geschäfte von ihm wartet Jonathan vergebens. »Okay, mein Freund, dann eben nicht, ich kehre auf alle Fälle jetzt wieder um, ich brauche dringend Kaffee.«

»Ach, das finde ich aber nett, unterhalten Sie sich auch mit Ihrem Hund? Das machen ja viele Leute in Ihrem Alter.« Jonathan fährt herum und sieht sich unverhofft Frau Karlings gegenüber, der Dame aus seiner unmittelbaren Nachbarschaft, die laut Else ein Auge auf ihn geworfen hatte, bevor ihre Zukunftspläne schnöde zerstört wurden, als Inge bei ihm einzog.

»Guten Morgen«, grüßt er höflich, »tja, ich glaube, das macht man automatisch, wenn grad niemand anderes da ist. Ich laufe jetzt schon eine Ewigkeit mit Georg durch die Gegend und er will einfach sein Geschäft nicht machen.«

»Nun, so ein Tier ist eben keine Maschine, da muss man sich die Zeit, die es braucht, eben nehmen, so ist das nun einmal. Sie haben den Hund noch nicht sehr lange, oder? Jedenfalls sehe ich Sie jetzt zum ersten Mal mit ihm. Ich hatte früher, als mein Mann, Gott hab ihn selig, noch lebte, auch einen Hund, genauer gesagt, hatte mein Mann einen, ich war da ja nie so für.«

»Aha, und was ist aus ihm geworden? Also, aus dem Hund, nicht aus dem Mann, der ist ja gestorben, haben Sie erzählt.«

Frau Karlings wirft ihm einen Blick zu, der deutlich erkennen lässt, dass sie an seinem Verstand zweifelt, und er kann ihr das nicht verdenken. Er redet Unsinn, was zu einem Teil daran liegt, dass er sich dieser Frau gegenüber äußerst unwohl fühlt und zum anderen daran, dass er diese alberne Jacke von Lars trägt und sich einfach lächerlich vorkommt.

»Den habe ich nach dem Ableben meines Mannes ins Tierheim gebracht. Sein Anblick hätte mich nur ständig an meinen Verlust erinnert.«

»Aha«, sagt Jonathan erneut. »Dafür hatte der Hund bestimmt Verständnis. So, ich muss jetzt mal weiter, meine Frau wartet mit dem Frühstück auf mich. Schönen Tag noch.«

»Ihre Frau? Seit wann sind Sie denn verheiratet? Davon habe ich ja gar nichts gehört und die Frau Krüger hat auch nichts erzählt. Aber Sie werden es ja sicher besser wissen, ha-ha. Na, dann grüßen Sie mal die Frau Gemahlin. Guten Tag.« Kopfschüttelnd setzt Frau Karlings ihren Weg fort und Jonathan hört sie laut und deutlich sagen: »Je oller, je doller. Verheiratet, wer´s glaubt. Allein diese schreckliche Jacke ist ein Skandal.«

»Ich bin ein Lustmolch und außerdem lüge ich.« Jonathan betritt die Küche und umarmt Inge, die gerade die Kaffeekanne auf den Tisch stellt.

»Lustmolch ist nicht schlimm, aber lügen ist eine Sünde«, erwidert sie lachend. »Setz dich, es ist alles fertig und dann beichte.«

»Ich habe Frau Karlings getroffen, du weißt, die Nachbarin, die ein Auge auf mich geworfen hat. Sie ist furchtbar, als ihr Mann gestorben ist, hat sie den Hund ins Tierheim gebracht. Stell dir das mal vor, wie herzlos kann ein Mensch sein? Der hat nicht nur sein Herrchen verloren, sondern auch noch sein Zuhause, genau wie unser Georg hier. Na ja, das hat mich so geärgert, dass ich schnellstmöglich von ihr wegwollte und da habe ich gesagt, dass meine Frau mit dem Frühstück auf mich wartet. Jetzt wird sie alle Hebel in Bewegung setzen, um rauszufinden, ob wir wirklich verheiratet sind und wenn nicht, bringt sie mich bestimmt auch ins Tierheim.«

Inge verschluckt sich vor Lachen an ihrem Kaffee.

»Nein, nein, mach dir nur keine Sorgen, das werde ich auf keinen Fall zulassen«, keucht sie unter Tränen.

»Komm, ich klopfe auf deinen Rücken.«

»Nein, schon gut, und wieso bist du ein Lustmolch, wenn sie dich doch ehrenhaft verheiratet wähnt?«

»Kein Ahnung, das hat sie mir nicht näher erklärt, aber meine Jacke fand sie entsetzlich.«

»Na, immerhin hat sie Geschmack«, sagt Inge und schüttelt amüsiert den Kopf.

»Irgendwie hat sie aber auch recht. Also, nicht, weil sie diese Jacke entsetzlich findet, sondern, weil sie sicher war, dass ich nicht verheiratet bin. Was hältst du eigentlich davon?«

»Wovon? Dass du nicht verheiratet bist? Das finde ich gut, ich fange kein Verhältnis mit verheirateten Männern an, was denkst du denn von mir?«

»So habe ich das nicht gemeint, ich wollte wissen, was du davon hältst, dass wir hier so unverheiratet zusammenleben?«

»Na, davon halte ich eine ganze Menge, ich lebe gern hier mit dir zusammen.«

»Inge, du machst dich über mich lustig, du weißt genau, was ich sagen will.«

»Lass mich raten: Du möchtest heiraten, stimmt´s?«

»Wäre das so schlimm? Ich meine, wir wohnen zusammen, wir leben zusammen, wir lieben uns ...«

»Genau, wozu müssen wir dann noch heiraten? Ich meine, was ändert das, außer, dass Frau Karlings spätestens dann ihr Auge auf jemand anderen werfen muss?«

»Nun, ich fände es eben schön, wenn ich sagen könnte: Meine Frau - und das, ohne zu lügen.«

»Ach Jonathan, das sagt man heute doch sowieso, auch wenn man nicht offiziell verheiratet ist. Mir ist das überhaupt nicht wichtig, außerdem wäre es eine sehr teure Angelegenheit. Ich würde nämlich meine Witwenrente verlieren und wäre daher finanziell gänzlich auf dich angewiesen. Nein, tut mir leid, das möchte ich nicht.«

»Ich möchte dich heiraten und du denkst ans Geld? Ich bin entsetzt, meine Gute.«

»Ich bin nur realistisch, denn genau so wäre es.«

»Das könnte man notariell doch ganz einfach ändern. Wenn wir verheiratet wären, würde dir alles gehören, was mir gehört. Außerdem wäre ich beruhigter, dich gut versorgt zu wissen, sollte mir etwas passieren.«

»Ich verspreche dir, Georg nicht ins Tierheim zurückzubringen und jetzt hör bitte sofort auf, den Teufel an die Wand zu malen. Dir passiert schon nichts, du bist doch noch ein junger Hüpfer. Es ist sehr wahrscheinlich, dass du mich um Jahrzehnte überlebst.«

»Das weißt du nicht, wir Männer sterben im Durchschnitt 10 Jahre früher und wenn du mich weiterhin dem emotionalen Stress einer wilden Ehe aussetzt …«

»Wer hat ne wilde Ehe …« Sarah steht im Morgenrock im Esszimmer und sieht fragend von einem zum anderen.

»Ich wollte deine Mutter zu einer ehrbaren Frau machen und sie heiraten, aber sie will lieber ihre Witwenrente behalten, diese Herzlose«, klagt Jonathan in weinerlichem Ton, aber Inge winkt ab.

»Fall auf den Schauspieler bloß nicht rein. Der schreckt vor nichts zurück, führt sogar seinen vorzeitigen Tod an, nur um mich von sich abhängig zu machen.«

»Ihr seid doch beide nicht ganz knusper, oder? Habt ihr was geraucht oder wie kommt man am frühen Sonntagmorgen auf solche Gespräche? Und wieso trägst du um Himmels Willen die Jacke von Lars? Die ist doch schrecklich.« Kopfschüttelnd guckt Sarah die Zwei an, die sich vor Lachen ausschütteln wollen und versteht die Welt nicht mehr.

»Komm Kind, setzt dich und trink einen Kaffee. Möchtest du etwas frühstücken oder bist du auch noch satt von gestern? Jonathan hat mal wieder einen Clown gefrühstückt, mach dir nichts draus und nimm ihn bloß nicht ernst. Niemand heiratet hier, jedenfalls wir nicht.«

»Darüber ist das letzte Wort noch nicht gefallen«, widerspricht Jonathan. »Sarah, mach deiner sturen Mutter doch bitte mal klar, dass es einfach vernünftig wäre, mich zu heiraten. Ja, sie verliert ihre Witwenrente, aber wie ihr ja wisst, ich bin ein einigermaßen wohlhabender Mann und daher täte uns das überhaupt nicht weh. Wenn sie das möchte, würde ich ihr monatlich die gleiche Summe auf ihr Konto überweisen, damit sie sich nicht abhängig von mir fühlt. Was ohnehin lächerlich ist, schließlich sind wir ein Paar, da sollte so was überhaupt keine Rolle spielen. Dann kommt dazu, ich habe keine Kinder, niemanden, der mich nach meinem Tod beerben würde, also fiele mein Vermögen an den Staat oder, wenn ich ein Testament aufsetze, an den Tierschutz, Greenpeace oder wen auch immer. Die würden sich zwar alle darüber freuen, aber mir würde es besser gefallen, es fiele an Inge, später an dich und deine Kinder, siehst du das nicht ein?«

»Nein, sehe ich nicht ein, denn ich will dein Geld nicht. Außerdem, wenn es darum geht, kannst du das doch einfach testamentarisch so verfügen, dazu musst du nicht heiraten.«

»Du bist genauso grausam realistisch wie deine Mutter.

Okay, ich habe es versucht und gebe mich für heute geschlagen. Heute ist nicht alle Tage, ich frag wieder, keine Frage! So, was fangen wir mit diesem Tag heute an? Irgendwelche Pläne?«

»Außer Wäschewaschen habe ich keine«, Inge schüttelt den Kopf und fügt nach kurzem Zögern hinzu: »Sarah, ich musste deine neue Daunenjacke in die Maschine stecken, Georg fand sie wohl so gemütlich, dass er sich gestern zum Schlafen draufgelegt hat. Ich tue sie danach noch in den Trockner und dann sollte sie so gut wie neu sein.«

»Kein Problem, dann ziehe ich meinen Mantel an, ich treffe mich nachher zu einem Spaziergang mit Stefan. Ich habe mich noch nicht einmal für das tolle Geschenk bedankt, der muss auch denken, ich bin …«

»Mach dir doch nicht schon wieder einen Kopf darüber, wer was eventuell denken könnte«, unterbricht Inge sie. »Es ist doch ganz normal, dass man während einer Party nicht jedes Geschenk gleich auspackt und entsprechend würdigt. Zeig ihm heute, wie sehr du dich freust und gut ist.«

»Hast recht, er ist nicht Axel, der ständig wegen irgendwelcher Kleinigkeiten beleidigt war. Ich muss mich da wohl erst umstellen. Okay, wenn ihr mich hier nicht zum Aufräumen braucht, gehe ich duschen und mache mich dann auf den Weg.«

»Aufräumen gehört noch zum Geburtstagsgeschenk, daher übernehmen wir das«, nickt Jonathan, »ist gar nicht so viel, mach dir keine Sorgen, von den Resten, die wir im Kühlschrank stehen haben, können wir noch eine Kompanie sattmachen, die Kinder werden also nicht verhungern.«

»Die schlafen vermutlich ohnehin bis in den Nachmittag, die sind ja spät ins Bett gekommen. Also, ich bin dann mal weg.«

Inge sieht ihrer Tochter lächelnd nach. »Hättest du gedacht, dass sich das mal so entwickeln würde? Ich meine, anfangs war sie doch total gegen unsere Beziehung und wir hatten einige wirklich unschöne Diskussionen deswegen. Und jetzt ist sie fast beängstigend freundlich. Was meinst du, führt sie was im Schilde, will sie uns vielleicht nur in Sicherheit wiegen?«

»Wie kommst du denn darauf? Nein, das glaube ich nicht. Ich denke, vieles, was sie gesagt und getan hat, war gar nicht sie, das war der Tumor. Das hat der Professor doch auch gesagt, dass der zu Persönlichkeitsveränderungen führen kann. Außerdem ist sie verliebt und das stimmt Menschen milde, zumindest eine Zeitlang. Nein, um Sarah mache ich mir überhaupt keine Sorgen, eher um Lara, die ist mir zu friedlich. Gestern Abend war sie geradezu unheimlich hilfsbereit, ist dir das nicht aufgefallen?«

»Nein, eigentlich nicht, ich habe sie kaum gesehen, ich dachte, sie hätte vielleicht mit den beiden Kindern vom Stefan Ruttig gespielt oder so?«

»Na, sie hat doch anfangs allen höflich die Garderobe abgenommen, dann hat sie Sektgläser verteilt, gefragt, wer was trinken möchte, hast du das wirklich nicht mitbekommen?«

»Doch, jetzt wo du es sagst, erinnere ich mich auch daran. Das war aber doch sehr nett von ihr, oder nicht?«

»Doch, natürlich, aber irgendwie ... na egal, vielleicht tue ich ihr Unrecht und sie wollte nur ihrer Mutter dabei helfen, einen schönen Geburtstag zu haben.«

»Ganz bestimmt sogar. Die Lara war immer so ein liebes Mädchen und dass junge Menschen in der Pubertät manchmal über die Stränge schlagen, das war schon zu allen Zeiten so. Na ja, ich gebe zu, ihre Sprache ist manchmal wirklich unschön, aber so reden sie heute eben und sie will schließlich dazu gehören.«

»Und dass sie sich nachts irgendwo rumtreibt und keinem sagt, wo sie war und was sie gemacht hat? Beunruhigt dich das nicht?«

»Ach, nun ja, das war aber doch nur einmal. Vielleicht war es eine Mutprobe, nachts allein über einen Friedhof gehen oder so was? Ich habe auch dumme Sachen gemacht, weil ich gern in eine Clique aufgenommen werden wollte.«

»Inge, ich weiß, du liebst deine Enkelin, aber ich fürchte, du machst dir da was vor und verharmlost ihr Benehmen. Ich will mich darüber aber mit dir nicht streiten und würde mich freuen, wenn ich falsch läge. Trotzdem sollten wir ein Auge auf sie haben, nicht, dass ihr noch etwas zustößt oder sie Dinge tut, die sich nicht mit einem ›tut mir leid‹ aus der Welt schaffen lassen.«

»Wenn du meinst, dass das nötig ist, dann mach das, ich vertraue ihr jedenfalls. Sie ist doch ein kluges Mädchen, die weiß schon, wie weit sie gehen darf.«

»Ja? Hat sie das gewusst, als sie zu diesem Justus mit nach Hause gegangen ist, obwohl sie wusste, dass seine Eltern verreist sind?«

»Aber Jonathan, das war doch nun wirklich nicht Laras schuld. Er war ein Mitschüler, ein Freund, da ist es ja wohl normal, dass man dem vertraut.«

»Na gut, vielleicht hast du recht. Also, wie wäre es, wenn ich den Teppich wieder ausrolle, während du dich um die Wäsche kümmerst?«

»Da gibt es nicht viel zu kümmern, das erledigt die Maschine ganz allein. Soll ich dir mit dem Teppich helfen?«

»Was hältst du von mir? Das schaffe ich schon noch allein. Nein, nein, dann ruh dich aus, lies was, mach einfach, wonach dir grad ist.«

»Wonach mir gerade ist? Das kann ich dir sagen, aber dazu brauche ich dich.«

»Ja? Ich stehe zu deiner Verfügung und bin zu jeder Schandtat bereit. Was kann ich für dich tun?«

»Ich würde gern eine Partie Backgammon spielen. Das haben wir schon lange nicht mehr gemacht.«

»Stimmt, das ist eine wunderbare Idee. Der Teppich kann warten, der läuft ja nicht weg. Hol das Spiel und richte dich auf eine vernichtende Niederlage ein.«

»Träum weiter, mein Lieber, träum weiter«, lacht Inge, »ich habe heimlich geübt und werde dir zeigen, was eine Harke ist.«

»Du bist wirklich besser geworden, du hast immerhin eins von fünf Spielen fast gewonnen.«

»Ja, lach mich nur aus, das brauche ich jetzt noch obendrauf. Wie kann das sein, dass du so ein Glück hast, immer die richtigen Würfe zu kriegen? Einen Pasch nach dem anderen, das ist doch nicht normal.«

»Das hat mit Glück überhaupt nichts zu tun, das ist Können«, behauptet Jonathan, und Inge verdreht genervt die Augen.

»Der Krug geht so lange zum Wasser, bis er bricht, mein Lieber, eines Tages werde ich es dir heimzahlen, darauf kannst du dich schon mal einrichten.«

»Du siehst mich vor Angst zittern, meine Liebe«, lacht Jonathan und beginnt die Steine einzusammeln.

»Na gut, Spaß beiseite, es war trotzdem schön, sollten wir wieder öfter machen.«

»Stimmt, gerade jetzt um diese Jahreszeit, wo man wenig im Garten machen kann, haben wir die Zeit dafür.

Ich lasse es hier stehen und räume es nicht in den Schrank, dann werden wir immer daran erinnert.«

»Ja, mach das, ich gehe jetzt hoch, Wäsche umpacken. Noch eine Maschine, dann ist es geschafft. Sarahs Jacke sieht aus wie neu, alles picobello sauber geworden.«

»Keine Stücke von Wiener Würstchen in der Kapuze zurückgeblieben?«, amüsiert sich Jonathan und Inge lacht: »Das will ich nicht hoffen, kontrolliert habe ich es allerdings nicht.«

-23-

»Wie wäre es, wenn ich dich heute von der Schule abhole, wir gehen erst zusammen Mittagessen, und suchen uns dann einen Juwelier, der mir deinen schönen Stein einfasst, was hältst du davon?«

»Können wir machen, habe zehn nach eins Schluss.«

»Alles klar, ich werde da sein, ich freue mich.«

Lara murmelt Unverständliches und gleich darauf fällt die Haustür hinter ihr zu.

»Sie war begeistert, ganz bestimmt«, beruhigt Inge ihre Tochter, die etwas verloren in der Küche steht und die geschlossene Tür anstarrt.

»Das hat sie wirklich gekonnt verborgen.«

»Ach, so sind sie eben in diesem Alter, mach dir nichts draus.«

»Wieso gehst du mit Lara essen und mit mir nicht?«, Lars sieht vorwurfsvoll aus.

»Wir können nächste Woche einmal zusammen gehen, wenn du das möchtest. Mit Lara gehe ich heute nur, weil ich mir den Stein für eine Kette fassen lassen will, den sie mir zum Geburtstag geschenkt hat.«

»Okay, aber nächste Woche gehst du mit mir, versprochen!«

»Na sicher, ich halte meine Versprechen immer oder hast du schon mal das Gegenteil erlebt?«

»Chill, alles gut. Was gibt's denn hier heute zu essen?«

»Else ist noch nicht da und ich weiß es nicht. Lass dich überraschen«, sagt Inge und reicht ihm seine Brotdose. »Hier, vergiss die nicht, sonst bist du am Ende bis heute Mittag verhungert.«

»Witzig«, grinst der Junge und lässt die Dose schnell in seinem Rucksack verschwinden.

Als auch er auf dem Weg zur Schule ist, lässt Sarah sich seufzend auf einen Stuhl fallen und gießt sich eine Tasse Kaffee ein.

»Ich hoffe, es wird ein einigermaßen entspannter Nachmittag mit Lara und es artet nicht wieder in Streit aus.«

»Warum sollte es? Ihr geht doch nur essen und zum Juwelier, worüber sollte es da Streit geben?«

»Ach, Mama, du kennst doch Lara, der fällt immer was ein, worüber sie sich aufregen kann. Aber mal was anderes. Ich habe von Stefan dieses Wellnesswochenende geschenkt bekommen und darauf freue ich mich natürlich auch. Macht es euch was aus, die Kinder diese beiden Tage allein, ich meine ohne mich ...«

»Schon gut, ich weiß, was du sagen willst«, unterbricht Inge, »wir haben die Kinder während deines Krankenhausaufenthaltes auch allein versorgt, also werden wir es wohl noch ein Wochenende schaffen.«

»Das weiß ich, aber das war doch was anderes, da war ich krank, jetzt will ich zu meinem Vergnügen verreisen.«

»Und genau das wird dir sehr guttun. Mach dir um die Kinder keine Sorgen, du weißt doch, wie das ist, man kriegt sie, wenn überhaupt, nur zu den Mahlzeiten zu sehen. Na ja, jetzt vielleicht zwischendurch noch mal, wenn sie Lust haben, mit Georg rauszugehen.«

»Ja, den Hund lieben sie beide, hätte ich nicht gedacht, dass sie das so lange durchhalten, immerhin schon über eine Woche«, lacht Sarah. »Stefanie übernimmt die beiden von Stefan, so dass wir wirklich ganz entspannt fahren können. Ich freu mich riesig, obwohl ... also, ein bisschen Angst habe ich ja schon. Es ist eine Ewigkeit her, dass ich mal mit einem anderen Mann als Axel ein ganzes Wochenende verbracht habe. Wisst ihr, was ich meine? Es ist was anderes, ob man zusammen essen geht, und nach ein paar Stunden geht jeder seiner Wege. Was, wenn wir feststellen, dass wir uns gar nichts mehr zu sagen haben, und dann diese peinlichen Gesprächspausen entstehen, in denen jeder verzweifelt nach einem Thema sucht und man sich plötzlich über das Wetter unterhält.«

»Du kommst vielleicht auf Ideen. Wirklich Sarah, wer keine Sorgen hat, der macht sich welche.« Inge schüttelt verständnislos den Kopf.

»Na ja, könnte doch sein.«

»Klar, es könnte auch sein, dass dir der Himmel auf den Kopf fällt. Jetzt hör schon auf, dir den Kopf über ungelegte Eier zu zerbrechen, freu dich lieber und genieße dein Leben. Du müsstest doch eigentlich wissen, wie schnell es vorbei sein kann.«

»Also, ich kann dir ein paar Witze erzählen«, mischt sich Jonathan ein, »und wenn dann wirklich so eine Gesprächspause entsteht, erzählst du schnell einen davon.« Er bringt das mit so ernstem Gesicht raus, dass sogar Sarah lachen muss.

»Schon gut, du Komiker, ich habe es verstanden und werde mir keine unnötigen Sorgen mehr machen. Danke fürs Mutmachen.«

»Immer wieder gerne, aber ich könnte dir ja trotzdem zur Vorsicht ...«

»Hör schon auf, sie hat es verstanden, Jonathan«, unterbricht ihn Inge und hält ihm lachend die Hand auf den Mund.

»Hilfe, ich werde unterdrückt, man verbietet mir in meinem eigenen Haus den Mund.« Seine Worte klingen dumpf und Sarah tippt sich grinsend mit dem Zeigefinger gegen die Stirn.

»Ihr beiden benehmt euch manchmal schlimmer als Lars und Lara, wisst ihr das? Wie alt seid ihr eigentlich?«

»Siebzehn«, antwortet Jonathan, nimmt Inges Hand und drückt einen Kuss hinein.

Pünktlich um 13 Uhr steht Sarah vor der Schule und wartet. Lara kommt in einem Pulk von Mitschülerin herangeschlendert und gibt sich keine Mühe, sich besonders zu beeilen. Sarah sieht im Rückspiegel den Bus kommen, auf dessen Haltestelle sie steht und drückt fordernd auf die Hupe. Lara erfasst die Situation, beginnt zu laufen, reißt die Tür auf und springt schnell auf den Beifahrersitz.

»Was? Warum parkst du an der Bushaltestelle, um die Ecke ist ein großer Parkplatz.«

»Du hättest dich nur ein bisschen mehr beeilen müssen, dann wäre das kein Problem gewesen.«

»Klar, jetzt bin ich wieder schuld, was sonst.«

»Nein, natürlich nicht, außerdem ist doch nichts passiert, also entspann dich. Wohin möchtest du denn gern essen gehen?«

»Zu Mäcces!«

»Ach bitte, muss das sein? Ich dachte an Essen, nicht an Fastfood.«

»Was fragst du mich, wenn du es eh nicht wissen willst?«

»Doch, ich will es ja wissen, nur nicht gerade dahin, das fällt für mich nicht unter Essengehen.«

»Dann weiß ich auch nicht.«

»Pizza und Pasta oder chinesisch?«

»Dann Pizza.«

Sarah gibt sich Mühe, ein Gespräch in Gang zu bringen, aber es gestaltet sich zäh. Genau die peinlichen Gesprächspausen, über die sie vorhin gesprochen hat, treten auf und ziehen sich endlos. Fragen nach der Schule, nach Arne oder Lisa beantwortet Lara mit »gut« oder »ganz okay«, mehr ist aus ihr nicht rauszukriegen. Sarah bedauert schon während der Vorspeise, diesen Vorschlag eines gemeinsamen Stadtbesuches überhaupt gemacht zu haben. Als die Pizza kommt, und Lara provokativ ihr Handy aus dem Rucksack holt, ist ihre Geduld zu Ende.

»Lara, so geht das nicht. Steck sofort das Telefon weg und benimm dich anständig. Es muss doch möglich sein, mal eine vernünftige Unterhaltung zu führen. Wenn du weiterhin mit Einwortsätzen reagieren möchtest, dann fahr besser nach Hause, ich kann allein zum Juwelier gehen.«

»Es gibt keine Einwortsätze, solltest du wissen.«

»Lara! Was soll das? Habe ich dir etwas getan, dann sag es, aber hör mit diesem albernen Getue auf.«

»Ich will einfach nur in Ruhe essen, aber ich hätte mir denken können, dass du wieder mit deinen Scheißfragen nerven musst. Was macht die Schule, was macht Arne, wie geht es Lisa ... das nervt ohne Ende, warum kapierst du das nicht?«

»Nein, das kapiere ich nicht. So etwas nennt man Unterhaltung, normale Menschen machen so etwas.«

»Okay, dann bin ich eben kein normaler Mensch, mich

nervt das eben. Aber bitte, wenn's dich glücklich macht: In der Schule war alles okay, wie es Arne geht, keinen Plan, habe ihn heute nicht gesehen, aber Lisa geht es gut. Zufrieden?«

»Nein, so habe ich das nicht gemeint, aber ist schon gut. Iss deine Pizza, ich bezahle und dann fährst du nach Hause.«

Lara kaut nachdenklich, gerade ist ihr klargeworden, dass Streit mit ihrer Mutter sie ihrer Jeans nicht wirklich nähergebracht hat. Sie schluckt, trinkt einen großen Schluck von ihrer Cola und sagt dann: »Freust du dich aufs Wochenende?«

Sarah ist so verblüfft, dass sie sich an ihrer Lasagne verschluckt und erst einmal kräftig husten muss, bevor sie antworten kann. »Ja, ich freue mich tatsächlich sehr. Ich hoffe, es macht euch nichts aus, dass ich am Wochenende nicht da bin?«

»Nee, wieso denn? Oma und Jonathan sind doch da und wir machen was mit Georg oder so. Kein Ding, wir sind ja keine Kleinkinder mehr.«

»Der Georg gefällt dir, oder?«

»Ja, der ist cool. Kriege ich noch Nachtisch?«

»Ja, natürlich, such dir was aus. Ich möchte nichts, ich bin pappsatt. Ich trinke aber noch einen Espresso.«

»Sag mal, wenn wir schon mal zusammen in der Stadt sind, was wir ja sehr lange nicht mehr waren, könnten wir dann nicht kurz mal bei H&M vorbeigehen? Weißt du, ich brauche dringend eine neue Jeans und du könntest mir beim Aussuchen helfen.«

»Noch eine? Du hast doch schon jede Menge in deinem Schrank liegen, außerdem sehen die alle gleich aus.«

»Die meisten passen mir schon lange nicht mehr, ich bin im Wachstum, falls du das vergessen hast?«

»Aha, na gut, aber nicht wieder das teuerste Modell, ich habe keine Gelddruckmaschine im Keller.«

»Geht klar, gehen wir zuerst zum Juwelier oder erst zu H&M?«

»Was näher ist.«

Bei H&M herrscht reger Betrieb, hauptsächlich sehr junge Leute, zu zweit oder in kleinen Gruppen, suchen nach angesagten Klamotten. Lara steuert zielstrebig auf ein Regal mit Jeans zu, sucht eine Weile nach der passenden Größe, zieht drei heraus und verschwindet mit ihrer Beute in der Kabine. Gleich darauf steckt sie den Kopf wieder raus und ruft: »Mama, könntest du nicht noch nach einem Pullover gucken? Da vorne, die sind total reduziert. Ich brauche dringend noch einen in Dunkelblau. Bitte, bitte, ganzliebguck.« Lara grinst wie ein Honigkuchenpferd und Sarah nickt resigniert.

»Mache ich, kann dir aber nicht versprechen, dass ich was finde.« Sie geht in die angewiesene Richtung und findet tatsächlich zwei blaue Pullover in der passenden Größe, die erstaunlich günstig sind.

»Guck mal, meinst du diese?«

Lara streckt den Kopf aus der Kabine, nickt und nimmt ihrer Mutter die Teile ab.

»Ich probiere sie schnell an, dauert nicht lange.«

Sarah geht zurück zu der reduzierten Ware und schaut nach etwas für sich selbst und findet tatsächlich ein Teil, das ihr zwar ausgesprochen gut gefällt, aber vielleicht etwas zu jugendlich für sie ist. Sie will Lara danach befragen, geht zurück zur Kabine, steckt ihren Kopf durch den Vorhang und prallt entsetzt zurück.

»Ey, was soll das? Wieso reißt du einfach den Vorhang auf?«

»Hör auf mit dem Theater und erklär mir sofort, was das da auf deiner Schulter ist?«

»Eine Feder?«

»Treib es nicht zu weit, Fräulein. Dass das eine Feder ist, habe ich gesehen. Ich will wissen, wie die dahin kommt und wer dir das erlaubt hat.«

Lara beißt sich auf die Lippen und würde sich am liebsten ohrfeigen. Wie hätte sie auch ahnen sollen, dass ihre Mutter einfach in die Kabine reinstürmt, während sie sich gerade den Pullover über den Kopf ziehen will?

»Das ist doch nur ein Tattoo, das haben heute alle, nur du musst daraus natürlich wieder ein Drama machen. Chill doch mal.«

»Was heute alle haben, interessiert mich einen Dreck, aber was meine Tochter macht, das interessiert mich sehr wohl. Also, wer hat dir das erlaubt? Du bist 14 und um dich tätowieren zu lassen, brauchst du meine Einwilligung und die hattest du nicht. Also? Ich höre?«

Lara hält die Luft an und antwortet nicht.

»Lara! So viele Tattoo Studios gibt es in unserer Stadt nicht und wenn du mir nicht sofort sagst, wer das ohne Genehmigung gemacht hat, dann gehe ich gleich mit dir zur Polizei. Das ist nämlich strafbar.«

»Das ist doch nicht dein Ernst? Du willst wegen eines Scheißtattoos zur Polizei rennen?«

»Genau das will ich und werde ich. Es gibt nämlich Gründe, warum Kinder dazu die Einwilligung ihrer Eltern brauchen und wenn sich da jemand einfach drüber hinwegsetzt, dann ist das strafbar.«

»Der Papa hat es mir erlaubt.« Lara würde den Satz gern zurücknehmen, aber es ist zu spät.

»Der Papa??? Deswegen hast du dich also plötzlich mit dem treffen wollen? Und der hatte natürlich überhaupt nichts dagegen? Hast du ihm gesagt, dass ich es dir verboten habe?«

»Hast du ja gar nicht, weil ich dich gar nicht erst gefragt habe. Ich wusste schließlich, was du für ein Theater machen würdest und dass du wieder mit ›du bist erst 14‹ kommen würdest.«

»Ja, aus gutem Grund hätte ich das gesagt. Und dein Vater hat es also erlaubt. Super, der wird was zu hören kriegen, darauf kann er sich jetzt schon freuen. Die Jeans und den Pullover kannst du vergessen. Du hast mich hintergangen, das werde ich nicht auch noch belohnen. Kannst ja deinen Vater fragen, bestimmt kauft er dir in Zukunft deine Sachen. Fahr mit der Bahn nach Hause, ich habe heute keine Lust mehr auf deine Gesellschaft.« Wütend dreht Sarah sich um und hört ihre Tochter hinter sich her schimpfen. Erst als sie ihr Auto erreicht, hat sie sich so weit beruhigt, dass sie über die Situation noch einmal nachdenken kann. Ihr erster Impuls ist, Axel anzurufen und ihn mit Vorwürfen zu überhäufen, aber sie ahnt, dass er dann sofort auflegen wird, daher verschiebt sie das auf später und wählt stattdessen Ruttig an.

»Hallo, meine Hübsche, schön, dass du anrufst.«

»Hallo, leider ist der Anlass kein schöner. Ich brauche mal wieder deinen Rat.«

»Immer gerne, das weißt du doch. Geht's um Lara?«

»Wie immer. Stell dir nur mal vor ...« Sie erzählt die Geschichte und er hört ihr zu, ohne sie zu unterbrechen. »Ich bin so wütend geworden, dass ich sie mit der Straßenbahn nach Hause geschickt habe«, beendet sie ihren Bericht.

»Das wird ihr nicht schaden. Hast du deinen Mann schon angerufen?«

»Nein, habe ich auf später verschoben, wollte mich erst etwas beruhigen.«

»Sehr vernünftig. Bist du sicher, dass Lara die Wahrheit sagt und er ihr wirklich die Erlaubnis gegeben hat?«

»Was meinst du? Glaubst du, dass sie lügt? Wer sollte es denn sonst gewesen sein? Meine Mutter oder Jonathan? Das kann ich mir nicht vorstellen, höchstens vielleicht Else, aber … nein, die täte das auch nicht hinter meinem Rücken.«

»An die habe ich eigentlich nicht gedacht, aber es wäre ja möglich, dass der Tätowierer es ohne Genehmigung gemacht hat. Vielleicht hat sie behauptet, 18 zu sein?«

»Aber, dass das nicht stimmt, sieht doch jeder, der Augen im Kopf hat.«

»Wenn man es sehen will, aber es gibt überall schwarze Schafe. Weißt du, wo sie es hat stechen lassen?«

»Nein, hat sie nicht gesagt.«

»Hm, in der Stadt gibt es nur zwei Studios, ein drittes ist ziemlich weit draußen, dürfte also nicht schwer sein, es rauszufinden. Eine Feder, sagst du?«

»Ja, eine schwarze Feder auf ihrer linken Schulter.«

»Gut, lass mich mal ein bisschen recherchieren und bis dahin halt die Füße still, auch wenn's schwerfällt. Ärgere dich nicht weiter, ist nur ein Tattoo, das haben heute doch fast alle. Wie du ja weißt, sogar ich.«

»Hmm, ich erinnere mich, aber du bist ja auch keine 14.«

»Das stimmt, aber wenn du es niemandem weitererzählst, verrate ich dir, dass ich es schon habe, seit ich 13 bin.«

»Waaaas? Und du hattest die Erlaubnis deiner Eltern?«

»Ja, die waren da recht liberal, waren andere Zeiten, war Anfang der 90er.«

»Sag das bloß nicht Lara, sonst hält sie mich für noch spießiger, als ich es offenbar ohnehin schon bin«, lacht Sarah, die ihre gute Laune wiedergefunden hat.

»Mache ich nicht, versprochen. Ich melde mich später noch mal. Fahr bitte vorsichtig.«

»Mache ich, bis später und … danke, dass es dich gibt.«

Sarah drückt schnell auf den roten Hörer, bevor Ruttig darauf antworten kann. Sie fühlt sich um so vieles besser als noch vor wenigen Minuten und das hat ein Telefongespräch mit diesem Mann bewirkt. Sie schüttelt, verwundert über sich selbst den Kopf, muss sich aber eingestehen, dass ihre Gefühle für ihn weit über Sympathie hinausgehen. Sie ist eindeutig schwer verliebt, ja, vielleicht sogar mehr als das. Sie singt, als sie den Motor startet.

Vor der Haustür trifft sie auf Jonathan, der gerade mit Georg Gassigehen will.

»Hallo, ist was passiert? Lara kam grad an und an der Vehemenz, mit der sie ihre Tür zugeknallt hat, ließ sich ablesen, dass sie nicht bester Laune war.«

»Gut möglich, ich erzähle es später, geh du erst mal mit dem Hund, bevor der weiter deine Rosen ersäuft.«

»Georg, nein, das ist doch Pfui! Nicht an die Rosen pinkeln, wie oft habe ich dir das denn schon gesagt. Los, komm weg da!« Jonathan zieht den Hund energisch aus dem Vorgarten, winkt Sarah zu und ruft: »Immer dran denken, sie ist 14, sie ändert sich wieder.«

»Sie ändert sich wieder? Warum, was ist passiert?« Inge hat durch die offene Tür den letzten Satz mitbekommen.

»Ist Else da? Ich muss euch was fragen.«

»Klar bin ich hier, was gibt's denn?«, kommt aus der Küche die Antwort.

»Gehen wir ins Wohnzimmer«, bittet Sarah und geht voraus.

»Was ist los, brennt's irgendwo?«

»Na ja, brennen ist zu viel gesagt, aber passiert ist schon was. Also, ich muss euch fragen, ob eine von euch Lara die Genehmigung gegeben hat, sich tätowieren zu lassen. Halt, halt, lasst mich ausreden, ich glaube das natürlich nicht, muss aber ganz sicher sein. Also? Hat sie einen von euch dazu überredet?«

»Mich nicht.« Else schüttelt energisch den Kopf.

»Ich weiß davon überhaupt nichts, wie kommst du darauf? Hat sie das behauptet?«, will Inge wissen.

»Nein, behauptet hat sie, es sei ihr Vater gewesen, aber irgendwie klang das nicht echt. Bevor ich den aber nun anrufe und zur Schnecke mache ...«

»Hat sie denn jetzt eine Tätowierung?«, fragt Inge verwundert und Sarah seufzt.

»Hat sie, eine tiefschwarze Feder auf der Schulter.«

»Hm«, überlegt Inge einen Augenblick, »was ärgert dich jetzt, dass sie dich übergangen hat oder ...«

»Weiß ich selbst nicht, wenn ich ehrlich sein soll. Im ersten Moment war ich nur erschrocken, als ich das da in der Umkleidekabine gesehen habe. Dazu kam natürlich, dass sie sofort patzig reagiert hat und dann ihre Aussage, dass ihr Vater eben nicht so spießig sei. Nicht so spießig wie ich.«

»Es ist die Aufgabe von Müttern, manchmal spießig zu sein«, lacht Else. »In 20 Jahren oder so, wird vielleicht eine Tochter Lara vorwerfen, absolut spießig zu sein.«

»Tröstlicher Gedanke, das habe ich gebraucht. Okay, jetzt frage ich noch Axel, wenn der es war, gibt's ne Ansage, wenn nicht, dann frage ich mich ernsthaft, wer ihr diese Genehmigung geschrieben haben könnte. Na, vielleicht findet Stefan etwas raus. Danke euch, ich gehe mal hoch in mein Zimmer und telefoniere.«

»Axel? Sarah hier. Ich muss dich was fragen und möchte eine ehrliche Antwort: Hast du Lara erlaubt, sich ein Tattoo stechen zu lassen?«

»Was? Wie kommst du denn darauf? Nein, natürlich nicht. Sag bloß, sie hat eins?«

»Ja, eine Feder auf der Schulter und sie behauptet, du hättest ihr das erlaubt.«

»Habe ich nicht, aber ist das so schlimm? Meine Güte, heute haben doch alle Kids Piercings und jede Menge Tattoos. Sie will halt dazugehören und da ist eine Feder nun wirklich sehr harmlos. Sei doch nicht immer so spießig.«

»Danke, du mich auch«, stößt Sarah hervor und drückt auf den roten Hörer. »Arschloch«, sagt sie laut und fühlt sich gleich etwas besser.

Eine Stunde später klingelt es und Ruttig steht vor der Tür. »Entschuldigt den Überfall, aber ich würde gern mit Sarah sprechen.«

»Sicher, komm erst mal rein. Ach, da kommt sie schon. Sarah, guck mal, wen ich hier vor der Tür gefunden habe.« Jonathan zeigt mit beiden Händen auf Ruttig, als habe er ihn gerade aus dem Hut gezaubert und grinst über das ganze Gesicht. »Ihr dürft in Sarahs Zimmer gehen, aber die Tür bleibt auf«, amüsiert er sich weiter und Ruttig klopft ihm lachend auf die Schulter. »Ja, Papa, natürlich, die Tür bleibt ganz weit auf und nicht nur das, ihr dürft sogar mit reinkommen.«

»Nein, nein, so weit wollen wir doch nicht gehen,

schließlich sind wir nicht spießig, sondern sehr moderne alte Leute.«

»Könntet ihr zwei Clowns jetzt mal mit euren Unsinn aufhören? Stefan, hast du was in Erfahrung bringen können?«

»Darf dein Freund erst mal seinen Mantel ausziehen und richtig reinkommen oder wollt ihr eure Unterhaltung hier in der Diele fortsetzen?«

»Gehen wir ins Wohnzimmer? Ihr könnt gern hören, was Stefan zu sagen hat.«

»Also«, beginnt Ruttig, »es war kein Kunststück, den Laden zu finden und der Tätowierer war kooperativ. Er erinnerte sich sofort an Lara und ihre Feder und zog sehr schnell diesen Zettel aus einem Ordner.«

Sarah greift nach dem Stück Papier, überfliegt es, betrachtet die Unterschrift und schüttelt irritiert den Kopf. »Das habe ich nie zu sehen bekommen, geschweige denn unterschrieben. Wie ist das möglich?« Auch Jonathan begutachtet das Schriftstück eine Weile.

»Bist du sicher, dass das deine Unterschrift ist?«

Verunsichert schaut Sarah auf den Schriftzug. »Ja, sieht schon so aus, also, na ja, könnte sein, aber ich wüsste echt nicht, wann ich das gemacht haben sollte.«

»Ich finde deine Unterschrift nicht sehr kompliziert. Sie ist gut leserlich, ohne große Schnörkel«, sagt Ruttig langsam. »Wenn ich ein bisschen üben würde…«

»Du meinst, sie hat meine Unterschrift gefälscht?« Entsetzt schaut Sarah Ruttig an, der nur die Schultern zuckt.

»Nun mal mit der Ruhe.« Jonathan legt eine Hand auf Sarahs. »Selbst wenn, seien wir doch ehrlich, wie viele Kids haben das schon mal gemacht? Vielleicht, um eine schlechte Note zu verbergen und keinen Ärger zu kriegen. Was ich sagen will, ist, selbst wenn Lara diesen Wisch da eigenhändig mit deinem Namen versehen hat, dann muss ihr das aus irgendeinem Grund mächtig wichtig gewesen sein. So wichtig, dass sie kein Nein riskieren wollte.«

»Das ändert aber nichts an der Tatsache, dass sie meine Unterschrift gefälscht hat, und sie ist auch kein Kind mehr, sie ist 14, also strafmündig. Außerdem hat sie es dann auch noch Axel in die Schuhe geschoben.«

»Ja, natürlich hast du recht, was sie getan hat, war falsch. Ich gehe allerdings nicht davon aus, dass du Anzeige erstatten willst. Außerdem fände ich es wichtig, rauszufinden, warum ihr dieses Tattoo derart wichtig gewesen ist.«

»Dazu kann ich vielleicht etwas sagen.« Ruttig wartet einen Moment, bis er die volle Aufmerksamkeit aller hat. »Lara war nicht allein in dem Laden, sie war in Begleitung eines etwa 18 – 20 Jahre alten Mannes, der auf den Namen Luca hört. Sagt euch das irgendwas?« Alle gucken sich fragend an, alle schütteln den Kopf.

»Dieser Luca ist vielleicht des Rätsels Lösung. Leider wusste mein stechender Freund angeblich seinen Nachnamen nicht. Er soll aber reiche Eltern haben, das war alles, was er beitragen konnte oder wollte.«

»Fragen wir Lara, konfrontieren wir sie damit.« Sarah steht entschlossen auf, aber Ruttig greift nach ihrem Arm.

»Warte, warte bitte einen Augenblick und lass uns überlegen, ob das klug ist. Sie sieht den Zettel, zählt eins und eins zusammen und weiß, dass nur ich den beschafft haben kann. Hältst du das für eine gute Basis für unsere gemeinsame Zukunft? Ich befürchte, dass ich dann für alle Zeiten derjenige bin, der sie verraten hat. Ich habe eine andere Idee. Sie ist unkonventionell und vielleicht moralisch auch nicht ganz hasenrein, hör sie dir trotzdem an und überleg sie dir, einverstanden?« Sarah setzt sich wieder und nickt zustimmend.

»Sicher, erzähl mal.«

»Also, was haltet ihr davon, wenn ich mich mit Lara verbünde? Ich erzähle ihr von deinem Anruf bei mir und dass ich daraufhin das Studio aufgesucht habe, also alles so, wie es tatsächlich gewesen ist. Nur, dass ich euch diesen Zettel da gezeigt habe und wir nun wissen, dass sie deine Unterschrift gefälscht hat, das lasse ich weg. Ich werde ihr natürlich ins Gewissen reden, aber auch versprechen, diesen Zettel verschwinden zu lassen. Ich erhoffe mir davon ihr Vertrauen für die Zukunft. Ich weiß, ist nicht korrekt, aber ich finde, es geht in erster Linie darum, dass das Mädchen eine Vertrauensperson hat, jemanden, an den sie sich wendet, wenn sie wirklich in Schwierigkeiten steckt. Setzt allerdings voraus, dass ihr alle wie ein Grab schweigt, denn wenn sie es rausfindet, habe ich bei ihr verschissen, und zwar bis zur Steinzeit und zurück. Was sagt ihr?«

Eine ganze Weile sagt niemand etwas und alle schauen auf Sarah, die schließlich die Schultern zuckt und sagt: »Ich weiß nicht, irgendwie kommt sie ja dann damit durch, oder? Vielleicht ermutigt sie das nur, immer solche krummen Wege zu gehen, wenn ihr etwas unangenehm ist.«

»Wenn ich auch mal was dazu sagen darf? Ich habe zwar keine Kinder, kann von daher nicht als Mutter mitreden, aber als schwierige Jugendliche mit eigenen Erfahrungen.« Else wartet und als keiner widerspricht. »Ich war vielleicht 12 oder 13, genau weiß ich es nicht mehr, alle, gefühlt wirklich alle meine Freundinnen hatten einen Walkman. Ihr wisst sicher noch, was das ist? Also, mein Vater sagte rigoros nein, meine Mutter vertröstete auf das entfernte Weihnachtsfest, Großeltern hatte ich keine, aber ich wollte so ein Ding haben, und zwar nicht irgendeins, sondern ein ganz bestimmtes. Also bin ich in den Media-Markt und habe es geklaut. Ich war jung und klauen war nicht mein täglich Brot, also muss ich auf 100 Meter Entfernung als Diebin zu erkennen gewesen sein. Auf alle Fälle kam ich nicht bis zur Tür, sondern wurde von einem freundlichen Mitarbeiter aufgefordert, mitzukommen. Er brachte mich in ein Büro, zeigte auf meinen Rucksack und sagte: ›Aufmachen!‹ Ich glaube, ich war so verschreckt, dass ich überhaupt keinen Widerstand geleistet habe. Ich habe den Rucksack geöffnet und den Walkman rausgeholt. Ich weiß nicht mehr, was der Mann im Einzelnen zu mir gesagt hat, ich glaube, er wollte meine Eltern und dann die Polizei rufen, vielleicht auch umgekehrt. Ich war total in Panik und habe mich in Grund und Boden geschämt. Vielleicht hatte dieser Mann eine gute Menschenkenntnis oder selbst Kinder, ich weiß es nicht. Ich erinnere mich aber an dieses Gefühl grenzenloser Erleichterung, als er schließlich sagte, ich könne gehen, er wolle noch einmal Gnade vor Recht ergehen lassen. Kann sein, dass Lara nicht die gleiche Panik hat, aber ein schlechtes Gewissen hat sie mit Sicherheit und sie wird über jeden Ausweg aus der Situation froh sein, davon bin ich überzeugt.«

»Ich stimme Else zu, manchmal ist es richtiger, etwas nicht allzu hochzuhängen«, sagt Inge und auch Jonathan nickt zustimmend. »Ich finde Stefans Idee gut, sie sorgt dafür, dass eure Beziehung nicht von Anfang an belastet wird und bietet Lara einen Ausweg. Ich würde es ihn versuchen lassen. Wir müssen nur aufpassen, uns nicht versehentlich zu verplappern. Wir wissen weder etwas von einem Tattoo noch von einer Unterschrift.« Als alle nicken, sagt Sarah nach einem tiefen Seufzer: »Also gut, versuch dein Glück, ich bin sehr gespannt, wie sie reagiert. Gehst du hoch zu ihr oder soll ich sie rufen?«

»Ich gehe hoch, brauche aber einen offiziellen Grund. Ich könnte sie fragen, ob sie Lust hat, am Wochenende zu uns zu kommen, Stefanie will mit den Kindern ins Hallenbad gehen.«

»Gute Idee, das wird sie zwar vehement ablehnen, aber das macht ja nichts. Ich drücke dir die Daumen, mein Held.«

Ruttig klopft an Laras Tür und als keine Reaktion kommt, ruft er: »Lara? Hier ist Stefan, darf ich kurz reinkommen, ich will dich etwas fragen.« Tatsächlich öffnet Lara die Tür und sieht ihn erstaunt an.

»Ja, was denn?«

»Gar nichts, wenn ich ehrlich bin, ich brauchte nur einen Grund, um mit dir zu reden.«

»Hä? Versteh ich nicht, worüber denn?«

»Über das hier vielleicht?« Ruttig zieht erneut den Zettel aus der Tasche und legt ihn auf Laras Bett. Die wird erst rot, dann blass und starrt wortlos auf die Einwilligung.

»Du weißt, was das ist und ich weiß, dass diese Unterschrift zwar gut gemacht ist, aber nicht von Sarah, sondern vermutlich von dir. Halt, hör mir erst mal zu« wehrt er ab, als Lara den Mund aufmacht, vermutlich um zu protestieren.

»Deine Mutter hat mich angerufen und mir erzählt, dass du ein Tattoo hast machen lassen, aber weder sie noch dein Vater haben es dir erlaubt, aus dem einfachen Grund, weil du keinen von beiden gefragt hast. Da es schon mal vorkommt, dass ein Tätowierer sich über die gesetzlichen Vorschriften hinwegsetzt, bin ich in die beiden Studios gegangen und es war nicht besonders schwer, diese angebliche Einwilligung zu bekommen. Da mir aber deine Mutter versichert hatte, nichts von einem Tattoo zu wissen, kam es mir etwas merkwürdig vor, dass ihre Unterschrift auf dieser Einwilligung war. Na ja, und dann habe ich mich an eine Situation erinnert, in der ich mal war. Kein Tattoo, das hatte ich schon mit 13, aber eine Sechs in der Mathearbeit und die Forderung des Mathelehrers nach der Unterschrift meines Vaters. Um den häuslichen Frieden und die Gesundheit meines Vaters nicht in Gefahr zu bringen, bin ich auf die gleiche Idee gekommen wie du: Ich habe geübt und geübt und war schließlich so perfekt, dass selbst mein alter Herr nicht gezweifelt hätte. Der Mathelehrer jedenfalls tat es nicht und ich hatte Glück, es kam nie raus. Die Angst davor hat mich allerdings dazu gebracht, mich auf meinen Hintern zu setzen und zu lernen. Auf dem Zeugnis habe ich dadurch immerhin ein ausreichend erzielt. Warum ich dir diese ollen Kamellen erzähle, die dich einen feuchten Kehricht interessieren? Weil ich will, dass du verstehst, dass man aus Fehlern etwas lernen muss, will man sie nicht ständig wiederholen. Und dass es ein Fehler war, weißt du genau, du bist schließlich nicht dumm. Ich werde deiner Mutter sagen, der Tätowierer habe dich für 18 gehalten und versäumt, sich deinen Ausweis zeigen zu lassen. Dafür versprichst du mir, so einen Mist nicht zu wiederholen und dich darüber hinaus ehrlich zu fragen, ob der junge Mann, der dich begleitet hat, dieser Luca, ob der wirklich gut für dich ist. Deine Entscheidung, nur so als Anregung.« Ruttig nimmt den Zettel vom Bett und hält ihn Lara hin. »Bitte, mach damit, was immer du möchtest, aber komm nicht auf die Idee, ihn in einem Anfall von später Reue deiner Mutter zu zeigen. Dann säße nämlich ich in der Patsche, aus der ich dich gerade gezogen habe. Das war ´s auch schon, ich gehe dann mal wieder.«

»Äh, ja, also ... nee, mache ich nicht und danke, dass Sie

mich nicht verraten haben«, ruft Lara ihm noch nach, als er schon fast die Tür von außen geschlossen hat.

Ruttig geht zurück ins Wohnzimmer und sagt betont laut: »Schade, sie wollte nicht, ich glaube, sie will lieber mit dem Hund rausgehen. Na ja, vielleicht ein anderes Mal. So, meine Lieben, ich muss gehen, meine Kinder warten zuhause auf mich. Ich hole dich am Samstag gegen halb neun Uhr ab, ist das für dich in Ordnung?«

»Natürlich, ich werde fertig sein und … also, ich freue mich sehr auf unser gemeinsames Wochenende.«

-24-

Nachdenklich starrt Lara noch einen Moment auf die geschlossene Tür, bevor sie sich aufs Bett wirft und nach ihrem Handy greift. Sie muss mit Lisa reden, loswerden, was sie gerade erlebt hat, um nicht durchzudrehen. Es klingelt lange und sie will grad wieder auf den Hörer drücken, als sich die Freundin meldet. Sie klingt atemlos.

»Was ist los, gerannt?«

»Boa ja, war auf dem Trampolin, was ist los?«

»Muss dir was total Krasses erzählen, wirst es nicht glauben, ist aber echt wahr, ich schwöre.«

»Okay, erzähl.«

Lara erzählt, wie ihre Mutter den Vorhang der Kabine aufgerissen hat.

»Ich hatte gerade diesen Scheißpullover über den Kopf gezogen und sie glotzte genau auf mein Tattoo. Natürlich hat sie gleich ein Mordstheater losgelassen und mich dann mit der Straßenbahn nach Hause geschickt. Krass, oder? Und weißt du, was das Gemeinste war? Ich habe die Jeans nicht gekriegt, die ich unbedingt haben wollte.«

»Ich habe dir ja gesagt, dass es irgendjemand mal rausfinden würde.«

»Ha-ha, Lisa kann hellsehen. Okay, jetzt weiß sie es eben. Blöd nur, dass ich vor Schreck gesagt habe, mein Alter hätte mir die Einwilligung gegeben. Klar, dass sie den sofort angefont hat, auch klar, dass der nix geschnallt hat. Aber pass auf, jetzt kommt's erst. Ich bin also so in meinem Zimmer und warte auf den Stress, den sie machen wird, da kommt plötzlich dieser Bulle. Du weißt schon, der mit ihr auf verliebt macht.«

»Klar, weiß ich doch. Was wollte der denn? Ist deine Mutter etwa zur Polizei gegangen? Nicht wahr, oder?«

»Quatsch, nein, jetzt warte doch mal, ich erzähl ja schon. Also, der kommt rein und legt mir den Zettel aufs Bett, den ich unterschrieben habe.«

»Was für einen Zettel, ich verstehe kein Wort.«

»Pass auf, ich brauchte doch die Unterschrift von einem Erziehungsberechtigten und da mir klar war, dass ich die nicht kriege, war ich eben mein eigener Erziehungsberechtigter. Weißte, was ich meine?«

»Nee, nicht wirklich ... warte ... du hast doch nicht ... Lara!«

»Ja, hab dich doch nicht so, habe schließlich keinen umgebracht. Man echt, so viele in meinem Alter haben Piercings und Tattoos, nur ich nicht. Meine Mutter ist echt weird und mein Alter ... na, du weißt ja, wie der drauf ist. Also, okay, war nicht korrekt, aber was soll's, ich habe mit dem Namen meiner Mutter unterschrieben. Jetzt kommt also der Bulle in mein Zimmer und legt mir exakt diesen Zettel aufs Bett. Hallo? Ich war echt geflasht und wusste nicht, was das soll. Da fängt der an und erzählt mir eine Story, wie er mal eine 6 in Mathe hatte und als sein Vater unterschrieben hat und so. Hat keiner gemerkt, aber er hatte voll Schiss und hat dann gelernt und so. Ja und dann gibt der mir den Zettel und sagt, ich soll damit machen, was ich will, aber keinem was verraten, weil er sonst Probleme kriegt. Krass, oder?«

»Ziemlich, aber ich verstehe nicht, wo hatte der den Zettel denn jetzt her?«

»Soweit ich das gecheckt habe, hat er geglaubt, der Typ in dem Studio hätte mir das Tattoo gemacht, ohne sich meinen Ausweis zeigen zu lassen. Ist verboten und er ist ja Bulle. Also null Problem für den. Dann hat er gepeilt, dass da der Name meiner Mutter draufstand, die angeblich von nix wusste und na ja, den Rest kennste.«

»Schon, aber warum hat er ihn dann dir und nicht deiner Mutter gegeben?«

»Weil er cool ist? Hatte schon mit 13 ein Tattoo, ist eben nicht so ein Spießer.«

»Meinst du echt, der sagt nichts?«

»Klar, ich musste ja sogar versprechen, nichts zu sagen, damit er keinen Stress kriegt. Nee, der ist cool, hat mich aus der Nummer rausgehauen. Glück muss der Mensch haben.«

»Aber echt. Mensch Lara, du machst aber wirklich strange Sachen. Weiß mein Bruder davon?«

»Wieso sollte er? Ist er mein Betreuer, oder was? Hab doch gesagt, dass ich ihn länger nicht gesehen habe.«

»Ach ja, du hast ja jetzt deinen Luca.«

»Shice, ist nicht mein Luca, überhaupt ... ach, ich weiß auch nicht, der ist auch weird. Meldet sich seit dem ... oh shice, der ruft an, melde mich später wieder.«

Schnell beendet Lara ihr Gespräch mit Lisa und streicht sich über die Haare, obwohl Luca das kaum sehen wird. »Hi.«

»Selber Hai, ich bin´s Luca.«

»Habe ich gesehen und, was geht?«

»Wollte ich dich grad fragen, lange nichts von dir gehört.«

»Jo, viel zu tun, Schule und so.«

»Klar. Wollen wir Samstag was unternehmen?«

»Samstag ist cool, meine Mutter ist verreist.«

»Okay, dann machen wir Party, feiern deine Aufnahme in meine Crew.«

»Echt jetzt?« Laras Herz beginnt zu hämmern und sie merkt, dass sie rot wird.

»Klar, die anderen wissen schon Bescheid. Wird was Besonderes, extra für dich. Um Mitternacht auf dem Zentralfriedhof.«

»Wo?« Lara beißt sich auf die Lippen, sie weiß, dass Luca das Entsetzen in ihrer Stimme gehört haben muss.

»Angst?«

»Quatsch, war nur überrascht, ha-ha.«

»Wir brauchen noch ein Auto, geht da was bei dir?«

»Klar, kein Problem.«

»Perfekt, ich hole dich dann ab.«

»Geht klar, bis dann.«

Nachdenklich bleibt sie auf dem Bett liegen. Irgendwie bleibt das Gefühl der Freude aus und das nicht nur, weil sie auf diesen Shicefriedhof gehen soll, irgendwas ist anders als sonst. Sie schüttelt das Gefühl ab und denkt über ihr Outfit nach. Blöd, dass sie die neue Jeans nicht gekriegt hat, die hätte sie anziehen können, aber egal, Luca scheint ohnehin nicht zu bemerken, was sie anhat. Jedenfalls hat er noch nie etwas gesagt. Als Lisa anruft, ist sie versucht, nicht dranzugehen, sie weiß nicht, was sie der Freundin erzählen soll und was besser nicht.

»Hi, ich hätte dich auch gleich angerufen. Gibt aber

nicht viel zu erzählen. Wollen uns demnächst mal wieder treffen, weiß aber nichts Genaues.«

»Klingt jetzt irgendwie nicht nach einem Date in nächster Zeit.«

»Ich habe doch schon gesagt, dass ich mit Luca nichts habe, wir sind nicht zusammen oder so, nur Kumpels eben, weißt du, was ich meine?«

»Das hast du damals bei Arne auch immer behauptet, bis ich euch knutschen gesehen habe.«

»Hast du gar nicht, du spinnst doch«, lacht Lara. »Das war was anderes, das war nur, weil Arne eben dein Bruder ist und so. Mit Luca läuft wirklich nichts, weniger als nichts sogar, der steht nicht auf mich.«

»Aber du auf ihn?«

»Keine Ahnung, ja, vielleicht, aber irgendwie auch nicht.«

»Wie schön, dass du immer so genau weißt, was du willst«, amüsiert sich die Freundin, die Lara schon sehr lange kennt. »Ich kenne deinen Luca ja auch nicht, aber ich finde es echt blöd, dass der dich zu so Sachen zwingt. Das kann dir mal richtigen Ärger einbringen.«

»Macht er doch gar nicht.«

»Ach nein? Du hast mir doch selbst erzählt, dass du so blöde Aufgaben erfüllen musstest, um in seine Crew zu kommen.« Das Wort Crew betont sie überdeutlich.

»Na ja, schon. Wenn du das so sagst, klingt das echt weird, aber irgendwie wollte ich eben gern dazugehören. Nur jetzt finde ich es eben auch nicht mehr so cool. Vielleicht ...«

»Vielleicht, was?«

Lara hätte um ein Haar gesagt: Vielleicht gehe ich am Samstag gar nicht hin, aber dann hätte sie erklären müssen, dass sie erneut nachts das Haus verlassen will und sie weiß, wie ihre Freundin darauf reagieren würde.

»Na ja, vielleicht ruft er ja gar nicht mehr an, dann hat sich das Thema Luca von selbst erledigt.«

»Ich glaube, das wäre wirklich das Beste für dich. Sei mir nicht böse, aber du warst echt mies drauf in letzter Zeit, ich habe dich kaum noch wiedererkannt.«

»Echt jetzt? Habe ich gar nicht bemerkt, tut mir leid.«

»Schon gut, ich hätte nur gern meine beste Freundin Lara wieder.«

»Versprochen, lass uns demnächst mal zusammen abhängen. Ich melde mich und äh, grüß Arne.«

»Nee, das mach mal schön selbst. Tschüss, bis dann.«

Tatsächlich denkt Lara für einen Augenblick darüber nach, Luca eine WhatsApp zu schicken und zu sagen, es ginge doch nicht, ihre Mutter brauche das Auto. Dann verwirft sie den Gedanken, was, wenn Luca ihr nicht glaubt und am Samstag an ihrem Haus vorbeifährt und das Shiceauto da stehen sieht. Nein, das geht nicht, sie hat zugesagt, jetzt muss sie da durch, danach kann sie sagen, dass sie keine Zeit mehr hat, für die Schule lernen muss. Der Gedanke beruhigt sie ein bisschen, außerdem hat sie Hunger und kann sich nicht ewig in ihrem Zimmer verstecken. Entschlossen macht sie sich auf den Weg in die Küche, in der nur Else das Abendessen vorbereitet.

»Hi, niemand da?«

»Bin ich vielleicht niemand?«

»Ha-ha, natürlich nicht, ich meinte die anderen.«

»Deine Mama ist in ihrem Zimmer und deine Oma und Jonathan sind mit Georg spazieren, Lars ist mitgegangen.«

»Okay, ist sonst alles cool?«

»Sicher, warum denn nicht? Hast du vielleicht gedacht,

hier fallen alle in Ohnmacht, nur weil du jetzt ein Tattoo hast? Zeig mal her, wie sieht´s denn in der Zwischenzeit aus?«

Etwas verlegen zieht Lara ihren Pullover von der Schulter und präsentiert Else ihre Schulter.

»Na ja, das hast du aber schlecht gepflegt, ist ja noch ganz wund. Hat man dir keine Creme mitgegeben?«

»Doch, habe ich genommen, dann mal vergessen und so.«

»Solltest du nicht, ist schon wichtig. Ansonsten ist das gut gemacht. Wie bist du auf eine Feder gekommen?«

»Weiß ich auch nicht, fand ich eben cool. Hast du auch Tattoos?«

»Ich? Klar, jede Menge.« Else zieht ihr Hosenbein hoch und präsentiert wahre Meisterwerke auf ihren Waden.

»Wow, das ist ja echt krass, so viele.«

»War ne Phase, ist lange her.«

»Wie alt warst du denn, als du dir das erste hast stechen lassen?«

»Weiß ich nicht mehr, 15 oder 16 vielleicht. Ja, genau, ich war 16 und war in einen Typen verknallt, der von Kopf bis Fuß voll mit Tattoos und Piercing war. Ansonsten war er ein Vollpfosten, nichts im Hirn, war nichts für mich.«

»Ich hoffe, Lara hat jetzt nicht auch die Absicht, sich in ein Ganzkörpergemälde zu verwandeln.«

Sarah steht in der Küche und wirft einen Blick auf Elses Waden.

»Hui, das tut mir schon beim Angucken weh. Warum tut man sich sowas an?«

»Na ja, ich war jung und fand´s halt cool. Finde ich übrigens immer noch, wenn ich ehrlich bin.«

»Siehste, sagt Else auch, du bist die Einzige, die Tattoos blöd findet.«

»Sieht so aus. Nun gut, jetzt hast du eins und dabei bleibt es bitte für die nächste Zeit. Ich hoffe, wir haben uns da verstanden?«

»Chill, alles gut. Ich habe total Hunger, wann gibt´s denn was zu essen?«

-25-

Sarah legt gerade den letzten Pullover in den kleinen Koffer, als ihr Handy klingelt. Mit unguter Vorahnung nimmt sie das Gespräch an.

»Hallo, jetzt sag bitte nicht, dass unser Wochenende ausfallen muss?!«

»Guten Morgen, mein Schatz, es tut mir wirklich unglaublich leid, aber Stefanie ist krank, sie hat sich vermutlich mit Corona infiziert. Es geht ihr zwar nicht schlecht, aber die Kinder kann sie natürlich heute und morgen nicht nehmen und so auf die Schnelle eine andere Betreuung zu finden ... ich fürchte, wir müssen unsere Pläne verschieben. Du glaubst nicht, wie leid mir das tut.«

»Probleme sind dazu da, gelöst zu werden. Behalte dein Telefon am Ohr, ich melde mich gleich wieder.« Sarah drückt das Gespräch weg und läuft die Treppe runter ins Esszimmer. Inge und Jonathan sitzen am Frühstückstisch und jeder tut so, als würde er nicht bemerken, dass der andere Georg mit Leberwurstbrötchen füttert. Beide schauen hoch, als Sarah reingestürmt kommt.

»Ihr seid jetzt unsere letzte Rettung, also die allerletzte sogar. Stefan hat gerade angerufen, seine Schwester hat Corona und kann die Kinder nicht übernehmen. Nein, sie ist nicht schlimm krank, aber muss natürlich in Quarantäne. Er findet auch auf die Schnelle keine andere Möglichkeit, und da dachte ich ... ich weiß, das ist eigentlich unverschämt und viel zu viel verlangt, aber ... also, ich wollte euch fragen, ob die zwei vielleicht hierher kommen dürfen. Sie sind wirklich liebe Kinder und machen euch bestimmt keine Probleme. Sie können in meinem Bett schlafen und ...«

Inge und Jonathan schauen sich an, dann zuckt Inge die Schultern und sagt: »Warum nicht, zu Essen haben wir mehr als genug und zur Not gibt's den Pizzalieferdienst. Else hält den Kühlschrank ja immer gut gefüllt. Wenn sie keine Angst vor Georg haben oder gar Allergien, also, ich habe nichts dagegen.«

»Ich auch nicht, ist ja nur für eine Nacht«, stimmt Jonathan zu.

»Ach, ich hab´s gewusst, ihr seid wirklich die Besten, vielen, vielen Dank, ihr habt was gut bei mir.« Sarah wirft eine Kusshand in den Raum und wirbelt wieder raus.

»Entwarnung, unser Wochenende wird von Inge und Jonathan gerettet, die Kinder bringst du einfach mit und sie bleiben hier. Sie haben doch keine Allergie gegen Hunde, oder?«

»Nein, haben sie nicht, aber wird den beiden das nicht ein bisschen zu viel, ich meine ...?«

»Nein, sie haben beide gesagt, es sei kein Problem. Schlafen können sie in meinem Zimmer, sie sollten sich halt nur was zum Spielen mitbringen. Aber es gibt einen Fernseher, da sind sie zumindest stundenweise beschäftigt. Vielleicht erbarmt sich ja auch Lara und macht was mit ihnen. Die kann ich aber nicht fragen, sie schläft noch.«

»Na gut, ich rede mit den beiden. Versteh mich bitte nicht falsch, aber ich will das nicht über ihren Kopf hinweg einfach bestimmen, sie sind ja keine Kübelpflanzen, die man kurz mal woanders unterbringen kann. Na ja, selbst die nehmen das manchmal übel, habe ich mir sagen lassen. Ich rufe dich gleich wieder zurück.«

Zehn bange Minuten vergehen, in denen Sarah in ihrem Zimmer auf und abläuft und sich alle Argumente einfallen lässt, die die Kinder gegen ihren Vorschlag vorbringen könnten, dann kommt der erlösende Anruf. »Alles klar, sie haben nichts dagegen, freuen sich sogar auf den Hund und Leonie natürlich besonders auf ihre neue beste Freundin, Lara. Ich bin in einer halben Stunde da.«

Als Ruttig kommt, schaffen es Anna und Leonie gerade noch »guten Morgen« zu sagen, dann entdecken sie Georg, der noch immer die Leberwurst im Auge behält und ihr Vater ist vergessen. Ein kurzes Winken, das ist alles, der Hund ist spannender.

»Wenn ihr wollt, könnt ihr mitkommen, er braucht ein bisschen Bewegung. Im Stadtpark ist ein großer Freilauf, da kann er mit anderen Hunden rumrennen und nebendran ist ein Spielplatz, aber dafür seid ihr wahrscheinlich schon zu groß, oder? Ihr könnt natürlich auch hierbleiben und euch erst mal ein bisschen einrichten, ganz wie ihr wollt.«

»Ich komme mit«, ruft Anna und nach kurzem Zögern stimmt auch Leonie zu. »Okay, Lara schläft ja ohnehin noch, dann komme ich lieber mit.«

Als sie nach fast zwei Stunden durchgefroren und mit rosigen Wangen zurückkommen, ist Lara gerade aufgestanden und wird von Leonie enthusiastisch begrüßt, während Anna sich sehr zurückhält.

»Eigentlich sollte ja unsere Tante auf uns aufpassen, aber die hat Corona und musste in Quarantäne, da hat deine Mama gesagt, dass wir hierherkommen dürfen. Cool, oder? Da können wir doch vielleicht heute Abend …«

»…klar, wir spielen eine Partie ›Mensch ärgere dich nicht‹, habe ich dir doch letztes Mal versprochen«, unterbricht Lara das begeisterte Mädchen schnell. Das sieht sie verständnislos an, begreift dann aber und hält sich kichernd eine Hand vor den Mund.

»Seit wann spielst du ›Mensch ärgere dich nicht‹«, will Anna wissen und man hört das Misstrauen in ihrer Stimme. »Mit mir willst du das nie spielen.«

»Ja, weil du schummelst, darum.«

»Was? Stimmt doch gar nicht. Du heulst nur immer, wenn du verlierst.«

»Ich heule gar nicht. Oder, Lara, sag ihr, dass ich nicht geheult habe, als wir das gespielt haben.«

»Ich halte mich da raus, streitet ihr allein, ich habe genug mit meinem Bruder zu tun.«

»Ach ja?« Annas Miene ist streitlustig. »Und was, wenn ich dir sage, dass unser Papa deine Mama heiraten will? Dann sind wir sowas wie Geschwister, dann darfst du dich nie mit uns streiten.«

»Hä? Wie kommst du denn auf das schmale Brett? Das hast du dir doch bestimmt grad ausgedacht.«

»Habe ich nicht, Papa hat mit uns darüber gesprochen und gefragt, wie wir das finden würden. Also, wenn er wieder heiraten würde und so. Stimmt´s, Leonie?«

»Ja, hat er gemacht und ich habe gesagt, dass ich das ganz toll finden würde, dich als große Schwester zu haben, du bist nicht so gemein zu mir wie die Anna.«

»Abwarten, noch ist es nicht so weit, da kann noch eine

Menge passieren. Ich ziehe auf alle Fälle nicht zu euch, kannst du grad vergessen.«

»Vielleicht suchen wir uns ja dann ein neues Haus, unseres ist doch auch zu klein für uns alle. Wir könnten doch in eures ziehen oder ist das auch nicht größer?«

»Klar, dann teile ich mir mit meinem dummen Bruder ein Zimmer, überhaupt kein Problem.«

»Würdest du das wirklich tun?« Leonie schaut Lara bewundernd an.

»Sonst noch was? Nein, natürlich würde ich das nicht tun, lieber schlafe ich auf der Straße.«

»Wie ich sehe, habt ihr euch ja schon angefreundet«, sagt Inge, die gerade in die Küche kommt und die letzten Sätze offenbar gehört hat. »Warum möchtest du auf der Straße schlafen, Lara? Gefällt es dir bei uns nicht mehr?«

»Ich habe Lara nur erzählt, dass unser Papa ihre Mama heiraten will und wir dann sowas wie Geschwister sind«, hält Anna das Feuer am Brennen.

»Tatsächlich? Das hat er gesagt? Weiß denn Laras Mama das auch schon? Also, hat er sie gefragt?«

»Das weiß ich nicht, vielleicht macht er das ja noch, bestimmt gerade heute. Er hat nämlich seinen guten Anzug mitgenommen.«

»Na, da dürfen wir ja sehr gespannt sein, aber vielleicht hat er den auch nur eingepackt, weil sie heute zusammen ausgehen wollen. Wir werden sehen. Und Lara? Du willst dann lieber auf der Straße schlafen oder habe ich das falsch verstanden?«

»Klar, bevor ich mir mit meinem dummen Bruder ein Zimmer teile ...«

»Ja, ich verstehe, das wäre sicher der Weltuntergang für dich, aber hat das bisher jemand von dir verlangt?«

»Nee, aber wo sollen wir denn alle zusammen wohnen, wenn jeder ein eigenes Zimmer kriegen soll?«

»Das weiß ich natürlich auch nicht, aber ich bin sicher, wenn es so weit ist, werden die beiden das sicher alles ganz genau mit euch besprechen. Macht euch doch darüber nicht jetzt schon Sorgen, bis es so weit ist, fließt noch sehr viel Wasser durch den Rhein. Und jetzt lasst uns mal überlegen, was wir heute Mittag kochen könnten. Was esst ihr denn gern, möglichst alle zusammen, nicht jeder einzeln.«

Lars ist sehr schweigsam beim Essen, drei Mädchen auf einmal überfordern ihn deutlich. Vor allen Dingen Anna, die kann er kaum angucken und wird knallrot, wenn sie ihn anspricht. Als dann Lara rausplatzt: »Anna, ich glaube, mein Bruder ist verknallt in dich«, schiebt er seinen Teller weg, springt auf und rennt aus dem Raum.

»Was? Ich habe doch gar nichts gesagt?« Lara guckt mit Unschuldsmiene in die Runde.

»Du bist echt gemein«, Annas hübsches Gesicht verzieht sich vor Wut. »Wer dich als Schwester haben will, der muss ganz schön blöd sein. Ich will mit dir jedenfalls nichts zu tun haben.«

Lara fasst mit beiden Händen an ihr Herz und tut, als würde sie vom Stuhl fallen. »Das trifft mich aber sehr«, kichert sie vergnügt.

»Ich finde Lara nett«, verteidigt Leonie sie, »tu bloß nicht so, du bist auch oft ganz gemein zu mir.«

»Ich weiß ja nicht, aber wer sich die Vier freiwillig antun will, der muss wirklich sehr verliebt sein, was meinst du?« Jonathan wendet sich demonstrativ an Inge, die den Kopf schüttelt.

»Ich glaube, da reicht bloßes Verliebtsein nicht aus, dazu muss man blind vor Liebe sein und braucht Nerven aus Stahl.«

»Klar« höhnt Lara, »deine Kinder waren früher safe immer mega brav, es gab nie Streit, nicht mal ein lautes Wort. Kannst du dem Weihnachtsmann erzählen.«

»Besser nicht, mit dem hat man zu meiner Zeit noch gedroht, wenn Kinder nicht hören wollten. Meist fing man damit kurz nach Ostern an«, lacht Inge. »Sei froh, dass du solche Zeiten nicht mehr erlebt hast. Was wollt ihr denn heute unternehmen? Sollen wir was zusammen spielen?«

Die Einzige, die begeistert »au ja« ruft, ist Leonie. Anna und Lara gucken nur verächtlich und verdrehen die Augen.

»Ich muss lernen«, sagt Lara.

»Ich gucke Fernsehen, wenn ich darf«, Anna.

Inge zuckt die Schultern. »Wie ihr wollt, ich zwinge keinen. Leonie, kannst du Backgammon spielen? Wenn nicht, wie wäre es, wenn ich es dir beibringen würde?«

»Also wirklich, Jonathan, unsere Lara und die Anna sind wie Hund und Katze«, erzählt Inge später, als auch Leonie nach oben gegangen ist, um fernzusehen. »Wenn die wirklich zusammenziehen, gibt das Mord und Totschlag.«

»Das ist zum Glück dann nicht mehr unser Problem, aber vielleicht kommt es ja gar nicht dazu?«

»Wozu? Dass sie zusammenziehen oder zu Mord und Totschlag?«

»Bedingt nicht das eine das andere? Ich meine, wenn sie nicht zusammenziehen, haben die drei auch keinen Grund, sich gegenseitig umzubringen.«

»Da hast du natürlich recht, aber ich würde Sarah so sehr eine neue Beziehung wünschen. Außerdem, die meisten Männer, die altersmäßig zu ihr passen, sind auch verwitwet oder geschieden. Und Kinder haben sie in aller Regel auch.«

»Die leben aber meist bei den Müttern, da wäre das Streitpotential vielleicht nicht ganz so hoch.«

»Das kann man so nicht sagen, kommt auf das Alter der Kinder an und wenn sie ähnlich gestrickt sind, wie unsere Anna, dann kann das genauso schlimm werden, auch wenn sie nur gelegentlich zu Besuch kommen.«

»Und? Was schlägst du vor? Du hast doch bestimmt schon einen fertigen Plan in deinem hübschen Kopf?«

»Nein, absolut nicht. Ist ja auch nicht meine Sache, mir ist es nur aufgefallen, dass die sich nicht leiden können.«

»Na ja, in dem Alter kommt das schon mal vor, dass man sich anzickt, vielleicht ist es gar nicht so ernst, wie du glaubst. Wir müssen uns da ohnehin raushalten, das ist eine Sache, die Stefan und Sarah ausfechten müssen.«

»Ich weiß, ich wollte nur meine Besorgnis mit dir teilen, keine Lösungen hören.«

»Hallo? Was habe ich jetzt wieder Falsches gesagt? Ich bin doch nur der Meinung, dass wir uns da raushalten sollten?«

»Habe ich ein Wort davon gesagt, dass wir uns einmischen sollen? Männer! Warum könnt ihr uns Frauen nicht einfach nur zuhören, anstatt immer gleich mit guten Ratschlägen oder Lösungen zu kommen?«

Fassungslos sieht Jonathan seiner Inge nach, die, das Backgammonspiel unter den Arm geklemmt, aus dem Zimmer gerauscht ist. Er wird erst vom Klingeln seines Handys aus seiner Erstarrung gerissen.

»Hallo, hier ist Stefan. Ich wollte nur hören, ob bei euch alles in Ordnung ist oder ob es Schwierigkeiten gibt?«

»Was denn für Schwierigkeiten, wie kommst du darauf? Nein, nein, hier ist alles in Ordnung. Wie geht es euch? Habt ihr eine schöne Zeit?«

»Ja, es ist wundervoll hier, wir lassen uns richtig verwöhnen. Ich rufe auch nur an ... na ja, ich hatte die

Befürchtung, dass die vier zusammen vielleicht eine Zumutung für euch sind.«

»Sind sie nicht, mach dir keine Sorgen, aber kannst du mir vielleicht schnell sagen, ob Männer immer nur gute Ratschläge und Lösungen anbieten, anstatt zuzuhören?«

»Bitte? Oha, ich verstehe, du hast Ehekrach. Ha-ha, was hast du angestellt?«

»Gar nichts, ich bitte dich. Ich habe mich ganz normal mit Inge unterhalten. Plötzlich steht sie auf, wirft mir an den Kopf, dass Männer Frauen nie zuhören können, ohne gute Ratschläge zu geben oder Lösungen anzubieten und rauscht aus dem Zimmer.«

»Hm, darauf habe ich auch keine Antwort, werde aber mal darauf achten. Grüß die Kinder und auch deine Inge, wenn sie dich noch reinlässt.«

»Danke, das habe ich gebraucht«, brummelt Jonathan lachend. »Macht´s gut und genießt euer Wochenende.«

Überlegend bleibt er einen Augenblick stehen, geht dann in die Küche und sucht in einigen Schubladen. In einer findet er eine weiße Damast Serviette, von der er nicht weiß, woher sie stammt oder wie sie dahingekommen ist. Er nimmt sie, geht die Treppe hinauf und öffnet die Tür zu seinem Schlafzimmer einen Spalt breit. Dann streckt er die Hand mit der Serviette hindurch und wedelt heftig. Georg empfindet das offenbar als einen Angriff auf sein Frauchen und bricht in lautes Gebell aus. Da er trotzdem Inge lachen hört, öffnet er die Tür ganz und tritt ein. »Ich komme in Frieden«, feixt er, »ich schwenke die weiße Serviette.«

»In Ordnung«, antwortet Inge und kämpft sichtlich darum, ernst zu bleiben. »Dann kann ich den Klappstuhl ja wieder eingraben.«

»Gute Idee, und dann gucken wir zusammen noch mal den ›Schuh des Manitu‹, was hältst du davon?«

»Eine gute Idee, ich liebe diesen Film, wie du weißt.«

»Wirklich? Hätte ich gar nicht gedacht, du hast ihn doch erst acht, nein neun ... wie viel Mal hast du ihn mittlerweile gesehen?«

»Immer noch einmal zu wenig. Heute Abend machst du uns eine Flasche Wein auf, ich lege die DVD ein.«

-26-

Lara hat lange mit sich gerungen, ob sie wegen der veränderten Gegebenheiten ihr Vorhaben nicht lieber aufgeben soll, sich aber letztendlich dagegen entschieden, weil sie nicht weiß, ob sich noch einmal eine so gute Gelegenheit bieten wird. Mutter nicht da, Auto vor der Tür. Den Schlüssel hat sie bereits aus der Schublade geholt, damit sie sich damit später nicht aufhalten muss. Sie liegt wach auf ihrem Bett, den Handywecker gestellt, und schrickt hoch, als es an der Tür klopft und gleich darauf Leonie im Zimmer steht. Lara ist ungewollt eingeschlafen und braucht einen Moment, bis sie weiß, was Sache ist.

»Hey, was willst du hier, weißt du nicht, wie spät es ist, du müsstest längst schlafen.«

»Ich dachte, wir unternehmen noch was zusammen. Du hast es mir doch beim letzten Mal versprochen.«

»Wir unternehmen überhaupt nichts, wir schlafen jetzt. Hau also wieder ab, aber pronto, bevor deine Schwester auch noch hier auftaucht.«

»Keine Angst, Anna schläft schon lange und die wacht nie auf. Lass uns was machen, biiiiiiiiittte.«

»Hör bloß auf mit deinem Babytheater, zieht bei mir nicht, ist voll weird. Und zum letzten Mal: Nein, wir machen nichts.«

»Und warum hast du dann den Autoschlüssel von deiner Mama aus der Schublade geholt? Habe ich genau gesehen.«

Für einen Moment ist Lara so verblüfft, dass ihr nicht einfällt, was sie sagen könnte. Auf die Idee, dass Leonie sie beobachten könnte, ist sie nicht gekommen.

»Bist du eigentlich total Banane? Was fällt dir ein, hinter mir herzuspionieren?«

»Habe ich doch gar nicht, ich wollte dich was fragen und da habe ich dich eben gesehen. Ich will aber mit, wenn du was unternimmst.«

»Ich habe dir schon hundert Mal gesagt ...« Lara wird vom Klingeln ihres Handyweckers unterbrochen und erschrocken stellt sie fest, dass es kurz vor Mitternacht ist. Keine Chance, diese Klette noch loszuwerden.

»Okay, ich gebe es zu, ich habe etwas vor, aber das ist echt nichts für dich, safe nicht. Du würdest dir vor Angst in die Hose machen, glaub mir bitte. Bleib hier und geh in dein Bett. Vor allen Dingen halt den Mund! Wenn du mich nicht verrätst, verspreche ich dir, dich beim nächsten Mal mitzunehmen, ok?«

»Und warum kann ich nicht jetzt mit? Du willst mich nur loswerden, kenne ich schon von Anna. Menno, immer bin ich für alles, was Spaß macht, zu klein. Ich will jetzt mit und wenn du mich nicht mitnimmst, dann wecke ich deine Oma und ...«

»Boh, du bist vielleicht eine fiese Kröte, glaub ich doch nicht. Aber okay, komm mit, mach aber mir keine Vorwürfe, wenn du dir vor Angst in die Hosen machst. Ich habe dich jedenfalls gewarnt. Und, noch was, mitgegangen, mitgehangen, meine Liebe, du kannst nicht plötzlich nach deinem Papa schreien und nach Hause wollen. Klar?«

»Mache ich nicht, wirst schon sehen, ich bin nämlich kein Baby mehr, auch wenn das alle immer denken.«

»Wir werden sehen. Wo ist deine Jacke?«

»Hängt an der Garderobe und meine Schuhe sind auch unten.«

»Okay, dann komm und sei bloß leise, damit der Hund nicht loslegt.«

»Macht der schon nicht, der kennt mich doch jetzt.«

Tatsächlich kommen sie vollkommen unbehelligt aus der Haustür, die Lara langsam und leise hinter sich zuzieht.

»Was ist jetzt los? Willst du einen Kindergarten aufmachen, oder was?«, fragt Luca mit gedämpfter Stimme, nachdem er sich aus dem Schatten der Hausecke gelöst hat.

»Ich bin kein ...«

»Klappe! Ich kann nichts dafür, die hätte mich verraten, wenn ich sie nicht mitgenommen hätte. Konnte nicht wissen, dass ich die heute an der Backe kleben habe.«

Luca mustert Leonie misstrauisch, die seinem Blick trotzig standhält.

»Aha, du bist also kein Kind mehr, ja? Weißt du auch, wohin wir gehen werden? Nee, weißt du nicht, darum will ich mal nicht so sein und es dir verraten. Wir gehen auf den Zentralfriedhof und da spukt es um Mitternacht, weil die Toten aus ihren Gräbern steigen.«

»So ein Quatsch, das glaubt dir doch keiner«, Leonie klingt tatsächlich unbeeindruckt. »Meine Schwester will mir auch immer Angst machen, das kenne ich schon.«

Luca scheint irritiert, offenbar hat er mit dieser Reaktion nicht gerechnet. Schließlich zuckt er die Schultern, murmelt Unverständliches und streckt dann Lara die Hand entgegen. »Autoschlüssel?«

Eine halbe Stunde später parken sie auf dem fast leeren Parkplatz, lediglich zwei weitere Fahrzeuge stehen wartend dort.

Als Luca kurz auf die Lichthupe drückt, öffnen sich die Türen und seine Crewmitglieder klettern heraus. Stimmengewirr wird laut, aber er bringt sie alle mit einer Handbewegung zum Schweigen.

»Schnauze, seid nicht so laut, der Friedhofswärter ist nicht taub und stellt auch eure Handys auf lautlos. Also, heute nehmen wir Lara in unsere Crew auf, auch wenn der gerade ein Baby am Bein klebt. Dieses Baby hält sich allerdings für cool und wollte nicht auf mich hören, also wollen wir mal sehen, ob das tatsächlich stimmt. Holt die Sachen aus eurem Kofferraum und macht verdammt noch mal leise. Keiner redet, bis wir am gewählten Ort angekommen sind.«

Schweigend marschieren sie zum großen Haupttor und Luca drückt die schmiedeeiserne Klinke vorsichtig nach unten. Das quietschende Geräusch beim Öffnen lässt alle für einen Moment erstarren und Leonie greift nach Laras Hand. Ihr erster Impuls ist, sie abzuschütteln, aber da ihr selbst mulmig zumute ist, verzichtet sie darauf. Hand in Hand gehen sie den großen Hauptweg entlang, der von Grablichtern in ein diffuses Licht getaucht ist. *Jetzt fehlt nur noch, dass ein Käuzchen ruft oder sich so ein Grabstein bewegt, dann bin ich so was von weg,* denkt Lara und merkt nicht, dass sie Leonies Hand krampfhaft drückt.

»Hast du auch Angst«, flüstert das Mädchen und in ihrer Stimme ist nichts mehr von der früheren Sicherheit.

»Quatsch«, wehrt Lara ab, »kein Grund, ist nur ein blöder Friedhof, was soll da schon passieren? Lass endlich meine Hand los und komm weiter.«

Kurze Zeit später macht Luca an einem übergroßen, steinernen Engel Halt. Alle leeren ihre Rucksäcke und verteilen Flaschen und Chipstüten auf dem moosbewachsenen Stein, der die Namen der Verstorbenen zeigt.

»Leute, wie ihr wisst, sind wir heute zu diesem magischen Ort gekommen, um ein neues Mitglied in der Crew zu begrüßen. Lara hat die drei gestellten Aufgaben bewältigt und damit die Bedingungen erfüllt. Sie ist für uns in den kalten See gestiegen, hat das Auto ihrer Mutter zur Verfügung gestellt und sich ein Tattoo stechen lassen ...«

»Zeigen, zeigen«, skandieren ein paar der Jungs, aber Luca winkt ab.

»Jetzt nicht, ist viel zu dunkel, da kann man nicht viel sehen, also werden wir auf Lara trinken und prüfen, ob sie wirklich würdig ist, zu uns zu gehören.«

Er bückt sich, sucht einen Augenblick und hebt dann eine Flasche hoch, und malt mit einem Kugelschreiber eine Markierung drauf.

»Das ist Wodka, da riecht man morgen nicht, dass du getrunken hast. Tritt nun den Beweis an, ein würdiges Mitglied meiner Crew zu sein und trink in einem einzigen Schluck bis zur Markierung.«

Lara hat schon bei den ersten Worten von würdig und prüfen gedacht, dass Luca nicht mehr ganz sauber sein kann, jetzt zuckt sie ablehnend zurück.

»Was soll´n das? Wieso soll ich noch so eine Shiceprüfung machen, du hast doch gesagt, dass ich dazugehöre, ey.«

»Das ist die letzte, versprochen, haben alle anderen auch gemacht und da wäre es doch unfair, wenn ich dich davon ausnehmen würde, nur weil du noch ein halbes Baby bist.«

»Shice, Baby, gib her!«

Lara schraubt den Verschluss auf, hält die Flasche in die Nähe eines Grablichtes, um zu sehen, wie viel sie trinken soll. Bei dem Gedanken an den scharfen Schnaps dreht sich ihr fast der Magen um, aber sie setzt die Flasche an den Mund und trinkt. Schon nach den ersten Schlucken beginnt sie zu husten, dann zu würgen und sie muss absetzen. Tränen stehen in ihren Augen und sie hat das Gefühl, Feuer würde ihre Kehle verätzen.

Alle lachen und eine der beiden Tussis aus der 12 sagt hämisch: »Habe ich dir doch von Anfang an gesagt, dass die es nicht draufhat.«

Luca hebt die Flasche gegen ein Licht und schüttelt bedauernd den Kopf.

»Nicht die Hälfte, liebe Lara, nicht die Hälfte.«

»Shice, ich will nicht mehr, das Zeug schmeckt widerlich, außerdem ist mir jetzt schon übel.«

»Was machen wir denn da? Wäre es nicht schade, du hättest alles völlig umsonst gemacht?«

»Mir egal, dann bin ich eben nicht in deiner Shicecrew, ich trinke das Zeug nicht mehr, no way!«

»Oho, das Baby kann ja richtig böse werden«, amüsiert sich Luca und alle lachen pflichtschuldigst.

»Dann wollen wir eben mal sehen, ob das andere Baby, das vorhin so groß getönt hat, es besser kann. Komm her, Kleine, und zeig uns, wie das geht.«

Auffordernd hält er Leonie die Flasche hin, aber die schüttelt den Kopf und versteckt sich fast hinter Lara.

»Hm«, Luca tut, als würde er überlegen. »Ich bin der Meinung, dass das so nicht geht. Also, eine von euch beiden wird das hier jetzt trinken oder ihr verbringt den Rest der Nacht hier bei diesem Engel ... oder nein, das wäre ja auch nicht fair, schließlich hat Lara zumindest etwas getrunken. Also darf sie wieder mit, aber das Baby bleibt hier und leistet dem Engel Gesellschaft.«

»Du spinnst doch«, stößt Lara hervor und legt schützend einen Arm um Leonie, die leise angefangen hat zu weinen. »Du kannst sie nicht hierlassen, sie ist erst 10, die stirbt am Ende vor Angst.«

»Nicht doch, sie hat mir vorhin mehrfach versichert, sie sei kein Baby und habe überhaupt keine Angst. Und was ist jetzt? Sie will nicht mal einen klitzekleinen Schluck trinken und winselt nur. Wird sie abhärten, und das ist gut für sie, die Welt ist schlecht.«

Lara fühlt sich zunehmend merkwürdig. Ihr Kopf dreht sich und ihre Zunge fühlt sich schwer an in ihrem Mund. »Du spinscht«, lallt sie und muss sich an einen Baum lehnen, um nicht umzufallen. »Der Freund von meiner Mutter ist ...« Sie verstummt, weil ihr trotz des Nebels in ihren Gedanken einfällt, dass es vielleicht keine gute Idee ist, Luca zu erzählen, dass Stefan ein Bulle ist.

»Ja? Was ist der Freund deiner Mutter oder noch besser gefragt: Wo ist der Freund deiner Mutter?«

»Mein Papa ist Polizist«, stößt jetzt Leonie unter Tränen hervor. »Der wird euch alle einsperren lassen, wenn ihr uns nicht in Ruhe lasst.«

»Huhu, ein Bulle also«, höhnt Luca, »na, da habe ich aber Angst.«

»Lass sie doch gehen«, sagt eine der Bitches, der wohl der Gedanke an polizeiliche Ermittlungen nicht geheuer ist. »Sind doch nur zwei dumme Kinder, mehr nicht. Sollen sie abhauen, dann können wir in Ruhe weiterfeiern.«

»Ich finde es gemütlich, so wie es gerade ist«, gibt Luca zur Antwort und beachtet sie nicht weiter.

»Also gut, Lara, du kannst gehen, deine kleine Freundin bleibt noch ein bisschen.«

Als Lara sich nicht rührt, wird er lauter: »Was ist? Worauf wartest du? Du bist hier nicht mehr willkommen, also hau schon ab.«

Lara schiebt die wimmernde Leonie von sich weg,

macht zwei wankende Schritte auf Luca zu, reißt ihm die Flasche aus der Hand und setzt sie erneut an den Mund. Sie schluckt und würgt, schluckt trotzdem, bis es einfach nicht mehr geht und sie samt Flasche zu Boden fällt.

»Ey, jetzt hast du es aber echt übertrieben, meine Kleine. So viel hättest du nun auch nicht trinken müssen. Dass diese Kinder nie wissen, wann es genug ist.« Das Lachen der anderen ist nicht mehr so laut wie am Anfang, und eines der beiden Mädchen läuft zu Lara und versucht, sie hochzuziehen.

»Los kommt, du kannst da nicht schlafen, der Boden ist eiskalt. Steht auf! Los jetzt, hoch mit dir.«

Lara versucht, etwas zu sagen, aber es kommt nur ein Lallen aus ihrem Mund. Ihr ist furchtbar übel und vor ihren Augen tanzen merkwürdige Kreise. Sie hört die Stimme von Leonie, bekommt aber keinen Sinn in das, was sie sagt. Dann ist plötzlich Stille und alles ist weit weg.

-27-

»Ich brauche jetzt dringend eine Stunde Schlaf«, lacht Sarah, die gerade mit Ruttig aus der Sauna kommt.

»Wundert mich nicht, wir haben ja auch schon einen Halbmarathon gelaufen«, lacht der. »Mittagessen, dann Whirlpool, Massage, Kosmetik und Sauna. Das ist extrem anstrengend.«

»Du hast den Erdbeerkuchen mit Sahne dazwischen vergessen. Den hatten wir auch noch und nachher wartet ein Candlelight-Dinner auf uns. Das möchte ich ausgeruht, fit und hungrig genießen.«

»Na gut, legen wir uns ein Stündchen aufs Ohr, wir müssen ja nicht schlafen.«

»Ach nein, was könnten wir denn sonst tun?« Sarah sieht amüsiert zu ihm hoch.

»Lass mich mal überlegen. Wir könnten, ´ich sehe was, was du nicht siehst´ spielen oder ich erzähle dir einen Schwank aus meiner Jugend?«

»Du hast wirklich gute Ideen«, lobt Sarah ihn lachend, lässt den Bademantel fallen und dreht sich zu ihm um. »Okay, du fängst an, was siehst du?«

Als sie sich knapp zwei Stunden später in dem hübschen Restaurant gegenübersitzen, das zum Wellnesshotel gehört, sagt Sarah: »Weißt du, dass ich mich vor diesem Wochenende ein bisschen gefürchtet habe? Ich hatte Sorgen, wir hätten uns vielleicht nichts zu sagen und es würden beim Essen diese schrecklich langen Pausen entstehen. Jonathan hat mir schon angeboten, mir ein paar Witze zu erzählen, um sie zu füllen.«

Ruttig lacht schallend und ein älteres Paar am Nebentisch guckt pikiert zu ihnen rüber.

»Gesprächspausen? Mit dir?«

»Willst du damit etwas andeuten, ich würde zu viel reden?«

»Aber nein, das würde ich mir nie erlauben, aber hatten wir bisher auch nur eine einzige peinliche Gesprächspause?«

»Peinliche nicht, Gesprächspausen schon«, lacht Sarah leise und Ruttig greift nach ihrer Hand.

»Das gilt nicht, da war ich höchstens sprachlos vor Begeisterung.«

»Ja, ich auch«, antwortet Sarah leise und erwidert seinen Händedruck. »Es war wunderschön mit dir und ich bin sehr glücklich.«

»Ich auch, mein Herz. Ich hätte nie gedacht, dass ich das nach dem Tod meiner Frau noch mal zu jemandem sagen würde, aber ich glaube, nein, ich bin mir eigentlich schon lange sicher, dass ich dich liebe.«

Sarah schweigt, aber die pochende Ader an ihrem Hals zeigt, dass ihr Herz heftig klopft.

»Ich habe mich lange gewehrt, wie du weißt. Ich wollte dich nicht mit mir, meiner Krankheit, meinen ganzen Problemen und meinen Kindern belasten, aber eigentlich wusste ich es ebenfalls schon lange. Ich liebe dich auch.«

»Darauf müssen wir anstoßen, Herr Ober, bringen Sie uns bitte zwei Gläser Champagner. Den besten, den ihr Keller zu bieten hat.«

Beim Essen reden sie über die Dinge, über die Verliebte weltweit so reden. Wie sie sich kennengelernt haben, was sie gedacht, gemacht und empfunden haben. Zwischendurch halten sie sich an den Händen und fragen sich, warum sie Zeit mit Essen vergeuden. Als sie später wieder auf ihrem Zimmer angekommen sind und im Bett liegen, schmieden sie Pläne für eine gemeinsame Zukunft.

»Unser Haus ist zu klein, euer Haus auch, die Kinder brauchen jedes ein eigenes Zimmer und wir wollen ja auch nicht auf der Wohnzimmercouch schlafen. Also brauchen wir ein Haus mit, warte ... sechs Zimmern, mindestens, denn ein Gästezimmer wäre ja auch ganz schön.«

»Stefan, meinst du nicht, ich sollte erst mal die Scheidung abwarten, bevor wir Pläne für ein gemeinsames Haus machen?«

»Warum? Was hat das eine mit dem anderen zu tun?«

»Na ja, ich kann das Haus schließlich nicht einfach verkaufen, da hat Axel auch ein Wörtchen mitzureden und auch du musst erst dein Haus verkauft kriegen, bevor wir ein anderes kaufen können. Es sei denn, du hast ein paar Millionen im Keller liegen?«

»Na ja, Millionen nicht, aber ich könnte unser jetziges Haus vermieten, was hältst du davon? Du kannst deinen Mann fragen, was er will. Selbst einziehen, vermieten oder verkaufen. Das sind doch alles Dinge, die man lösen kann. Was mir mehr Sorgen macht, ist deine Lara. Wie wird sie reagieren?«

»Wenn ich das wüsste, wäre mir auch wohler, das kann ich dir sagen. Sie liegt mir schwer auf dem Magen. Meinst du denn, deine sind einverstanden oder haben wir von der Seite auch Gegenwind zu erwarten?«

»Ich glaube nicht, ich habe sie schon darauf vorbereitet. Leonie war begeistert, Anna hat die Schultern gezuckt und gar nichts gesagt.«

»Klingt auch nicht so gut. Na ja, sie werden sich schon dran gewöhnen, was meinst du?«

»Natürlich werden sie das. Kommt Zeit, kommt Rat. Jetzt sollten wir vielleicht erst mal ein bisschen schlafen, es ist gleich ein Uhr.«

»Oh je, so spät schon. Es ist so schade, dass dieses schöne Wochenende schon fast vorbei ist. Es ist viel zu schnell gegangen.«

»Ist immer so, wenn´s einem gut geht. Es hindert uns allerdings nichts daran, es demnächst zu wiederholen, wenn du magst.«

»Versprichst du mir das?«

»Aber ja, natürlich.«

Es ist kurz nach drei, als Ruttigs Handy auf dem Nachttisch hüpft und laut brummt.

-28-

»So eine Scheiße, ich habe dir gleich gesagt, dass sie viel zu jung ist. Aber nein, du wolltest ja nicht auf mich hören.« Julia ist 16, und wenn sie ehrlich zu sich selbst ist, muss sie zugeben, dass sie eifersüchtig auf Lara war, auf die Aufmerksamkeit, die sie von Luca bekommen hat. Jetzt liegt sie da, ist sturzbetrunken und keiner weiß, was er machen soll. Eben haben alle noch coole Sprüche draufgehabt, jetzt stehen sie wie gescholtene Kinder rum und warten darauf, dass ihnen jemand sagt, wie's weitergeht. Luca wäre einfach abgehauen, und darüber ist sie schwer enttäuscht. Ihr strahlender Held hat sich als Feigling entpuppt. »Wir können sie nicht hier liegenlassen, am Ende erfriert sie und die Kleine da, hat sich vor Angst in die Hose gepinkelt, siehst du das? Ich rufe jetzt einen Krankenwagen, sag, was du willst.« Ohne sich weiter um die anderen zu kümmern, zieht sie ihr Handy aus der Tasche und wählt den Notruf.

»Ich hau ab«, verkündet Luca, »nehmt die vollen Pullen mit, nicht, dass die Toten davon ne Party feiern.« Als keiner lacht, zuckt er die Schultern und sagt. »Was is'n? Ihr seid vielleicht ein trauriger Haufen. Okay, macht, was ihr wollt, ich bin weg.«

»Haut schon ab, ihr Feiglinge, ich warte, bis ich das Blaulicht sehe und sicher bin, dass man die Zwei findet, dann komme ich nach.«

»Wie soll man uns denn hier finden«, schluchzt Leonie, »der Friedhof ist so groß und wenn die uns nicht finden, fahren sie bestimmt wieder weg und was wird dann aus uns? Vielleicht stirbt Lara ja auch. Dann seid ihr alle Mörder und mein Papa sperrt euch ein.«

»Quatsch, die stirbt schon nicht und ich bleibe in der Nähe, bis sie euch gefunden haben. Du kannst ja winken oder rufen, das klappt schon. Jetzt hör endlich auf zu heulen, du nervst.«

Leonie schluchzt etwas leiser weiter, während sie ängstlich auf die regungslose Lara starrt, die schief gegen einen Baum gelehnt, zu schlafen scheint.

Aus der Ferne ist eine Sirene zu hören und kurz darauf wird der Friedhof in ein gespenstisches, blaues Licht getaucht.

»Sie kommen, Lara, wach auf, sie kommen. Lara, wach doch auf!«

Panisch schluchzend greift Leonie nach dem Arm des Mädchens und beginnt kräftig zu ziehen. Lara stöhnt unwillig, wird aber nicht wach.

»Hallo? Ist da jemand?« Der Kegel einer sehr hellen Taschenlampe kommt näher und Leonie springt auf den Weg und winkt mit beiden Armen.

»Helmut, komm hierher, ich habe sie gefunden«, ruft der Mann und beugt sich zu ihr runter. »Hallo, mein Kind, hab keine Angst, du bist in Sicherheit. Was, um Himmels Willen, wolltest du um diese unchristliche Zeit auf einem Friedhof?«

»Wir wollten Lara einweihen, der Mann war erst nett, aber dann gar nicht mehr. Sie musste Schnaps trinken, ganz viel und als sie kotzen musste, hat er gesagt, er lässt mich ganz allein hier und ich hatte schreckliche Angst und da hat die Lara doch noch alles getrunken.«

»Aha, gut und wo ist diese Lara jetzt?«

»Na, die liegt doch da, aber sie will einfach nicht aufwachen.« Leonie schluchzt wieder lauter und zeigt mit dem Finger auf den Baum. Der Feuerwehrmann läuft in die gezeigte Richtung und beginnt routiniert Laras Vitalwerte zu überprüfen. »Sie lebt, ist aber ziemlich weit weg«, teilt er dem mittlerweile eingetroffenen Helmut mit. Der wirft einen Blick auf die Lage und beschließt: »Die Fliegengewichte kriegen wir getragen, geht schneller, als wenn wir erst eine Trage aus dem Rettungswagen holen.«

»Gut, wie du meinst, dann nimm du die hier und ich nehme die Kleine, habe Rücken, weißt du ja.«

»Nee, wusste ich nicht, aber bitte, ich bin der Jüngere, ich packe das schon. Die Kleene hier ist sternhagelvoll und muss auf dem schnellsten Weg in die Notaufnahme.«

Er zieht Lara vom Boden hoch und legt sie sich wie einen aufgerollten Teppich über die Schulter.

»Ich kann aber laufen«, protestiert Leonie, »mich musst du nicht tragen.«

»Umso besser, dann nimm mal die Beine in die Hand und renn. Ich heiße übrigens Fred und wie ist dein Name?«

»Leonie und das ist meine Freundin Lara, aber vielleicht wird sie bald meine Schwester, mein Papa will nämlich ihre Mama heiraten, weißt du.«

»Na super«, murmelt Fred, »wer die als große Schwester hat, braucht ansonsten keinen Ärger mehr.«

»Du bist gemein, die Lara hat das nur getan, damit mich der Luca nicht allein hier auf dem Friedhof zurücklässt.«

»Aha, und wieso hat sie dich überhaupt erst hierhergeschleppt?«

»Lass gut sein, Fred«, unterbricht Helmut die gerechte Empörung seines Kollegen. »Die Kleine ist ganz durcheinander und durchgefroren ist sie bestimmt auch. So, wir sind da, immer rein in die gute Stube. Setz dich dahin und schnall dich an, der Kerl da vorne fährt nämlich wie der Teufel, musst du wissen. Wir kümmern uns jetzt erst mal um deine Lara.« Der Wagen setzt sich in Bewegung, das Blaulicht wirft gespenstische Schatten auf die vorbeiziehenden Bäume und als sie die Straße erreichen, schaltet der Fahrer noch das Signal zu. Leonie ist begeistert. Anna wird schön neidisch sein, wenn sie ihr davon erzählt.

-29-

Ruttig schüttelt sich, wie ein nasser Hund, um den Schlaf zu vertreiben und halbwegs aufnahmebereit zu sein, als er das Gespräch annimmt.

»Herr Ruttig? Sind Sie der Vater von Leonie?«

»Ja, um Gottes Willen, wo ist sie, was ist passiert.«

»Beruhigen Sie sich bitte, es geht ihr gut, aber ihrer Freundin Lara nicht so. Wir sind mit dem RTW auf dem Weg in die Notaufnahme.«

»Notaufnahme? Ich verstehe kein Wort, kann ich mit meiner Tochter reden?«

»Natürlich, Moment, ich gebe sie Ihnen.«

»Papa«, Leonie, die wieder ganz munter war, beginnt erneut heftig zu weinen. »Papa«, schluchzt sie, »Papa, du musst unbedingt kommen. Ich hatte so Angst, aber die Lara hat das alles getrunken und dann hat die Frau die Feuerwehr angerufen, die sind gekommen und hörst du, wir fahren mit Sirene und ...«

»Leonie! Langsam, ich verstehe dich kaum. Wieso bist du in einem Rettungswagen und liegst nicht in deinem Bett und schläfst? Geht es dir gut? Was ist mit Lara?«

»Papa, du musst kommen. Ja, mir geht es gut, aber ich habe in die Hosen gemacht. Die Lara nicht, aber die hat den Schnaps getrunken. Kommst du?«

»Natürlich komme ich, ich komme, so schnell, wie es nur irgendwie geht. Gibt mir bitte noch mal den Mann, ich muss ihn fragen, in welches Krankenhaus er euch bringt. Bis gleich, meine Kleine, alles wird gut, versprochen.«

»Hallo? Wir sind leider ein ganzes Stück weg und werden etwas zwei Stunden brauchen. In welches Krankenhaus bringen Sie die beiden? Gut, wir kommen, so schnell es uns möglich ist, dorthin. Vielen Dank, ich danke Ihnen von Herzen.«

Ruttig drückt das Gespräch weg und wendet sich Sarah zu, die mit angstverzerrtem Gesicht neben ihm im Bett sitzt.

»Was ist, sag schnell, was ist passiert?«

Ruttig ärgert sich, dass er vergessen hat, auf Lautsprecher zu stellen, darum beeilt er sich, Sarah zu beruhigen. »Es geht beiden gut, das ist jetzt erst mal das Wichtigste. Was genau passiert ist, weiß ich nicht, aber sie werden gerade mit dem Rettungswagen ins Marienhospital gebracht. Komm, packen wir zusammen und fahren. Es wird schon alles gut werden, du wirst sehen.«

»Wie kannst du das sagen, wenn du gar nicht genau weißt, was eigentlich passiert ist?«

»Leonie konnte ganz normal reden und sie hat gesagt, dass es Lara auch gut geht«, lügt Ruttig, um Sarah nicht noch weiter zu beunruhigen. »Was meinst du, sollen wir deine Mutter und Jonathan anrufen, die sind schneller da als wir, aber dann sind Lars und Anna allein im Haus?«

»Ruf sie an, bitte. Anna und Lars sind nicht mehr so klein, dass sie nicht zwei Stunden allein bleiben könnten, außerdem werden die vermutlich überhaupt nicht wach.«

»Na gut, wie du meinst.« Ruttig sucht in seinem Handy

nach Jonathans Nummer, der sich nach langem Klingeln verschlafen meldet.

»Jonathan, reg dich bitte jetzt nicht auf und wenn möglich, lass auch Inge weiterschlafen, falls mein Klingeln sie nicht schon geweckt hat. Wir wissen nicht warum und wieso, aber Leonie und Lara werden gerade mit dem Rettungswagen ins Marienhospital gefahren. Wir brauchen mindestens zwei Stunden, bis wir da sind, daher meine Bitte: Kannst du hinfahren, damit die zwei da nicht ganz allein sind?«

»Natürlich«, Jonathan flüstert, denn Inge schläft tatsächlich weiter, und er will, dass das auch so bleibt. »Ich bin schon unterwegs und rufe dich an, sobald ich etwas weiß. Fahr um Himmels Willen vorsichtig, ein Unfall hilft keinem weiter. Bis später.« In der Küche schreibt er schnell einen Zettel für Inge: Liebes, ruf mich an, wenn du diesen Zettel liest, aber mach dir keine Sorgen und reg dich nicht auf. Kuss Jonathan.

Zwanzig Minuten später stellt er sein Auto auf dem Krankenhausparkplatz ab und läuft zur Notaufnahme. An der Pforte wird ihm mitgeteilt, dass die beiden Kinder da sind, er aber nicht zu ihnen darf, da er kein Angehöriger ist. Er zwingt sich zur Ruhe, greift zum Telefon und ruft Ruttig an.

»Hallo Stefan, ich bin jetzt da, darf aber nicht zu ... ja, genau, ich reiche dich mal weiter.«

»Hier bitte, das ist der Vater der Kleineren der beiden, er wird Ihnen sagen, dass ich die Genehmigung habe, mich um die Kinder zu kümmern.«

Der Mann hinter der Scheibe lauscht eine Weile, nickt dann und reicht das Handy zurück.

»Also gut, sie sind ja fast so was wie der Opa, wenn ich

das richtig verstanden habe. Gehen Sie rechts den Gang lang, dann links, dann sehen Sie schon.«

Jonathan wirft noch ein erleichtertes »Danke« über die Schulter, während er bereits schnellen Schrittes in die angegebene Richtung läuft.

»Jonathan!« Leonie kommt ihm entgegengelaufen und wirft sich schluchzend in seine Arme. »Ich bin so froh, dass du da bist, der Lara geht es ganz schlecht. Die Frau hat gesagt, ihr wird der Magen ausgepumpt, das stelle ich mir ganz schön blöd vor und ich habe eine Unterhose aus Papier bekommen.«

»Wo ist sie denn? Da drin?« Er klopft an die verschlossene Schiebetür und nach einer Weile öffnet eine grün gekleidete Frau, von der nur die braunen Augen hinter einer Schutzbrille zu sehen sind.

»Guten Abend, ich bin der ... Großvater von Lara, was ist mit ihr? Können Sie mir etwas über ihren Zustand sagen, bitte? Ihre Mutter ist unterwegs, aber es dauert noch, bis sie hier ist.«

»Sie ist so weit stabil, wir haben ihr den Magen ausgepumpt und den Kreislauf stabilisiert. Außerdem ist sie unterkühlt und wir halten sie warm. Sie ist noch nicht wach, bleibt also noch ein Weilchen hier und wir passen auf sie auf. Alkohol, noch dazu in solchen Mengen, ist nichts für einen so jungen Organismus.«

»Alkohol? Lara trinkt doch keinen Alkohol.«

»Na ja, sie hatte 1,8 Promille, da ist es ziemlich eindeutig, dass sie Alkohol getrunken hat. Tut mir leid. Sie können dort warten, wenn es etwas Neues gibt, informieren wir Sie. Der Kleinen da fehlt nichts weiter, jedenfalls nichts, was wir hier in der Notaufnahme behandeln könnten.« Die Frau in Grün zeigt auf zwei harte Plastikstühle, die farblich zu ihr passen und schließt die Tür.

»Leonie, du musst mir jetzt ganz genau erzählen, was passiert ist und was ihr überhaupt da gemacht habt. Meinst du, das schaffst du?«

Leonie schnieft und wischt sich mit dem Jackenärmel unter der Nase vorbei.

»Also, das war so …«

Kopfschüttelnd hört er Leonies Bericht an, fragt hier und da nach und als das Kind fertig ist, streicht er ihr über die Haare. »Danke, das hast du sehr gut gemacht.« Dann greift er wieder einmal zum Handy und erstattet Ruttig Bericht.

Erst als er damit fertig ist, fügt er hinzu: »Ich würde Sarah jetzt nicht weiter beunruhigen, aber wenn es Lara wieder besser geht, wird sie ernsthaft mit dem Mädchen reden müssen. Sie hätte tot sein können, so ein unglaublicher Leichtsinn, aber eines sollten wir bei allem nicht vergessen, sie hat sich letztendlich mutig geopfert, um deine Tochter zu beschützen.«

»Okay, gut, wir brauchen noch etwa eine Stunde, bleibst du so lange?«

»Ist das eine Frage? Natürlich bleibe ich, bis ihr eintrefft und wie gesagt: Fahr vorsichtig.«

»Er sagt, es geht Lara gut, sie ist außer Gefahr, Sarah, entspann dich. Ich bin aus der Geschichte auch noch nicht ganz schlau geworden, nur so viel: Lara wollte sich wohl um Mitternacht mit diesem ominösen Luca auf dem Friedhof treffen. Leonie hat das irgendwie rausgefunden und gedroht, sie zu verraten, wenn sie sie nicht mitnimmt. Na ja, und dann ist das wohl eskaliert, auf alle Fälle sollte Lara sehr viel Wodka trinken, was sie nicht wollte. Deshalb hat dieser Luca gedroht, Leonie allein auf dem Friedhof zurückzulassen, was Lara dazu gebracht hat, weiter zu trinken. Sie wollte Leonie beschützen, Sarah, das zeigt doch, dass sie eigentlich ein gutes Mädchen ist. Wäre sie an Alkohol gewöhnt, wäre sie außerdem davon nicht derart ausgeknockt worden. Wir müssen uns dringend um diesen Luca kümmern, sobald die Mädchen wieder fit sind. Wenn der wirklich 18 ist, ist der strafmündig und der kann sich auf einiges gefasst machen. Wenn ich den in die Finger kriege, diesen gottverdammten Dreckskerl. Kinder zum Alkohol verführen, sie durch Drohungen gefügig machen, was für ein jämmerlicher Wichser.«

Sarah hebt den Kopf und schaut Ruttig verblüfft von der Seite an. »Ich habe dich noch nie so schimpfen hören. Mein lieber Mann, ich möchte nicht das Ziel eines solchen Ärgers sein. Reg dich trotzdem jetzt besser nicht so auf und vor allen Dingen; fahr nicht so schnell, einen Unfall können wir nicht gebrauchen, wir haben so schon Probleme genug.« Erst als er zustimmend nickt, fährt sie fort: »Dann wissen wir jetzt auch, wo Lara die eine Nacht war und wer mein Auto leergefahren hat, dürfte auch klar sein. Die hat sich mit diesem Luca rumgetrieben und der hat mein Auto gefahren. Weißt du noch, dass Jonathan gesagt hat, die Autoschlüssel seien aus der Schublade verschwunden gewesen und dann, wie durch Geisterhand, wieder aufgetaucht? Von wegen Geisterhand, das war Lara. Ist die eigentlich total verrückt geworden? Und dann nimmt die auch noch eine Zehnjährige mit, es ist doch nicht zu fassen. Was geht in deren Kopf nur vor?«

»Wer regt sich jetzt auf? Komm Sarah, jetzt atme du mal tief durch. Wir wissen noch gar nicht genau, was hinter allem steckt. Lass uns abwarten, was Lara erzählt, bevor wir sie verurteilen. Ich bin mir außerdem ziemlich sicher, dass sie selbst schon genau weiß, wie dumm das alles von ihr war. Was sie jetzt erstmal braucht, ist ihre Mutter und keine Vorwürfe. Vergiss nicht, hinter all ihrem coolen Getue steckt noch immer ein Kind, ein Kind, das jetzt sehr ängstlich und verletzlich ist. Manchmal erreicht man mehr, wenn man nicht das Offensichtliche tut. Sie wird Vorwürfe von dir erwarten, also mach ihr keine, sie wird Sanktionen erwarten, also gibt es keine. Verstehst du, was ich sagen will?«

»Sicher, ich soll sie, für den ganzen Mist, den sie gebaut hat, auch noch belohnen. Ist es das, was du mir sagen willst?«

»Nicht ganz, aber du musst doch zugegeben, dass du mit deinen bisherigen Methoden bei Lara nicht so richtig weitergekommen bist. Was spricht also dagegen, es mal mit etwas anderem zu versuchen? Mit Verständnis, nicht mit Verboten. Darf ich dir einen Vorschlag machen? Bitte, ich will nur helfen und dich nicht kritisieren.«

»Ja, mach nur, ich muss ihn ja nicht annehmen, wenn er mir nicht passt.«

»Genau. Also, wenn ich du wäre, würde ich Folgendes tun …«

Als er fertig ist, schweigt Sarah eine sehr lange Zeit und starrt blicklos aus dem Fenster in die Dunkelheit. Erst als sie die Klinik fast erreicht haben, sagt sie: »Gut, es kommt mir zwar vollkommen idiotisch vor, aber ich vertraue dir und darum werde ich es versuchen, versprochen.«

Ruttig greift nach ihrer Hand, zieht sie an seinen Mund und küsst sie.

»Ich finde das sehr mutig, neue Wege zu gehen, ist nie einfach.«

Jonathan springt auf, als er Sarah und Ruttig den Gang lang kommen sieht.

»Gott sei Dank, seid ihr heile angekommen. Lara schläft noch und Leonie auch. Sie durfte sich dort in dem Untersuchungszimmer auf die Liege legen. Zumindest, solange kein

Notfall reinkommt. Bisher ist keiner gekommen und sie schläft tief und fest. Sie hat sich wohl vor lauter Angst eingenässt, das ist ihr ein bisschen peinlich, aber ansonsten scheint sie das Abenteuer gut weggesteckt zu haben. Lara ist dort hinter der Tür, du musst klopfen, dann kommt jemand und öffnet.«

Hätte er gar nicht zu sagen brauchen, denn Sarah hat bereits mit der Faust gegen die Tür gehämmert. Die Frau in Grün kommt und sieht ärgerlich aus, schweigt aber, vermutlich weil sie in Sarah die besorgte Mutter vermutet.

»Wie geht es meiner Tochter? Ist sie wach? Kann ich zu ihr?«

»Nein, sie ist noch nicht wach, aber Sie können gerne reinkommen. Sind Sie der Ehemann?«, wendet sie sich an Ruttig.

»Er ist mein Verlobter«, antwortet Sarah schnell und zieht ihn mit sich in den Raum.

Lara liegt unter einer Zellstoffdecke, die sie bis zum Hals bedeckt, auf einer Untersuchungsliege. Sie ist sehr blass und hat die Augen geschlossen. Im grellen Licht der OP Scheinwerfer wirkt sie kindlich und schutzbedürftig. Sara schlägt entsetzt ihre Hände vor das Gesicht und legt ihren Kopf an Ruttigs Schulter. Gemeinsam treten sie an die Liege und Sara streicht ihrer Tochter eine Haarsträhne aus der Stirn, die sich aus der grünen Plastikhaube befreit hat. Laras Augenlider beginnen zu flackern, Geräte piepen, und die Frau in Grün, deren Namensschild sie als Doktor Lambrecht ausweist, kommt aus dem Hintergrund des Raumes an die Liege. Sie kontrolliert die Sauerstoffsättigung, wirft einen Blick auf den Monitor, der den Blutdruck zeigt und hebt dann ein Augenlid von Lara und leuchtet mit einer Stabtaschenlampe hinein.

»Sie wacht gleich auf und wird sich vermutlich an

nichts erinnern. Das ist auch besser so, denn Magen auspumpen, ist keine angenehme Angelegenheit. Reden Sie ihr ins Gewissen und machen Sie ihr klar, dass mit jedem Rausch Millionen ihrer Gehirnzellen absterben, sie ihrer Leber und überhaupt ihrem ganzen Organismus erheblichen Schaden zufügt.«

»Danke vielmals, aber sie sollten vielleicht wissen, dass Lara den Alkohol nicht freiwillig getrunken hat. Sie wollte lediglich meine Tochter beschützen, nur darum liegt sie jetzt hier.«

Die Ärztin schaut sie ernst an, nickt schließlich und sagt: »Nun, das ist natürlich etwas anderes, aber wir sehen hier tagtäglich Mädchen in Laras Alter, die sich regelmäßig betrinken, oftmals bis zur Bewusstlosigkeit. Ein ausgepumpter Magen hindert sie nicht daran, am nächsten Tag wieder zur Flasche zu greifen. Sie sind schon süchtig, bevor sie auch nur halbwegs erwachsen sind.«

»Ja, ich weiß das«, stimmt Ruttig ihr zu. »Ich bin Polizeibeamter und habe früher, als ich noch im Außendienst war, viele dieser Mädchen kennengelernt. Lara gehört zum Glück nicht zu ihnen. Wie geht es jetzt weiter? Ich meine, können wir sie mit nach Hause nehmen oder ...«

»Wenn Sie darauf bestehen, selbstverständlich, aber mir wäre es lieber, sie bliebe über Nacht stationär, damit wir ihren Kreislauf überwachen können.«

»Lara war noch nie im Krankenhaus, das wird ein Schock für sie werden.«

»Es wäre ja nur für eine Nacht und nur zu ihrer eigenen Sicherheit.«

»Mama?«

»Ja, Kind, ich bin hier. Hab keine Angst, es ist alles in Ordnung, alles ist gut. Du bist im Krankenhaus, wir wissen schon, was passiert ist, aber du kommst wieder in Ordnung.«

»Wo bin ich? Was ist passiert? Mein Hals tut mir furchtbar weh.«

»Oh ganz ruhig, schön liegenbleiben, du bist noch zu schwach zum Aufstehen. Das hier ist ein Krankenhaus, ich bin Dr. Lambrecht und habe dir den Magen ausgepumpt. Dein Hals schmerzt von dem Schlauch, den ich durch deine Speiseröhre schieben musste.«

»Wieso?«, krächzt Lara und beginnt zu husten.

»Wieso, das werden dir deine Eltern sicherlich erzählen, wenn es dir wieder besser geht. Jetzt bleibst du erst noch ein Weilchen hier liegen, damit wir dich überwachen können. Später kommst du dann auf Station und wenn keine Komplikationen auftreten, wovon ich ausgehe, darfst du morgen wieder nach Hause.«

Lara schüttelt kraftlos den Kopf, will etwas sagen, aber sie wird erneut von einem Hustenanfall zum Schweigen gebracht.

»Heb dir das Reden für später auf, dein Hals muss erst mal heilen. Am besten ist, du schläfst jetzt wieder, es ist schließlich mitten in der Nacht.« Sie wendet sich Sarah zu, die immer noch die Haare ihrer Tochter streichelt. »Sie sollten jetzt gehen, Lara braucht Ruhe, damit sich ihr Organismus von dem Alkohol erholen kann. Rufen Sie morgen früh an, dann kann man Ihnen sicher sagen, wann Sie sie abholen können. Machen Sie sich keine Sorgen, sie ist bei uns in guten Händen.«

»Komm, Sarah, die Ärztin hat recht, hier können wir im Augenblick nichts tun, außerdem brauchst du zumindest ein paar Stunden Schlaf. Morgen sieht die Welt schon wieder anders an.« Er nimmt sie vorsichtig am Arm und zieht sie Richtung Ausgang.

»Ach Gott, Jonathan, dich habe ich jetzt wirklich total vergessen, entschuldige bitte, aber …«

»Schon gut, Sarah, das verstehe ich doch. Wie geht es ihr? Ist so weit alles in Ordnung?«

»Ja schon, aber sie ist noch sehr schwach und kann kaum sprechen. Sie wollen sie bis morgen hierbehalten, für den Fall, dass noch irgendwas sein sollte.«

»Klingt doch vernünftig und euch täten ein paar Stunden Schlaf auch gut. Kommt, holen wir Leonie und machen wir, dass wir nach Hause kommen, es ist gleich vier Uhr.«

Als sie nacheinander mit ihren Autos vor dem Haus vorfahren, finden sie dieses hell erleuchtet.

»Du lieber Himmel, Inge muss wach geworden sein«, sagt Jonathan, während er auf die Tür zuläuft.

»Kommt erst mal alle rein, allein bleiben sollte jetzt keiner, auch du nicht, Stefan.«

Sie werden schon in der Diele von Inge erwartet, die ihnen mit besorgtem Gesichtsausdruck entgegensieht.

»Was ist passiert, schnell, sagt es mir. Ist was mit Lara? Ach Gott, wieso ist denn Leonie nicht oben in ihrem Bett? Ich verstehe das alles nicht.«

Jonathan legt ihr einen Arm um die Schulter und führt sie behutsam Richtung Küche, dreht sich noch einmal um und sagt: »Stefan, bringt Leonie am besten gleich nach oben in ihr Bett. Komm dann noch mal runter, schlafen kann jetzt wohl ohnehin keiner.«

»Ich habe mal Kaffee gemacht, ich wusste ja nicht, wann du wiederkommst, deine Nachricht war nicht sehr ausführlich.«

»Ich hatte keine Zeit für Romane, Stefan hat mich angerufen und mir mitgeteilt, dass Lara und Leonie auf dem

Weg ins Krankenhaus sind. Was glaubst du wohl, wie eilig ich es hatte.«

»Schon gut, das war kein Vorwurf. Ich bin wach geworden, weil ich furchtbaren Durst hatte, du warst nicht da, also bin ich runter in die Küche und habe den Zettel gefunden. Ich habe zigmal versucht, dich anzurufen, aber du bist nicht drangegangen.«

»Vermutlich hatte ich in der Notaufnahme keinen Empfang, ich habe jedenfalls nichts gehört.«

»Möchtet ihr Kaffee oder lieber einen Schnaps?«, fragt Inge Sarah und Stefan, die gerade in die Küche kommen.

»Beides, bitte«, antwortet Sarah, während Stefan »nur Kaffee« sagt.

Als alle eine Tasse vor sich haben, erzählen sie Inge abwechselnd, was passiert ist, die unentwegt fassungslos den Kopf schüttelt und entsetzte Laute von sich gibt.

»Hinter all dem muss dieser Luca stecken, mir kann niemand erzählen, dass sich unsere Sarah das allein ausgedacht hat. Um Mitternacht auf einen Friedhof zu gehen, das ist doch eine absolut alberne Idee. Also, wenn sie 10 wäre, so wie Leonie, dann wäre das vielleicht noch eine Mutprobe, aber in ihrem Alter sollte sie da schon drüberstehen.«

»Um den Bengel werde ich mich kümmern, sobald die Sonne aufgeht, darauf könnt ihr euch getrost verlassen. Der wird sich wünschen, nie geboren worden zu sein. Unglaublich, mit 18 sollte er verdammt noch mal, ein bisschen mehr Verstand haben und wissen, was Alkohol bei Kindern anrichten kann.«

»Ich verstehe dich gut, Stefan, aber du bist Polizist und musst dich an die Gesetze halten. Lass dich von deiner Wut und deiner Angst um Leonie nicht zu etwas verführen, was du später bereuen könntest«, mahnt Jonathan ernst und Ruttig nickt ihm beruhigend zu.

»Keine Sorge, bis morgen habe ich mich wieder abgeregt und werde ganz vernünftig vorgehen, aber im Moment bin ich einfach nur ein Vater, dessen Kind der Kerl in Gefahr gebracht hat.«

»Ich möchte morgen allein ins Krankenhaus fahren«, sagt plötzlich Sarah, die bisher geschwiegen hat. »Ich muss zuerst mit Lara unter vier Augen reden. Von Mutter zur Tochter, ernst, aber in aller Ruhe. Ihr Verhalten muss sich ändern, bevor noch jemand ernsthaft zu Schaden kommt. Sie muss einsehen, dass sie so nicht weitermachen kann. Gut, seid mir nicht böse, aber ich muss ins Bett, vielleicht kann ich jedenfalls noch ein bisschen schlafen. Was ist mit dir, Stefan? In meinem Bett sind schon deine Kinder ... oh, du könntest dich zu ihnen legen, ich schlafe in Laras Zimmer. Du hast zwei Stunden, bis du aufstehen musst.«

»Klingt verlockend, hat einer was dagegen?« Da alle den Kopf schütteln, folgt er Lara die Treppe hoch.

»Und ich habe mich mal über Einsamkeit und Langeweile beklagt«, sagt Inge amüsiert, »kann ich selbst kaum glauben.«

»Tja, dann kam ich und habe dich ins bunte Leben entführt. Gib zu, es gefällt dir.«

»Na ja, ganz so viel Aufregung wie in den vergangenen Wochen brauche ich nicht auf Dauer, aber ansonsten ... mein neues Leben gefällt mir ausgezeichnet. Und jetzt komm ins Bett, es ist erst halb fünf, wir können noch ein bisschen schlafen.«

-30-

Lara öffnet die Augen und schaut zur Decke, die ihr merkwürdig fremd vorkommt. Verwirrt richtet sie sich auf und betrachtet ihre Umgebung. Eine Infusionsnadel steckt in ihrem Arm, und am Bett steht ein Ständer, an dem ein Beutel mit einer klaren Flüssigkeit hängt. Es ist nicht mehr viel drin, aber noch tropft es, schnell und beständig. Neben ihr auf dem Kopfkissen liegt eine Klingel, sie reißt sie an sich und drückt panisch immer wieder auf den Knopf. Gleichzeitig schwingt sie ihre Beine über die Bettkante und springt auf. Zumindest war das ihr Plan, aber ein heftiger Schwindel, der das Zimmer in ein Karussell verwandelt, zwingt sie, sich schnell wieder hinzusetzen.

»Wolltest du uns verlassen oder nur aufs Klo?« Ein junger Pfleger bugsiert einen Medikamentenwagen durch die Tür und schiebt ihn neben das Bett.

»Ich bin Mike und werde jetzt mal deinen Blutdruck und die Sauerstoffsättigung messen. Und schauen, ob du vielleicht Fieber hast, muss ich auch. Leg dich bitte wieder hin.«

»Wo bin ich denn und was mache ich hier?«, will Lara wissen.

»Du bist im Marienhospital, wurdest gestern volltrunken in die Notaufnahme eingeliefert. Sie mussten dir den Magen auspumpen, falls du dich wunderst, warum dir vielleicht das Schlucken weh tut. Krass, warum gibt sich ein so hübsches Mädchen derart die Kante? Hast du keine Eltern, die dir erklären, wie gefährlich das ist?«

»Ich weiß nicht, wie das passiert ist oder doch, warte mal ... Shice, was ist mit Leonie? Weißt du was? Ist sie auch hier oder hat der Spasti sie tatsächlich dort gelassen ... wo ist mein Handy. Ich muss sofort telefonieren, es geht um Leben und Tod, ich muss sofort ...«

»Liegenbleiben!«, kommandiert Mike, als Lara erneut Anstalten macht, aus dem Bett zu steigen. »Wir haben hier keine Leonie, aber die Feuerwehr hat zwei Personen gemeldet. Also reg dich nicht auf, ihr scheint es gut zu gehen, auf alle Fälle besser wie dir.«

»Als« sagt Lara automatisch und als Mike sie fragend ansieht: »Es heißt besser als dir, nicht wie.«

»Okay, wenn das deine einzige Sorge ist ..., gib mir mal deinen Finger.«

Er klemmt eine Art Wäscheklammer darauf, nickt zufrieden und sagt: »Alles in allem nicht schlecht, hast offenbar mehr Glück wie Verstand gehabt.«

Lara verzichtet auf eine Korrektur, verzieht nur das Gesicht, als hätte sie Zahnschmerzen.

»Tut dir der Hals so weh? Ich bringe dir gleich einen Kamillentee, der tut dir gut. In einer Stunde ist Visite, danach wirst du bestimmt entlassen. Wäre schön, ich würde dich hier nicht wiedersehen.«

»Kann ich meine Mutter anrufen? Wo sind denn meine Sachen?«

»Im Nachtschrank dort, und klar kannst du anrufen, dann hast du die Ansage schon mal hinter dir.«

Lara gibt keine Antwort, öffnet die Schublade und findet nichts. Aber in der unteren Tür steht ihr Rucksack und darin ist ihr Handy. Als Mike mit dem Kamillentee kommt, sitzt sie noch immer mit dem Telefon in der Hand dort und starrt verloren aus dem Fenster.

»Ey, was ist los? Angst anzurufen? Kannst du dir auch sparen, deine Mutter ist schon da und spricht mit dem Stationsarzt. Sie wird sicher gleich kommen.«

»Was ist das? Kamillentee? Den hasse ich, kann ich nicht trinken.«

»Dann solltest du in Zukunft dafür sorgen, dass dir nicht der Magen ausgepumpt werden muss, dann brauchst du ihn auch nicht. Trink ihn oder lass es, deine Entscheidung. Oh, ich glaube, da kommt deine Mama. Mach es gut.«

Lara sieht ihrer Mutter mit einer Mischung aus Unsicherheit und Trotz entgegen, versucht, in ihrem Gesicht zu lesen, was sie zu erwarten hat.

»Mama ich …«

»Mein Gott, mein Kind. Bin ich froh, dass es dir gut geht.«

Sarah lässt ihre Tasche fallen, stürzt auf ihre Tochter zu und nimmt sie in die Arme.

»Mama, du musst mir glauben, bitte, ich wollte das doch nicht, ich habe echt versucht …«

»Ist schon gut, Lara, ist alles gut. Leonie geht es gut, ihr ist nichts passiert. Sie hat uns alles erzählt, auch, dass sie dich förmlich gezwungen hat, sie mitzunehmen und wie du dann den Schnaps nur getrunken hast, um sie zu retten. Du weißt selbst, dass die ganze Idee nicht einer deiner klügsten war, aber das, was du da getan hast, war mutig, sehr mutig sogar. Du wolltest die Kleine beschützen und dafür wird sie dich um so mehr lieben. Lara, ich weiß, in der letzten Zeit ist so einiges schiefgelaufen zwischen uns. Ich will nicht behaupten, dass ich daran die alleinige Schuld trage, du bist ebenfalls nicht ohne, rotzfrech und absolut respektlos, aber, wir müssen einen Weg finden, miteinander zu leben. Möglichst, ohne uns bis aufs Blut zu plagen. Ich weiß auch, dass du das nicht gern hören wirst, aber ich werde mich von deinem Vater scheiden lassen, das steht fest. Für uns gibt es kein gemeinsames Leben mehr, aber er wird immer dein Vater bleiben und das ist gut und richtig so. In absehbarer Zeit werde ich außerdem mit Stefan zusammenziehen, ihn später vielleicht sogar heiraten. Das heißt, du musst dich mit ihm, mit Anna und mit Leonie arrangieren. Du hast es in der Hand, ob wir friedlich miteinander zusammenleben können, oder nicht. Wir werden weder in unserem Haus noch in Stefans wohnen, beide sind zu klein und es ist klar, dass ihr jeder euer eigenes Zimmer braucht, um Abstand von uns nervenden Erwachsenden zu haben. Das alles wird nicht heute und auch nicht morgen passieren, aber es wird passieren. Ich muss übernächste Woche noch in die Reha und werde drei Wochen weg sein, du hast also viel Zeit, dir Gedanken darüber zu machen, wie du dich in Zukunft benehmen möchtest. Ach, noch was, Stefan wird diesen Luca für das, was er getan hat, zur Rechenschaft ziehen und dir kann ich nur den guten Rat geben, dich von dem fernzuhalten. Er tut dir nicht gut.«

Lara hat bisher wortlos zugehört und ihre Miene lässt keine Rückschlüsse darauf zu, wie sie die Ankündigungen ihrer Mutter findet. Erst jetzt nickt sie langsam und sagt leise. »Ich weiß schon, dass das Assi ist, was der da mit mir und Leonie abgezogen hat, das geht gar nicht. Und dann ist er auch noch abgehauen, der feige Penner.«

»Dafür musste er einen ziemlich weiten Weg zu Fuß

zurücklegen. Mein Auto hat er ohne Benzin stehenlassen müssen.« Sarah lacht bei dem Gedanken an Stefans Anruf, der ihr vom Auffinden ihres Wagens mitten auf einer Kreuzung erzählt hat.

»Nice«, lacht auch Lara. »Kann ich jetzt hier raus oder muss ich noch länger bleiben?«

»Nein, du wirst entlassen, brauchst aber noch etwas Ruhe und Schonung, damit dein Organismus sich von den Strapazen erholen kann. Was hältst du von ein paar Tagen Urlaub?«

»Urlaub? Wie jetzt? Ich habe Schule, schon vergessen?«

»Du bist die kommende Woche krankgeschrieben und deine Schule werde ich morgen darüber informieren. Auf dem Parkplatz wartet Jonathan darauf, uns beide in das wunderschöne Hotel zu fahren, wo ich mit Stefan gewesen bin und das wir so abrupt verlassen mussten. Was hältst du also von einem Reset? Alles auf Anfang? Ein paar Tage nur du und ich? Die haben übrigens auch ein Tattoo Studio da und ich dachte, du könntest mich beraten. Ich bin nämlich fest entschlossen, in Zukunft nicht mehr spießig zu sein. Na? Wie klingt das?«

»Nach einem mega Plan, echt. Meinst du echt, du kriegst das hin?«

»Und meinst du echt, du kriegst es hin, dich ein bisschen mehr wie ein normaler Mensch zu benehmen und nicht ständig alle, die dich mögen, vor den Kopf zu stoßen.«

»Kann schon sein«, sagt Lara, »mal sehen« und drückt Sarahs Hand.

ENDE (vorläufig)

DANKE

Wie ich in allen meinen Büchern betone, sind eine Vielzahl an Menschen an jedem meiner Werke beteiligt.

Denen möchte ich danken. Allen voran meiner Tochter Sabine Klein, deren Ideen immer hilfreich sind. Meinem guten Freund, Axel Aldenhoven, ohne den ich schon oft der Verzweiflung erlegen wäre und nicht zuletzt Ursula Kruse, deren Argusaugen kaum ein Fehler entgeht.

Last but not least Edith Nebel, die mit sicherem Blick „Oma Inge" gefunden hat

Printed in Germany
by Amazon Distribution
GmbH, Leipzig

27747451R00181